97 物事

OBJECTS——THINGS

Influenced by 97 items...
Tommy Li

97項——影響——李永銓的……

李永銓 口述
浮雲 撰文

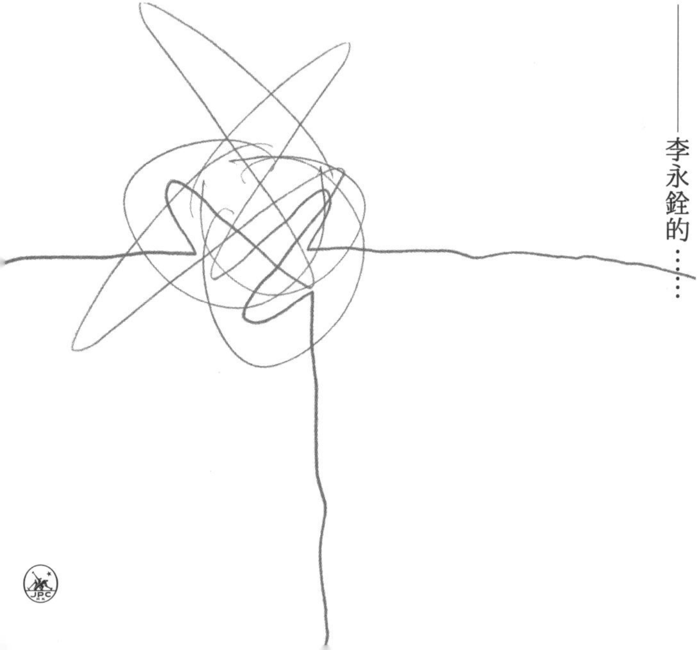

序

二〇一五年，我完成了在深圳華．美術館的個人展覽「對話視覺——李永銓與設計二十年展」。對方銳意將整個展覽完整搬來香港，再作一次展出。然而，我思忖，想看我作品的人都已經看過了，再來一次的意義大嗎？

及後獲香港文化博物館邀請，於二〇一八年舉辦李永銓「玩．物．作」設計展。這次我希望能夠為大眾帶來新的衝擊，讓展覽更加有存在的價值。是次展覽分三部份，其中展出了九十七件從我四歲至今影響我成長及價值觀的人事物，包括我喜歡的書籍、漫畫、歌曲，甚或一句說話、一個值得我學習的人士的故事。除了讓大眾更了解「李永銓」這個人的所思所想，更重要的是在其中可以見到香港普及文化的起落。

談起普及文化，很多人會覺得只是一種微不足道、無經濟效益的文化。然而，從世界宏觀的角度看，自戰後嬰兒潮到今天，一個國家能夠成為具影響力的大國，絕對不只是因為軍事、經濟力量，普及文化尤其重要。回過頭看，英國於一九六〇、七〇年代輻射至全球的英倫入侵（British Invasion），到後來日本東洋風的吹襲、香港通俗文化興起，至現時韓流席捲亞洲，皆具有極大影響力。普及文化的熱潮有時未必與一個國家或地區的軍事、經濟力量成正比，但每一次該地普及文化的壯大，都會引發人們對這些地方的重視及喜愛。

以人人都津津樂道的韓流為例，這股潮流源於一九九四年，韓國時任總統金泳三在一次國家科學技術諮詢會中了解到，美國電影《侏羅紀公園》（Jurassic Park）一年便賺了八億五千萬美元，相等於韓國當時出口一百五十萬輛汽車的總收益，就下定決心發展文化產業，推動經濟發展。該政策列出了至為重要的三點原則：大眾必定要了解文化創意本身的經濟效益；政府帶頭鼓勵及幫助文化產業進入海外市場；最重要的是，解除所有限制文化產業創意展現之干預措施。韓國的電視劇《大長今》廣受歡迎，將韓國文化帶到全世界，推動了周邊產品，如音樂、設計、時裝、消費品、室內設計、家電等的發展，正是最好的例子。在短短二十四年間，整個韓國像變了天，原來沒有認受性的韓國文化漸漸發展成今天廣受追捧的韓流。

回看香港過去數十年，英殖時代雖然沒有民主制度，卻給予了創作人非常大的發展空間，而且絕對尊重創作。這時民間就會同時發揮力量。今天的日本及美國之所以能夠在高科技領域及創意世界中獨領風騷，成為領頭羊，不只是由於其國力，更是因為民間有創作的自由，於是能將人類本身潛能發揮到最大。如果創意工業仍然以中央計劃的方針處理，官僚系統會扼殺了創意，十分危險。今天中國已經躋身世界強國之列，經濟、軍事方面的力量已非常強大。然而只有硬實力並不足夠，要讓全世界的人都認識中國，從而喜愛中國文化，使中國變得更加強大，就必定要推動普及文化。而要發展這種軟實力，就需要政策配合，釋放每個人最佳的潛能。

歷史就像一道活門，借古鑑今，翻閱過往的故事，就能作為推斷、了解未來的有力武器。香港曾經有過普及文化興盛的美好時光，今天卻大不如前。藉着是次李永銓「玩・物・作」設計展，我衷心期待創作人能再堅持一陣子，將香港既有獨特的普及文化語言再次組合，並於全世界展示。這樣，香港仍然有希望。

目錄

物

I

地球先鋒號
兒童樂園
Batman
豹子頭
男組
浮世繪
年青人周報
號外
Illustration Workshop
POPEYE
Visual Message
Akira
吉田カツ
idea
CA
Super Art
i-D
The Face
Paper Story
Design 360°

1

地球先鋒號

對任何人來說，第一本吸引自己的書都起着開拓思維的重要性，重要性猶如初戀。每個小朋友的啟蒙讀物必定是公仔書，而公仔書最大的敵人，往往就是家中的老媽子。

李永銓的情況也一樣，小時候家裏管教甚嚴，《老夫子》之類的公仔書統統不准看，只能看到經過層層篩選的讀物。要避開審查並不容易，尤其是一個口袋空空的四、五歲小孩。但詭計多端的小孩怎會輕易罷休？秘密就在當時的飛髮舖。

一九六〇年代，橫街小巷中常見的是老式上海飛髮舖。與今天滿佈日式潮流雜誌的髮型屋不同，當時飛髮舖的桌子上通常會擺放一大堆公仔書，有些一本本整齊地排列好，有些則散亂隨意，來剪髮的小孩猶如置身嘉年華，翻來翻去如獲至寶。裏面有各種各樣的公仔書，如許冠文的抗日漫畫《財叔》，其弟許強的《神筆》、《神犬》，王澤的《老夫子》，李惠珍的《13点》，其他歷史類漫畫如《水滸傳》、《三國演義》、《封神榜》、《西遊記》等，其中最深得李永銓心的就是黃鶯的科幻漫畫《地球先鋒號》。

《地球先鋒號》一九五九年首先於台灣《模範少年》雜誌上連載，並因為其新穎的機械人、太空題材而引發哄動。後來作者因連日趕稿，積勞成疾逝世，享年二十九歲。漫畫由其徒弟代筆，但銷路及聲勢大不如前，雜誌社遂將版權轉售予香港鶴嘜書業公司，讓這部作品得以在香港重生。

《地球先鋒號》的畫風雖然粗糙，但對於一個四、五歲的小孩來說，比起其他說教式或歷史類的漫畫，機械人從地球之戰打到上太空的場面及意識更叫人震撼，

63
地球先鋒號
真假難分

激發小小腦袋的想像力。對李永銓來說，其他漫畫已味同嚼蠟。順帶一提，那時人類還未曾踏上月球呢！因為這套漫畫，李永銓開始畫畫，拿着筆在報紙上臨摹故事中的人物，同時開啟了他日後對科幻、推理類小說、電影的興趣。

2 兒童樂園

除了《地球先鋒號》，孩童時期影響李永銓最深的就是《兒童樂園》。雖然他並不特別喜愛《兒童樂園》，但該刊物是少數能成為學校訂閱的教育類課外讀物，每個星期必定有一節課讓學生看，是學生最常閱讀的刊物，甚至可以說，當時沒有一個小孩未曾接觸過《兒童樂園》。故此，不論對於李永銓還是那代人來說，《兒童樂園》都非常重要。

《兒童樂園》創刊於一九五三年，由美國資金支持的友聯出版社創辦，後來因讀者人數下滑而於一九九五年停刊。該書每半個月出版一期，共一〇〇六期，是香港最長壽的兒童刊物。一九六〇年代中期，銷量更高達三萬本；後期引入日本漫畫《叮噹》（現稱《哆啦A夢》）以後，銷量更曾一度攀升至六萬本。

相比起其他兒童讀物，如《小朋友》、《小樂園》，《兒童樂園》的畫風非常精細，更是首份全彩印刷的兒童刊物。每期封面猶如當時中秋節的月餅罐般華麗，富現代感之餘又帶點鄉土情懷，這有賴於主編羅冠樵爐火純青的手繪功力。書中的插圖也令李永銓讚嘆不已。

內容方面，《兒童樂園》包括西洋翻譯漫畫、中國民間故事、日常小品等，一九七〇年代更引入日本漫畫《叮噹》。過去耳熟能詳的名字，如叮噹、大雄、技安、靜宜等均是源於《兒童樂園》。至於為甚麼它能受學校歡迎，成為指定讀物？因為《兒童樂園》的故事宣揚普世價值觀，如愛、和平、公平，富教育意義，當時的讀物普遍帶有民族主義色彩，或者談論國家之間的對立，《兒童樂園》的中立色彩，是當時殖民地社會所能接受的，故容易在學校間流傳。

兒童樂園
488

兒童樂園
214

兒童樂園
278

兒童樂園
251

3 Batman

儘管現時《蝙蝠俠》（*Batman*）系列電影廣受歡迎，但論普及程度，似乎不及一九六〇年代《蝙蝠俠》電視劇集在香港刮起的那陣風潮，持續風靡了五、六年，透過電視媒介將西方文化滲透到社會各階層。

蝙蝠俠是一九三〇年代末出現於美國DC漫畫的一個超級英雄角色，主角布魯斯・韋恩（Bruce Wayne）是一位大富豪，開發及使用高科技產品，如多功能蝙蝠戰衣、帥氣的蝙蝠戰車，以及各式各樣炫目的道具，搖身一變成為蝙蝠俠，對付各種職業罪犯，如小丑、貓女、急凍人、雙面人等，維持社會治安，正邪勢不兩立。

李永銓首次認識蝙蝠俠，源於富有的同學借給他看的英文版漫畫。他憶述，「記得那位同學家中有一整套外國公仔書，這不是常人能夠負擔的，那位同學可是每天都有兩位工人接送放學！正版英文漫畫薄薄的，全彩色印刷，無論顏色、畫工、造型均屬一流。試想想當時我看的《地球先鋒號》，故事雖然吸引，但只有黑白色，人物比例又差，看到《蝙蝠俠》公仔書時覺得這簡直就是神書！」

《蝙蝠俠》於一九四〇年代曾兩度被改編成為電影，但直到一九六六年被美國廣播公司（ABC）改編成電視劇集，才真正掀起熱潮。後來電視劇被麗的映聲購入而在香港播放。

英國公司麗的呼聲分別於一九四九年在香港成立收費有線廣播電台「麗的呼聲」及於一九五七年成立收費有線電視「麗的映聲」，後者早期只設有英語頻道，僅備有少量中文節目，至一九六三年才成立中文頻道。當時要擁有一台黑白電視機不是一件容易的事，加上麗的映聲需要先收取安裝費二十五元，其後每月月費二十五元，若果電視是租賃的，更要付四十至五十元租賃費，若以當時打工仔約一百元月薪計算，已屬高消費娛樂，看電視絕非一般平民家庭所能負擔。李永銓說，每逢星期四、五，家裏播放《蝙蝠俠》劇集的時候，總愛叫上一大班同學「坐定定」一起看，因為不是很多同學家中都有電視機及麗的映聲。

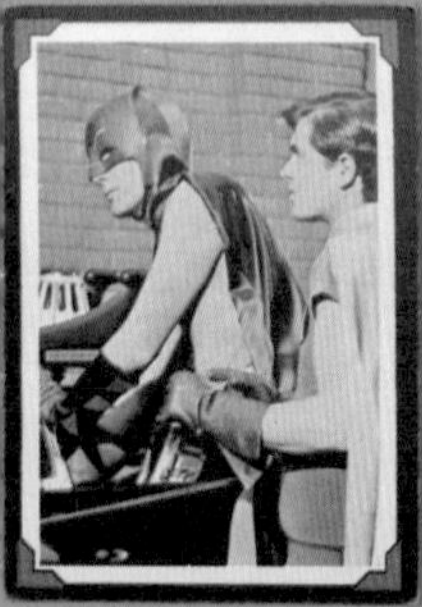

一九六〇年代蝙蝠俠「閃卡」

節目方面，由於母公司在英國，麗的映聲多數購入英語劇集，少量本地製作的節目主要圍繞問答遊戲、偵探節目等綜藝節目，例如高亮主持的《誰是兇手》，每一集談論一單兇案，競猜誰是兇手；或者一些碎版拼圖比賽，三組鬥快完成一幅圓形的拼圖。李永銓認為，這些節目十分沉悶，故當《蝙蝠俠》這類高製作成本、高質素的節目一出，即時「贏晒」。

「每一集你都會看到時裝、新科技，你會覺得它是超前的、有型的。當時很多華人開始模倣拍攝，例如《女黑俠木蘭花》，但沒有一套堪比，因為單是蝙蝠車都贏了三條街，沒有一套華語劇集可以造出類似的產品。對我們來說這絕對是高科技，造成我們對西方文化的嚮往。」除了製作精美、時尚時裝方面的凌駕，西方片集與華語片集最大的分別就在於主題。華語片集多談倫理、家庭鬥爭、名與利的混亂處境、民間故事小品等，可以說是充滿了《紅樓夢》的影子。而西方片集的訊息及價值觀很簡單：正邪對立、維護和平、新科技戰勝傳統，還有振奮人心的兄弟情、爆炸性的幻想力，對當時看慣了倫理家庭劇及小品劇的大眾來說，這種新穎、時尚、高成本的西方片集實在令人眼前一亮。

西方文化開始透過電視入侵大眾的生活，連小朋友的玩意也不放過。李永銓小時候其中一種最重要的玩具/收藏品，就是隨外國香口膠附送的全彩色蝙蝠俠圖卡，前面是精美的劇照，背後有謎語，深受小朋友歡迎。他憶述，「那時一班同學都在儲，但很容易重複，多出來的卡就與其他人交換，成為了當時同輩間的娛樂。我記得，當中的三十四號卡很少見，永遠都儲不到的。」

由《蝙蝠俠》所帶動的西方片集熱潮，令大眾更易接受及嚮往西方文化，甚至間接造就了後來歐西流行曲的熱潮。

4 豹子頭

六七十年代交界，日本文化萌芽，最早期有山口百惠的歌，電視台亦會播放日式勵志運動劇集，如《青春火花》，以及小白獅、小飛俠、Q太郎、鹹蛋超人的動畫等，甚至直播跨年的NHK紅白歌合戰。漫畫方面，當時仍未有出版社代理日本漫畫，有些公司偷偷翻印日本漫畫，以鋼筆、毛筆重寫對白，處處可見「雞腳字」（即手寫粗筆標題字體），十分粗糙。一本漫畫也不獨立成書，出版公司將一本漫畫分拆成數個單元，分數期出版，每一期書刊集合數本不同漫畫中的一個單元，以此謀利。

其中一套最令李永銓刻骨銘心的是《豹子頭》（又譯《虎面人》），原著為梶原一騎，並由辻尚樹作畫，故事內容講述主角伊達直人以虎霸王的身份參與摔角比賽，與邪惡勢力在摔角場上決一死戰。

那是李永銓第一本自己掏錢買的公仔書，時價五毫子一本。《豹子頭》排版非常粗糙，卻很得他的歡心，單是封面已經使他熱血沸騰。該漫畫在當時亦非常流行。為甚麼？

原來，拜電視廣播事業蓬勃所賜，香港曾幾何時亦出現過一股摔角熱潮。

一九六七年，TVB 正式開台，是香港首間免費無綫電視台。由於免費及無綫的接收範圍更廣闊，電視迅速普及，愈來愈多家庭以看電視作為主要娛樂方式。TVB 的出現將澳洲的節目模式帶入香港，中午播放婦女節目，晚上有唱歌、喜劇類的綜藝節目，如《歡樂今宵》。在澳洲有個很受歡迎的世界摔角大賽節目，TVB 亦購入版權轉播賽事，風靡香港男女老幼。這個節目着重的不只是技術上的對決，而是如長連續劇般的正邪對決。正派有馬蘭奴、李雲，反派有寇替斯（狂人），有時正派突然變成反派，反派反省而成為正派，宛如武俠小說。

有說這些摔角手都是假的，只為演出一場好戲。但不管怎樣，也令一眾電視迷為之瘋狂。每到播放時段，李永銓一家都會守候在電視旁觀看，是一家大小最大的閒時娛樂，無怪乎該節目能夠成為TVB繼香港小姐競選後收視率最高的節目。

為人津津樂道的是，當時節目的主持何守信旁述精彩非常，自創的招式名稱如「毒蛇鑽」、「熊抱」、「倒頭樁」、「迷魂鎖」等，令人印象深刻。後來這些摔角手更來到香港大球場表演，以及來港舉辦世界摔角大賽，一萬多個座位全部滿座，足見其受歡迎程度。

《豹子頭》的出現，使李永銓對畫漫畫着迷。漫畫中的人物樣貌、人體的比例以及肌肉部份栩栩如生，令到李永銓對於樣貌及肌肉有更多掌握：「由那時開始，我經常畫漫畫，主角的樣子隨手就可以畫出來。在任何時間空間都會畫畫。後期雖然也會看松本零士、Q太郎的漫畫，但沒有一本能讓我動筆。」可以說，是《豹子頭》讓李永銓開始對繪畫肌肉產生興趣。

摔角
虎面霸
每冊港幣五角

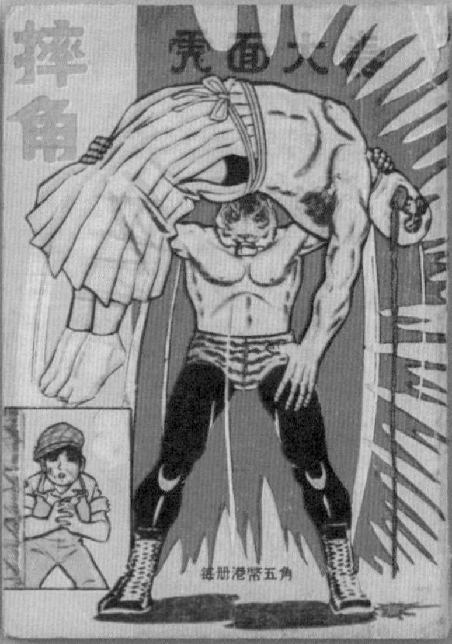
摔角
虎面大
每冊港幣五角

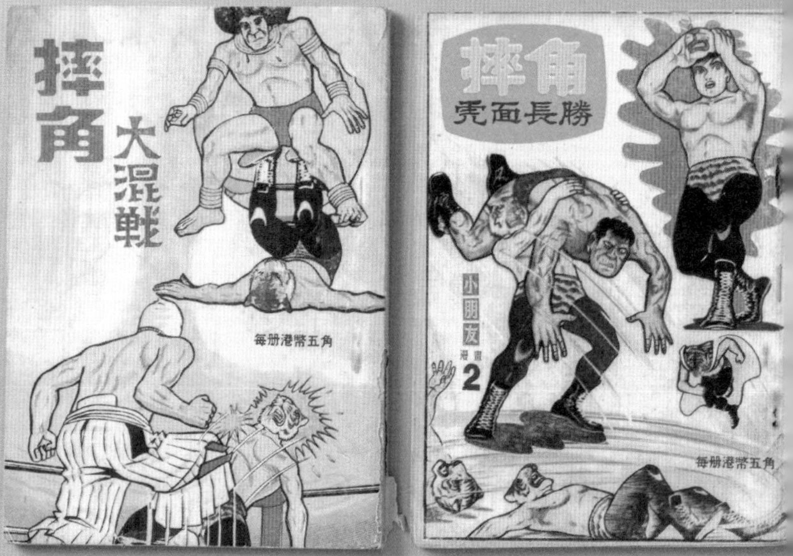

以豹子頭為主角的日本漫畫

5

男組

七八十年代，香港還未有日本漫畫正版代理，只有《兒童樂園》的叮噹才依手續取得正版代理。那時在香港見到的日本漫畫都是翻版，由「豪生」及「海豹」兩間出版社出版，印刷質素不高，卻是不少香港人的年少回憶。由池上遼一作畫、雁屋哲原著的《男組》，是李永銓在中學至工作時期很重要的漫畫。

《男組》對於李永銓來說有兩個重要的地方：故事及風格。《男組》的故事頗具政治性：學生會組織神龍組會長神龍剛次，自恃父親是政界右翼的大人物、政府影子內閣的老大，有父親的權力及金錢作為後盾，在青雲學園中呼風喚雨，儼如流氓，更野心勃勃打算一統日本關東。校園裏的同學都因懾於他的淫威，只得唯命是從。而來自少年監獄的主角流全次郎，則毫不畏懼，以身作則說服學生不再犬儒，並發起組織反抗神龍剛次，甚至最後奮起對抗、推翻政府影子內閣。一如《蝙蝠俠》、《豹子頭》，《男組》引人入勝之處在於主張正邪對立，中間絕無灰色地帶。

風格方面，李永銓偏好陽剛味濃的畫風。池上遼一畫筆下的主角形象及打鬥都離不開李小龍的造型，甚至到最後的打鬥場面也甚有《精武門》的影子。「雖然他的作品有很多暴力打鬥場面，也有性愛畫面，但不用套上膠袋，所以很受中學生、大學生歡迎，每個星期都會買一本！」

李永銓形容，雖然漫畫中的角色臉部輪廓一般（甚至男性換個髮型就已經是女性），但池上遼一對男性胴體的表現已經接近華麗水平。「馬榮成亦曾經遠道日本與他拜訪交流，可以見到馬榮成也受到他的影響，例如畫風華麗，但是人物公式化。這不單是馬榮成的風格，而是整個香港漫畫家都有這樣的趨勢。池上遼一另一個影響香港漫畫家的，就是漫畫中會出現大量打鬥場面。」作畫方面，當時池上遼一利用了新穎的影印技術繪製背景，將一些圖片影印再加工。今天看來是尋常事，但當時漫畫家多會鋪網點繪製背景；池上遼一的做法可以說是一種創新的嘗試。

SS comics
男組
原作 雁屋 哲
作画 池上遼一
10
Shonen Sunday Comics

6

浮世繪

喜愛閱讀的李永銓，中學時代非常喜歡逛書屋「打書釘」。那時候香港的書屋比現在更多，其中一間他特別喜歡的，是由著名香港漫畫家嚴以敬（阿虫）開設、位於黃泥涌道及禮頓道交界的一間二樓書屋。書的種類繁多，除了一般的文字書，更多的是與藝術相關的書，如素描入門書、歐洲藝術史書。李永銓指出，「很多靚書都會包膠」，但阿虫書屋裏所有書都會打開，讓人隨便打書釘，「任睇唔嬲」，亦讓他對於素描產生了興趣。

放假的時候，李永銓更會在書屋駐足三兩天，阿虫夫婦都記得他。「記得有一次，老闆娘問：『阿仔，你很多暗瘡呀，明天會過來嗎？』我說會呀。結果第二天她就煲了涼茶給我。」書屋裏冰冷的文字以外，還有一份濃厚的人情味。

在書屋裏，他第一次看到有別於西方素描世界的性器官，就在浮世繪的繪本裏。想來今天這類書，必定包上層層膠袋，封面貼上告示「不得售予十八歲以下人士」。但正是由於書屋對於藝術的包容及開放態度，才得以讓李永銓打開了眼界。

浮世繪起源於十七世紀的日本，是一種描繪現代塵世生活的繪畫，將人間的種種風情轉化為木刻版畫。這些木刻版畫分為不同派別，如狩野派、土佐派等。讓李永銓驚奇的，首先是這些木刻版畫的對版及用色的精準，比起中國唐朝、清朝的木刻版畫更加細膩精緻，並已經用上大量漸變色彩，「浮世繪中的一種特色顏色紅色，名為丹繪或紅繪，亦是某程度上我所見過最靚的紅色」。而且，不單只是雕工及用色，在印刷方面亦非常出色。每一種顏色都需要製作一份新的木版並印刷一次，一般需要印刷一至十版，過程繁複。

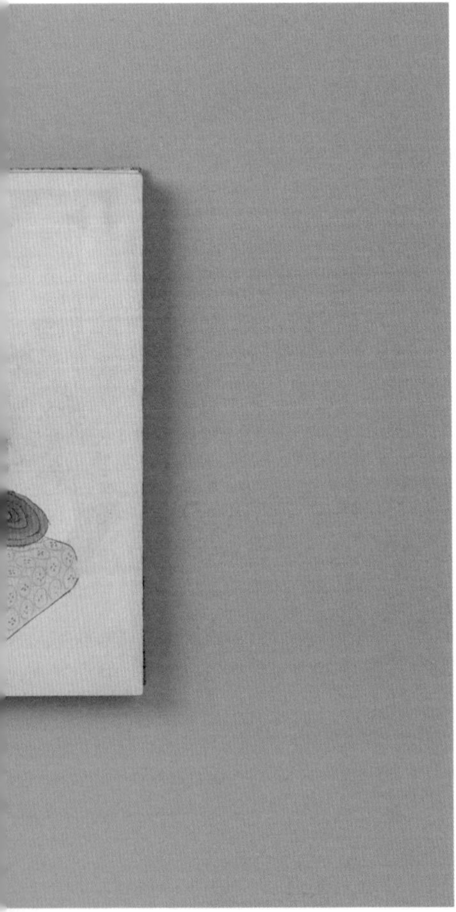

題材方面，大家普遍會想起最經典、色情的《章魚與海女圖》。但實際上，浮世繪的題材非常多，例如歌舞伎、歷史畫、風景畫、風俗畫等，重要的人物有擅畫美女圖的喜多川歌磨及風景畫的葛飾北齋。去到幕府時期，政府在印刷品審查制度方面實行「改印制度」，很多色情的浮世繪作品都被列為禁書，只能夠在地下交易流傳。

浮世繪作品

浮世繪對李永銓潛意識的影響很深，個人早期作品也傾向帶有性意味，常常會用到手、腳、乳房等身體部位。「我在浮世繪中看到的陽具非常巨大，畫面也很赤裸，不是同學看的那種遮遮掩掩的鬼妹相片。一談起性，大家覺得只有鬼妹才會如此，但原來早在古代東方世界，對性的態度已經可以如此大膽。最 hardcore 的是試過看到三個穿着不同衣服的僧侶在性交的畫面，對當時純真敦厚的少年來說，那種驚嚇到今天仍然歷歷在目。原來性是可以如此的！當我在最初接觸到的性已經如此離經叛道，我對性的看法就沒有底線了，能夠接受很 raw 很強烈的性，變相在我自己的創作中都可以去得好盡。」

可能因此，有人會叫李永銓做壞孩子。例如，他在一九九四年為佛教團體設計海報「種瓜得瓜」，客戶大驚：為甚麼很像女人的私處?!但一個小孩看到的卻是一個木瓜中間放了一尊佛手。李永銓笑說，這不是風動，而是心動。另一個例子，二〇〇三年為「大女人」展覽設計的一系列海報，在女性裸體上動手腳，如在私處放一把大剪刀、身體插滿棘刺，或是切開背部放入鋸齒。「別人問我是不是受過甚麼打擊（笑），因為我的作品很黑暗。這輯海報講女人的矛盾，女人不停渴求擁抱及愛護，同一時間卻會傷害到其他人。放大來看，人的一生不也是這樣的嗎？即使危險都要撲下去，猶如燈蛾撲火；性是可以完全不理性的。」

尖銳與不安，李永銓作品要求的是一擊即中。用性作為主題的好處是，容易挑起人們內心的躁動不安，願意在畫面尋找更多的訊息，同時直面自己的慾望。「其實性只是我其中一種表達方式，用性的效果來得比較直接，觀眾的反應也來得更加快。有人會覺得我譁眾取寵，但某程度上我覺得，沒有任何一種表達方式比性來得更加直接，更加不需要遮遮掩掩。性就好像是佛洛伊德所講與生俱來的，人們都是經由性交誕生，我們在母體中長大，不論男人女人都是這樣，只是世俗化影響了我們對性的看法。為甚麼一開始就要把性打入十八層地獄？性有甚麼出奇？有甚麼需要封閉的？再說不只會覺得虛偽。」

7 年青人周報

躐數多多的李永銓，在中學時期曾經有一段時間為雜誌供稿，甚至後來孤身遠赴日本訪問坂本龍一。能夠得到這個寶貴的經驗，實在要多得文化雜誌《年青人周報》。

周報於一九七二年創刊，一九九七年停刊，二十五年間孕育了不少年輕作家、專欄作者，包括李碧華、毛孟靜、朗天、游靜、黃碧雲等。周報題材涉獵甚廣，是當時很重要的文化評論刊物，主打樂評、書評、文藝、影評、文化評論等。今天

謹賀新年

年青人周報

YOUTH'S WEEKLY（NO. 556） 一九八三年二月十五日——二月二十一日

恭賀新禧・新年進步

溫瑞安的武俠憧憬

他自小迷戀中國武俠，十七歲開始，寫武俠故事，認定武俠小說是雅俗共賞的文學藝術

說到武俠小說，即使不愛刀光劍影的，也曉得金庸、古龍是去者者，[illegible]許，可惜已熱待筆，讀者一聲不知一聲，新一輩中能夠接棒的不多，而能自成一格的推溫瑞安。

他是馬來西亞華僑

也許你沒聽過溫瑞安三個字，他的書在香港出現不過一年光景，武俠書迷才慢慢會認識。

那天我要進小說租書店，老板就忙不迭為我介紹：「他的書寫得不錯，你先看看這本，包保話好，管再搭你介紹其他。」

這本是「四大名捕震關東」，是他讀高中時，模擬通付緊張的暴豪試之餘，像次我書的處男作，那年他才十七歲。

「我當時是投稿到報刊的，沒想到刊出後被一家出版社賞識，來找我說替我出書，就這樣我的出版了。」這位土生土長的馬來西亞華僑說得一口流利廣東話。

本文轉入第12版

●年青人周報YOUTH'S WEEKLY ●逢星期二出版●每期出紙三張●每份港幣八角●地址：九龍彌敦道562號六樓●電話：K302625-K319914
●九龍郵箱K4076號●本報已經香港政府登記●編輯：年青人周報編輯委員會●景星印刷廠承印●●●●●●

我們熟悉的名字，如影評人羅卡、張藝成，當年亦於周報撰寫影評。

《年青人周報》是《中國學生周報》的延續。《中國學生周報》由一班從中國內地南來的香港文化人於一九五二年創辦，創辦人為余德寬，由友聯出版社發行（該社同時出版《兒童樂園》）。最初主要是以海外華僑學生、年輕人作為對象，冀望建立一個溝通平台，作為對抗左派文宣陣地。銷量最高峰曾達三萬份，可見當時文化刊物也有一定的市場。

五六十年代的香港，正處於中國傳統文化與世界時潮交替的時期，也是充滿左右對立的時期。而《中國學生周報》更着眼於世界思想，偏向右派主張。根據李永銓的說法，當左派發起了大遊行示威，偏向右派的《中國學生周報》報導時只得審時度勢，怕被左派攻擊，變相縛手縛腳，慢慢變得只談及花邊新聞、娛樂、經濟、文化，脫離了大時局，後來更式微，最後於一九七四年停刊。

《中國學生周報》結束之後，很多原來的作者都加入了《年青人周報》，周報兼且承接了原有讀者。這份單色印刷、低成本的刊物售價低廉，沒有政治立場，加上有另外「一手紙」講偶像，容易受年輕人歡迎，是當時年輕人每週必買的刊物。

早於中學時期，李永銓已經成為了周報專欄「八通街」的作者Tommy仔，撰寫普及文化和潮流購物。「記得當時的主編叫Chris Tong，是一位老實謙卑的文化人，他不管你有沒有名氣，只要他認為適合，文章一經刊登就會有稿費，甚至給你一個地盤去寫。當時我一個中學生，心想：不如試一試吧？結果成功了。Chris Tong一見我就說我夠八卦，甚麼也知道，結果就為我開了一個專欄，談談買書本、衣服、唱片等，又四周八吓有甚麼特別、冷門的活動、展覽、音樂會之類。我寫的其實是城市脈絡。」寂寂無名的一位中學生，也能夠得到二三百元稿費，可想而知Chris Tong的確是一位老實人。

李永銓記得，當時他為了得到最新的資訊，往往是最後一個交稿的作者。每到星期日晚上七時，他就手執原稿紙，走到Chris Tong位於油麻地的家兼辦公室交稿。「記得他的家晚上只開了幾盞燈，昏昏暗暗，當Chris Tong在對稿，唐太就負責排稿，只有兩夫婦在工作，沒有其他職員。」這種家庭式經營——即幾個人「夾手夾腳」創辦一份雜誌，是當時常見的現象。後來當 Chris Tong 的摯愛、生命及工作上的唯一伙伴唐太離世後，就意興闌珊地將周報結束。

在擔任周報的專欄作者期間，李永銓得到前往日本撰寫報導的機會，下文詳述。

8

號外

談及香港普及文化發展，不能不提的是《號外》雜誌，一本很重要的City Magazine。今天我們看到的《號外》以深度專題報導為主，是城中的文化雜誌。在資訊發達的互聯網年代，它的重要性似乎日益減少。但在七八十年代，《號外》在介入社會文化潮流趨勢方面，顯然具有顛覆性的作用——它不只是一本推介中產階級商品或潮流資訊的雜誌，更重要是提供了中產階級對於品味生活的想像，同時形塑中產階級的身份認同。這種想像及認同是甚麼？「拒絕庸俗」。

戰後的香港，除了少數的上流階級，大眾生活普遍匱乏，商品以日常必需品為主，奢侈品仍屬少數人的玩意。七十年代中後期開始，金融發展蓬勃，帶動了社會經濟的活力，有一部份人開始靠着投機及做生意致富，在以往的上流階級與普羅大眾之間出現了中產階級。順帶一提，兩岸三地中，最早出現中產階級的就是香港，在亞洲地區與新加坡、日本並列。

可以想像，中產階級剛崛起時，猶如天地之初，混亂不堪。天知道一個「合格」的中產應該是怎樣的？誰知道要怎樣打扮、生活才算有品味？誰懂得去鑑賞分辨好壞？這些人只懂得賺錢，除了錢，甚麼也沒有，腦袋空空的，需要指路明燈。

要靠甚麼？在那個互聯網資訊不發達的年代，傳播渠道不外乎電台、電視、報刊雜誌。不論是電視還是電台，其定位在於普羅大眾，題材、資訊傾向大眾化——也就是說，以最有共通點的方式來處理，把社會上不同的階級混在一起，把觀眾想像成單一類型，自然落得俗套。當每一個人都能夠代入這種身份的時候，anybody 其實就是 nobody。要成為 somebody，就要擁有與別不同的 something，那只剩下雜誌一途。雜誌不同的地方在於，其定位是具選擇性的，它在選擇讀者。李永銓憶述，在當天，一名身處中環的華人名媛，穿着 Ferragamo 高跟鞋、山本寬齋設計的寬膊上衣，走入文華東方酒店時，腋下夾住一份二十五點五乘三十八厘米的《號外》，是會感到自豪的，因為《號外》代表的是品味。在此之前，中環華人普遍夾着的是 *Newsweek*、*Time*、*Vogue* 或者 *BAZAAR*、*GQ* 等英語雜誌。

為何《號外》可以成為中產的明燈？在最初雜誌成立的時候，始創者或許都沒有想太多。一九七六年九月，陳冠中、胡冠毅、鄧小宇三人在灣仔譚臣道的一個小單位創辦了《號外》，後期丘世文加入。李永銓記得，第一期《號外》更像是一份小報，並以「贊育醫院輸錯血」深度報導作為頭版，與後期方向很不同。

《號外》的幕後班底都是嬰兒潮出生的首批接受高等教育的菁英分子，既有從香港大學畢業的人，亦有在英美留學的海歸派。這些文化菁英都有一套獨特的視野，是最活躍的中產分子、優皮一族。最重要的是，這些人拒絕大眾平庸的華人主流文化，執意要建立一套獨特的美學風格、生活態度。

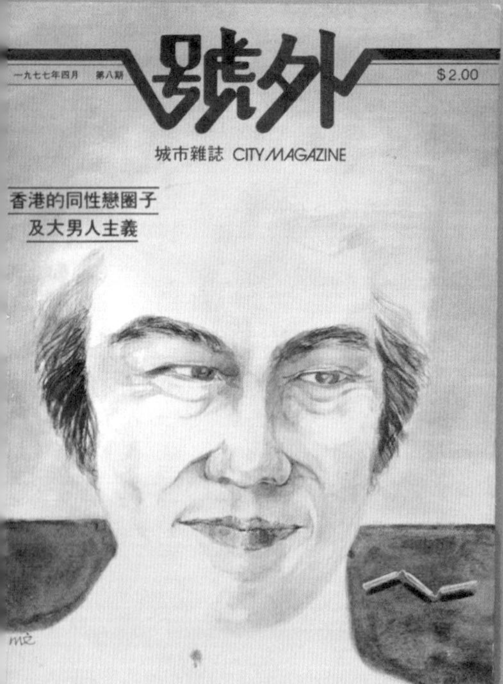
一九七七年四月 第八期
號外
$2.00
城市雜誌 CITY MAGAZINE
香港的同性戀圈子
及大男人主義

JULY 1988
CITYMAGAZINE
NO.143 HK$2
號外
隨書附送 French Special Feature

他們僅僅為了表達自己，就已經得到新興中產的共鳴與認同，間接打造了中產階級對於品味的想像。《號外》不只是城市中的一本雜誌，更加成為了一本能夠代表香港普及文化的城市雜誌。

最為人津津樂道的是《號外》中各種描繪都市文化、人情冷暖的專欄。這些專欄多由陳冠中、胡冠毅、鄧小宇及丘世文分別以不同的筆名撰寫，一些玩味甚濃的筆名包括「利洗柳媚」、「何雅士」，像是諷刺上流階層裝模作樣，暗地裏卻是「雅士·何」（Asshole）。而有趣的是，這些專欄行文間以中英夾雜，時而加插廣東話口語，在那個年代頗為人詬病，卻大有一種建立獨特的「香港語體」的顛覆意味。到了今天，這種寫作方式已經見怪不怪了，可見《號外》非常前衛。

受歡迎的小說包括鄧小宇以筆名「錢瑪莉」連載的《穿 KENZO 的女人》，描述七十年代新時尚女性的心態。主角錢瑪莉是高級白領階層，在物質慾望與真愛之間舉棋不定。她不算特別富有，卻能自給自足；不是位處上流階層，卻又享受名牌、旅遊、派對，追求生活質素及品味；希望嫁個好老公，卻又對身邊的追求者諸多不滿，認為他們不夠「上流」、不夠派頭。作者在字裏行間批判了社會的物質享樂主義，同時對於大眾的庸俗加以嘲諷，認為他們沒有品味、見識淺薄。其他欄目，如丘世文的《周日床上》也屬經典之作。

從中可以一窺《號外》早期所推崇的「合格」中產階級：一方面緊貼潮流資訊，懂得去挑選好的東西，過上有質素的生活；另一方面，不只安身於成為只懂吃喝玩樂的 Smart Ass，應該要對社會作出批判——批判那些不加思索便全盤接受電視廣告意識形態、抱持主流價值觀的普羅大眾。所謂「合格」的中產便是具有高度自覺、批判能力，同時能聰明地消費的群眾。如此種種，不經意地成為了中產的標準及方向。

當然，單是諷刺挖苦、妙筆生花的文字，並不足以吸引這群有消費能力的中產，如果只有長篇大論，那《號外》只不過是一本輕鬆版的文化雜誌，平平無奇；當時市面上已經有很多由文化人所創辦的文化雜誌，如《文化新潮》了。而《號外》透過排版、照片呈現的視覺美學，是讓它變得富時尚感的重要元素。

七八十年代曾替《號外》擔任攝影師的包括辜滄石、梁家泰、楊凡、陳道明、孫淑興等，每位都會給《號外》帶來不同風格，諸如優皮、華麗、時尚。《號外》也曾經找來張叔平、劉天蘭、李志超等擔任美術指導，粒粒皆星。那個時期的《號外》執意找來城中俊男美女拍攝封面，包括當時得令的明星，如林青霞、鍾楚紅、張國榮、達明一派，這些明星亦是藝能界最有影響力的一群，見證了香港文化、電影、娛樂的最高里程碑。

李永銓憶述，《號外》是最肯花錢在攝影及美術指導的雜誌，他也曾經客串替《號外》拍攝特輯。「很記得有一次，我幫《號外》做一個關於 Jean Paul Gaultier 的攝影集。那時我們做了一套《自殺勿語》，利用七個自殺的行為狀態去帶出品牌的時裝。這七個自殺的行為過程均處於七處很敏感的地方。最記得其中一個地方就是在我公司樓下的木韆，拍攝模特兒假裝開槍自殺。我們又找來男性模特兒易服，身穿迷你短裙、黑絲襪，頭頂金色假髮，加上一個艷紅色的化妝，在大會堂兒童圖書館假裝割脈自殺！當時我們只有五秒鐘的時間，在廁所換好衣服後就衝進去趕緊影相，保安後來立刻趕到，向我們怒吼：『你們在做甚麼呀！』也曾經在中環「大館」（即位於荷李活道的中區警署建築群），找來模特兒趴在地上，以白色粉筆框住了他，就好像剛剛有人跳樓，一拍完警察就衝過來了。我們還在地鐵站掛上大粗繩，拿椅子出來假裝準備要吊頸；又在的士中飲滴露裝作嘔白泡，嚇得司機大叫；或者在香港大學對出的海跳海，冷得那個模特兒差點患上肺炎！」難得的是，當時《號外》竟有如此成本，並包容、接納這些新意念。「玩得咁盡」，多少帶有中產的優皮味道。在今天，似乎這一切都不可思議。這些便是屬於當時《號外》的前衛開放。

二〇〇三年，《號外》雜誌被中資企業現代傳播收購，還真如在訴說香港的命運。

9 Illustration Workshop

在 Google 搜尋 Illustration Workshop 插圖社，沒有太多相關資料，只有零散的文章說它是「神秘組織」，彷彿在八十年代曇花一現後就消失得無影無蹤。你可能不認識他們，但文化雜誌《號外》大大的 Logo，便是由 IW 成員黃健豪親手設計的。

七十年代末，八位不論在興趣上還是美學觀念上都志同道合的設計學院畢業生：郭立熹、吳鋒濠、蘇澄源、黃健豪、莫康孫、關海元、張新耀和李錦輝，成立了一個以 Freelance 形式接工作的設計公司 Illustration Workshop 插圖社。IW 的風格帶有強烈的西洋風，而且很聰明地運用了具濃厚東方色彩的圖騰，例如舊中國畫、中國共產黨的標記、強烈的舊香港風或政治人物，創作出頗具玩味的作品。「IW 用的字體、構圖、手法、主題，全部都充滿了趣味，我們讀設計的時候絕對是受了這班人的影響。看 IW 的展覽，他們的插圖充滿了城市味道，中西合璧，一出來就已經令人眼前一亮。IW 多數幫雜誌或者時裝品牌做設計，成員的衣着打扮、行為模式都很時尚前衛，非常有型，是我們理工學院設計學生茶餘飯後的話題。他們更被譽為設計圈子內很重要的生力軍。」李永銓憶述。

重要到一個怎樣的程度？IW 堪稱是香港的一個見證。當時日本有幾本重要的雜誌專程飛過來香港訪問及報導 IW，其中兩本是 *Illustrator* 和 *Super Art*。日本人認為香港是很前衛的城市，在設計方面帶領時尚。「當時香港有 IW、Disco Disco、張國榮，在日本人眼中全都很時尚、很劃時代，他們覺得香港很國際化。從 IW 的作品中，可以見到香港昔日的狀態：有趣新穎、前衛時尚、中西合璧，會使用政治人物作為象徵，但一點也不政治化，是一個輕鬆歡樂、有活力的年輕城市。」隨着 IW 解散，同類型的設計組合也不復見，香港漸漸出現老去的痕跡。

emerge with their own distinct direction. With the growth of the workshop, its members also grew as individuals and opportunities to travel increased drastically, with them came influences from the world over which we all shared:

SUPER VISION SHOW

Tommy went into China, Tomaz attended an illustrators' seminar in Paris, Kin Ho, Tenny & Philip made trips to Los Angeles, San Francisco and New York, Louis shot commercials in Greece and S. Africa, So worked in Australia for six months, and Kin Ho made numerous trips to Japan, laying the foundations for friendships recognition on those shores, to the point where we' find Japanese knocking at our door every two weeks! This show represents our work, collectively and individually from the last two years, and we look forward to many more.

ILLUSTRATION WORKSHOP

一九八〇年商標
OUR LOGO 1980

WONG KIN HO

TOMMY LI

PHILIP KWOK

TOMAZ MOK

ALLAN KWAN

SO CHING YUEN

LOUIS NG

TENNY CHEUNG

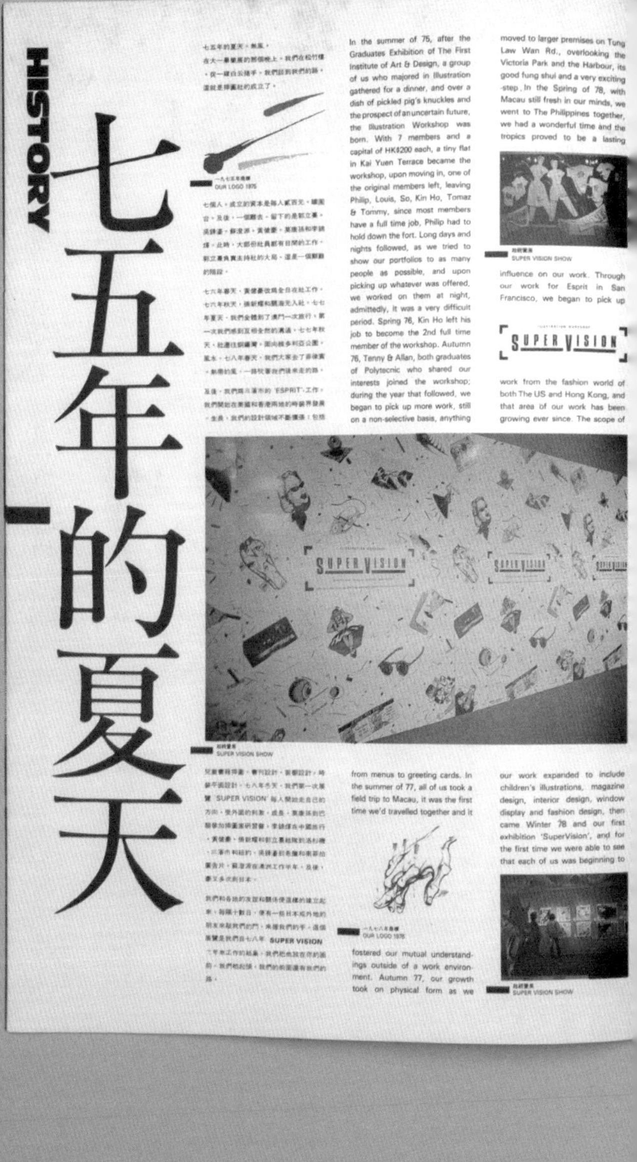

HISTORY

七五年的夏天

[illegible]

OUR LOGO 1975

[illegible]

In the summer of 75, after the Graduates Exhibition of The First Institute of Art & Design, a group of us who majored in Illustration gathered for a dinner, and over a dish of pickled pig's knuckles and the prospect of an uncertain future, the Illustration Workshop was born. With 7 members and a capital of HK$200 each, a tiny flat in Kai Yuen Terrace became the workshop, upon moving in, one of the original members left, leaving Philip, Louis, So, Kin Ho, Tomaz & Tommy, since most members have a full time job, Philip had to hold down the fort. Long days and nights followed, as we tried to show our portfolios to as many people as possible, and upon picking up whatever was offered, we worked on them at night, admittedly, it was a very difficult period. Spring 76, Kin Ho left his job to become the 2nd full time member of the workshop. Autumn 76, Tenny & Allan, both graduates of Polytecnic who shared our interests joined the workshop; during the year that followed, we began to pick up more work, still on a non-selective basis, anything from menus to greeting cards. In the summer of 77, all of us took a field trip to Macau, it was the first time we'd travelled together and it fostered our mutual understandings outside of a work environment. Autumn 77, our growth took on physical form as we moved to larger premises on Tung Law Wan Rd., overlooking the Victoria Park and the Harbour, its good fung shui and a very exciting step. In the Spring of 78, with Macau still fresh in our minds, we went to The Philippines together, we had a wonderful time and the tropics proved to be a lasting

SUPER VISION SHOW

influence on our work. Through our work for Esprit in San Francisco, we began to pick up

work from the fashion world of both The US and Hong Kong, and that area of our work has been growing ever since. The scope of our work expanded to include children's illustrations, magazine design, interior design, window display and fashion design, then came Winter 78 and our first exhibition 'SuperVision', and for the first time we were able to see that each of us was beginning to

SUPER VISION SHOW

[illegible]

SUPER VISION SHOW

[illegible] SUPER VISION [illegible]

OUR LOGO 1978

SUPER VISION SHOW

插圖社展覽場刊內頁

10 POPEYE

「Magazine for City Boys」，是日本男性潮流雜誌 *POPEYE* 創刊至今的口號。說是潮流雜誌，也不甚準確，因為這不是一本介紹流行文化的刊物，它的野心更大：希望為城市男孩打造潮流。POP-EYE，以美國西岸生活為基礎，同時作為時尚生活的眼睛，帶讀者去看看更廣闊的世界，來一場大冒險！

POPEYE 於一九七六年創刊。當時日本經濟雖然蓬勃，大眾消費力高企，但本國與外國文化交流的渠道卻相對封閉。戰後日本人崇尚美國文化，希望獲得接觸資

訊的機會，創辦人木滑良久和石川次郎瞄準了這個缺口，創辦了*POPEYE*。

創刊號以美國經典漫畫人物大力水手作為封面；編輯們特意飛到美國西海岸的洛杉磯，住上兩週，實地取材，前往加州大學洛杉磯分校（UCLA）找尋具時尚觸覺的大學生，了解他們的衣食住行以及當地的流行文化。題材涵括甚廣，從衣着、運動、電影、音樂、家居、街頭文化等，鉅細無遺地展現西部文化特色之餘，亦教導大眾怎樣生活才能夠成為一位最酷的「City Boy」。譬如當時洛杉磯人喜歡打網球，*POPEYE*不只介紹運動，更花上大量篇幅談論服飾上的配搭：穿鞋襯襪、球拍款式、頭箍護腕、古龍水，每一部份都仔細介紹，配以大量精美的西式插圖。「這本書與我們當時看的華文雜誌，簡直一個天一個地，是一本極吸引人的City Boy Magazine。對一個設計人來說，非常之中！」李永銓解釋。

編輯們每次實地取材，都拖着幾個滿滿的行李箱回到日本，裏面放了幾百件商品。他們深信，只有真正成為用家，了解物品背後的故事，才值得向讀者推薦，寫出打動人心的文章。這種實地取材、不計成本的自殺式、匠人式辦雜誌方式，

只有 *POPEYE* 才能做到，並獲得了空前的成功。當時追捧時尚文化的年輕男性，都會被稱為「POPEYE 少年」，可想而知其影響力。

時至今天，*POPEYE* 的銷量仍可達九至十二萬本。雜誌定位準確固然重要，但用心製作才更是成功的不二法門。

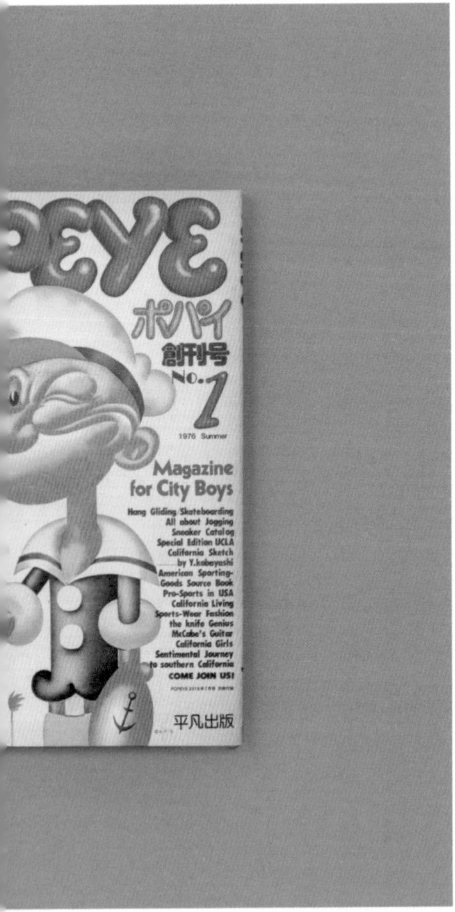

右： *POPEYE* 創刊號
左： *POPEYE* 四十週年紀念特刊

11 Visual Message

李永銓唸理工學院期間，不斷從日本設計雜誌中汲取養份。當時日本經濟蓬勃，客戶願意花錢在廣告設計方面，以推銷服務及商品，造就了日本廣告界設計界的繁榮，催生了很多既大膽又創新的意念、風格。得益於業界興旺，日本的設計雜誌漸漸增加，普遍質素甚高。

其中一本只出版過兩三期（所以即使是日本人也未必會知道）的設計雜誌 *Visual Message*，讓李永銓真正認識到何謂 *Visual Impact*。這本雜誌其中一位主理人正是日本國寶級設計大師、無印良品之父田中一光。書中刊登了日本視覺創作人，如橫尾忠則、吉田カツ、淺葉克己等人的作品，通過強大、震撼的視覺效果去表達訊息。*Visual Message* 就如設計雜誌版的 Best of 精選大碟，讓李永銓激讚：「作品水平非常之高，利用視覺表達訊息的功力深厚，每次都令我眼前一亮，令我對他們的創意設計完全拜服。而且從這本雜誌中可以得知當時日本廣告圈子內發生的事情。你會讚嘆那個年代夠膽之餘，視覺呈現與概念都很新穎、高質素。」

順帶一提，這些在香港售賣的日本雜誌，加上運費，售價並不便宜。但更重要的是，在哪裏可以買到這些日本雜誌呢？

李永銓解釋：「八十年代來港工作的日本人達十四萬，是一個不小的數字，因此香港有很多日本的商品、百貨公司，而且非常受歡迎。」香港早於六十年代已經有日資百貨公司進駐——銅鑼灣的大丸，七八十年代更是日資百貨公司的鼎盛時期，伊勢丹、松坂屋、三越、東急、八佰伴、崇光等如雨後春筍，相繼開業，它們主要集中於尖沙咀及銅鑼灣，而銅鑼灣更被稱為「小銀座」。這些百貨公司有一個特點——頂樓必定有一間書店，大部份日本雜誌都可以在那裏購買或訂購。至於比較偏門的設計雜誌，如 *Visual Message*，就要到灣仔競成或尖沙咀智源書局訂購了。

九十年代，日本泡沫經濟爆破，加上一九九七年亞洲金融風暴，很多日資百貨公司的母公司陷入財政困難，在香港相繼結業，昔日光輝不再。

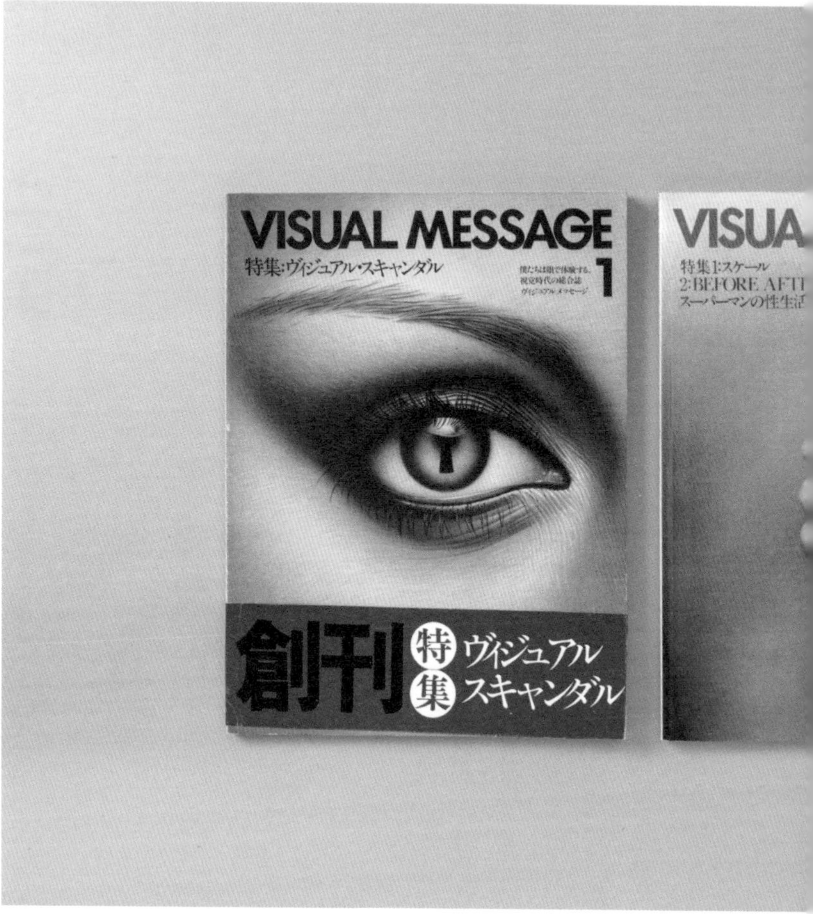
VISUAL MESSAGE
特集:ヴィジュアル・スキャンダル
僕たちは眼で体験する。
視覚時代の総合誌
ヴィジュアルメッセージ
1
創刊
特集
ヴィジュアル
スキャンダル
特集1:スケール

12 Akira

這是一個關於文明走到盡頭，摧毀一切的末日故事。

李永銓記得，當時身邊幾乎所有設計師朋友，手上都會有一套*Akira*，「我們都是陶醉在日本漫畫世界中長大的人，我們都喜歡未來世界，喜歡速度感，正正就是*Akira*能夠帶給我們的東西。」

在*Akira*（中譯：《光明戰士：阿基拉》）的描述中，一九八〇年代的日本被核戰爭所摧毀，戰後努力重建了三十年後，打造了一個「新東京」，並在二〇一九年大興土木着手興建運動場，作二〇二〇年東京奧運會之用（是巧合還是計算？作者兼導演大友克洋竟然準確預測到二〇二〇年奧運會將會在東京舉辦）。然而，在場館下隱藏了秘密軍事力量——阿基拉，政治野心家冀望這股力量可以帶領日本再次征服世界。豈料這股力量到最後竟反過來再次摧毀整座城市。

「新東京」的繁榮，卻是由墮落的人心所堆砌：青少年失去了夢想，終日吸毒、打鬥生事；成年人貪婪、拜金，追求玩樂主義；政治局勢動盪，野心家對權力虎視眈眈。除了描述人性的黑暗面，大友克洋更擅於刻畫宏大壯觀的城市場面，以及大都會中頹垣敗瓦的末日異風景，畫風極精緻、具感染力，人物動作極流暢、富動感。而大友克洋的暴力美學也在 *Akira* 貫徹始終，不論是街鬥，還是異能人爆炸，都有毫不掩飾的血肉橫飛場面，震撼人心。

大友克洋在一九八二年開始連載 *Akira* 漫畫，並在一九八八年改編成動畫電影。動畫版一出，在西方世界中掀起了一股日本動畫的熱潮，成為了所有日本動畫的分水嶺——沒有人想過原來動畫也可以做出堪比電影的鏡頭運用，就如一次動畫革命。令人拜服的是，*Akira* 原著漫畫的每一個分格已經儼如電影分鏡，往後不論日本還是歐美的動畫都以其作為重要的參考。

順帶一提，電影配樂由前衛實驗樂團藝能山城組負責，為電影帶來了末日的詭異感，亦為人津津樂道。

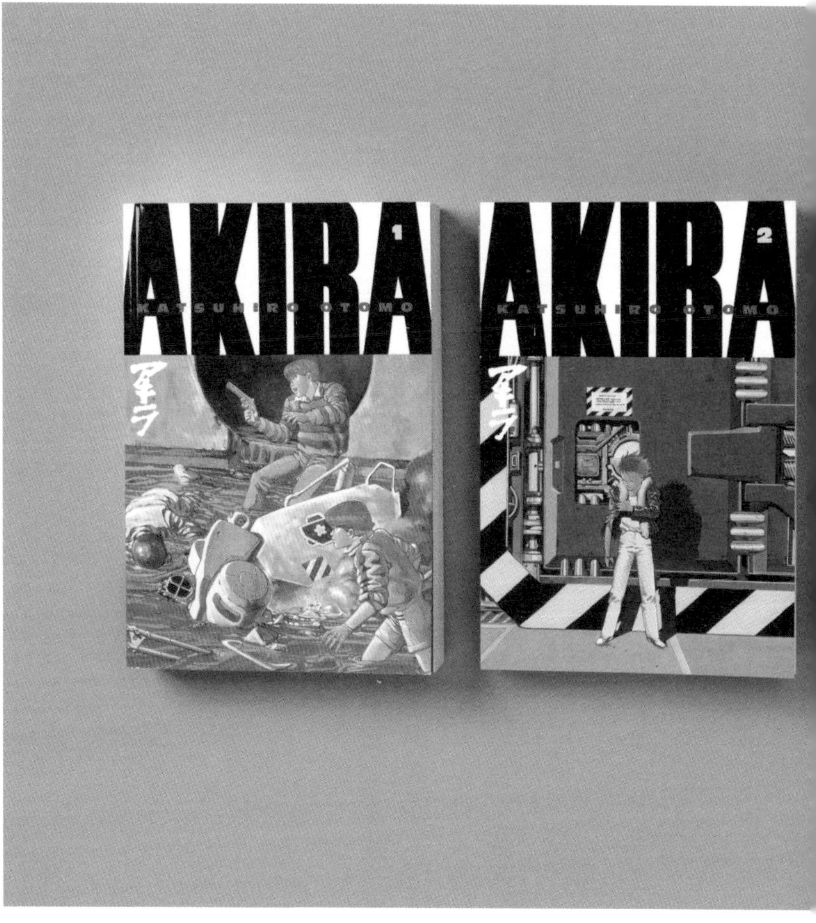
AKIRA 1
KATSUHIRO OTOMO
アキラ
AKIRA 2
KATSUHIRO OTOMO
アキラ

13

吉田カツ

八十年代的日本，無論設計雜誌、海報、唱片封面，均喜愛聘用插畫師繪製插圖、漫畫。為人津津樂道的插畫師名字包括大西洋介、齋藤雅緒、秋山郁、山口司郎、齋藤美奈子等，當然不得不提的還有對李永銓影響很大的吉田カツ（亦有譯為「吉田克」）。現在能搜尋到吉田カツ的資料不多，但他每張作品總能令人留下深刻印象。

深刻的地方在於，從他的作品中，你無法分辨到底這是一張藝術畫，還是商業作品。身為商業插畫師，他的作品並不瞄準商業世界，不走一般常見的精雕細琢路線，反倒堅持個人風格，劍指人性的本質，激情澎湃而又帶點粗俗、猥褻。他以粉彩及炭筆，幾筆主要的線條勾勒出男女胴體的肌理（當然亦會出現性器官），加上大筆一揮的着色方法，展現出粗獷原始的慾望。在他的世界中，精緻更像是對於真實世界的偽裝及掩飾。

吉田カツ雖然走偏鋒路線，但仍然甚有市場，可以見到當時日本是如此開放。相對來說，當時香港的商業世界仍偏向保守穩妥。

李永銓有段時間曾經當過插畫師，一下子就受到吉田カツ強烈的粗獷風格所震撼，尤其是當他看到相片裏的吉田カツ赤裸上身，趴在地上畫一張十呎乘十呎的作品，不禁讚嘆：「很震撼！通常我們都會斯斯文文，握着炭筆在枱上作畫，但他卻趴在地上全情投入！我第一次感覺到原來插圖都可以擁有強大的生命力。他的作品所帶出的這種感覺，直至今天都很難找到第二個人取代。」

吉田カツ碳筆畫作品集

14 idea

idea（アイデア）創刊於一九五三年，雖然是日本雜誌，但主題並不局限於日本，而是從最廣闊的國際議題中出發，提供更多角度予讀者去理解設計的世界。

日本的設計界以廣告為主，養了一大班設計師工作，變相在早期 *idea* 看到的內容大部份都與廣告有關。早期 *idea* 除了介紹日本的設計師及其作品，最重要的篇幅留給了報導美國通俗及藝術廣告，可以說，*idea* 是當時日本人極度少有可認識外國廣告的一本雜誌。發展到八十年代，*idea* 出現了變化，開始以日本的設計師為主，不過編採方向仍然停留在人物報導形式，直至二〇〇〇年後才主打深度專題報導，着重分析與研究，與一般設計雜誌有很大分別，收藏價值亦更高。

李永銓認為，報導式的雜誌早晚會被淘汰。「我記得在九十年代，這種報導形式的設計雜誌已經太多了，不論台灣、香港、中國內地，還是日本，均了無新意。為甚麼？很簡單，譬如訪問三木健，就變成三木健的專輯，全世界都會這樣做：跟他做訪問，加一些新的資料，拍一些照片，然後介紹他的作品。試想想，他那麼出名，可能同時已經有二三十本雜誌做一模一樣的訪問。如果你的雜誌與其他雜誌的分別不大，怎賣？」

而 *idea* 走認真的深度專題路線，正是大勢所趨。「他們做的專題非常用心認真。幾年前他們已經着手準備做一個印度設計特輯，專程飛去印度與對方做訪問，到今天仍然未完成！」這麼多年來，*idea* 的編採人數極少，編輯團隊只有幾位成員，包辦構思主題、拍攝、製作、訪問、版面設計等工作，仍然堅持用最傳統的手畫一格一格 Layout 去決定文字及圖片的位置。

idea 可能是世界上印刷最精美的平面設計雜誌，每期均會因應不同的主題而在印刷上添加不同的創意，譬如改變紙質，做不同的拉頁、插頁，專色印刷等。製作如此認真，主題又獨到深入，難怪成為每位設計師必買的雜誌。

右：一九五三年 *idea* 創刊號
左：第三五五期 *idea*

15

CA

除了 *idea*，另一本設計師人手一本的雜誌必定是 *Communication Arts*（CA）。

Communication Arts 創刊於一九五九年，是一本專為業界而設的雜誌，範疇包括平面設計、廣告、攝影、插畫及互動媒體。對業內人士來說，*Communication Arts* 最重要的是每年舉辦的 CA's Award of Excellence 評審比賽，以及將得獎作品結集成 CA Annuals。這個獎項全球公開招募，早期分為四大範疇：廣告、設計、攝影及插畫，後來再加上字體及互動。對象不限，無論是專業人士還是學生，只要作品優秀就能獲獎。而由於 *Communication Arts* 全球流通量高，加上專業的評審，令到該獎項的認受性極高，能夠放在 CA Annuals 的作品幾乎代表了全球最厲害的少數。可以說，CA Annuals 展現了當代的視覺美學標準。

李永銓憶述：「這個獎項非常重要，當時我們全部人都會把自己的作品寄過去，要是得獎，你的名字及作品就會讓全世界的人看到，大家都很想自己的作品能入選。我也曾經入選它的 CA Annuals，第二天回到學校，同學們都走過來恭喜我，原來大家一直在留意誰會入選！到了工作時，*Communication Arts* 也是公司必定會訂閱的其中一本刊物。從讀書到打工，這本雜誌對我來說都很重要。」

COMMUNICATION ARTS
ILLUSTRATION
ANNUAL
1984

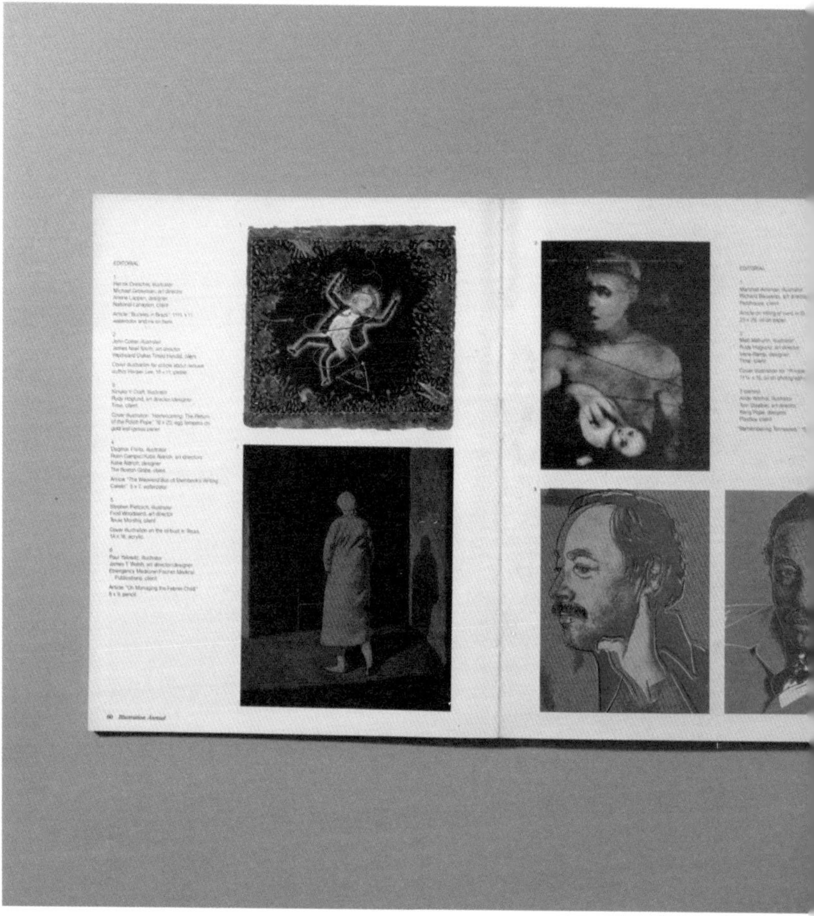

CA 作品集內頁

16

Super Art

Super Art 於八十年代創刊，以介紹日本潮流及普及文化為定位，是李永銓學生時代必看的一本文化讀物。他認為，直到今天為止，很難再出現一本像 *Super Art* 那樣全面談論一線文化現象的雜誌了。

他猶記得，當日與設計系同學逛位處尖沙咀、專售日本雜誌及書籍的智源書局，老闆 Sunny Wong 跟他們說了一句話：「你不買這本是不行的！」當然其中有推銷的成分，但確實，這本雜誌是如此的重要：不只是設計，更是關於日本整個普及文化——攝影、繪畫、藝術、設計、包裝、插圖、話劇、音樂、電影、時裝，一應俱全。

在 *Super Art* 可以看到於日本異軍突起而受全世界矚目的樂團 YMO、橫尾忠則的海報、寺山修司的話劇、山本耀司的時裝、田中一光傳統與現代的海報、淺葉克己的廣告、空山基的金屬插圖、大友克洋的動畫 *Akira* 等，這些全都是當時日本普及文化的大旗手。雜誌內容全中了李永銓的口味，而當時每一位設計師，都是如斯瘋狂地追逐着日本豐盛的普及文化。

可惜，在創刊兩三年後，*Super Art* 就停刊了。原因很簡單，雜誌要介紹的差不多都講完了，與其轉型集中報導某一範疇，如音樂或電影，從而失去本身的定位，倒不如直接結束了吧。

SUPER ART GOCOO 悟空
クリエイティヴ・カルチャー インタヴュー・マガジン 80 1 580yen
ART WORKS IN NEW YORK CITY
ニューヨークのアートワーク①
80 4

SUPER ART
GOCOO
12
580yen
クリエイティブ・カルチャー
個人映画70〜79
70年代の映像作家たち
天井棧敷全美術カタログ
TENJO SAJIKI
WHOLE ARTS
CATALOG
80年型
YELLOW MAGIC ORCHESTRA
イエロー・マジック
オーケストラ特撮
雑貨文化
日本才能市場
JAPAN TALENT MARKET
人と仕事

17

i-D

*i-D*於一九八〇年由著名設計師及*Vogue*前總監Terry Jones一手創辦，以時裝為主。

李永銓記得，當時在設計師及設計系同學之間，腋下不是夾着一本大尺寸的《號外》，就是捲着一本*i-D*或*Face*。後兩者是當時的英倫潮流指標，也是那一代人的時尚聖經。

*i-D*最為人熟悉的標誌，是封面人物會眨起一隻眼（Wink），帶點調皮，又玩世不恭，彷彿就如*i-D*的直排式Logo。雜誌內滿佈大量風格強烈的相片，而相片中

的人物均會化身成為時裝模特兒，加上獨特的排版方式，讓人感覺到雜誌的個性。

i-D 對普及文化的關注，透過時尚風格去呈現，例如早期受到龐克（Punk）音樂影響，便為街頭時裝作大量紀錄及報導，從而打造出一種 Punk 文化。在二〇一二年，創辦人 Terry Jones 及 Tricia Jones 將雜誌賣給 Vice 集團，現時主打時尚影片，迎合網上平台的大趨勢。

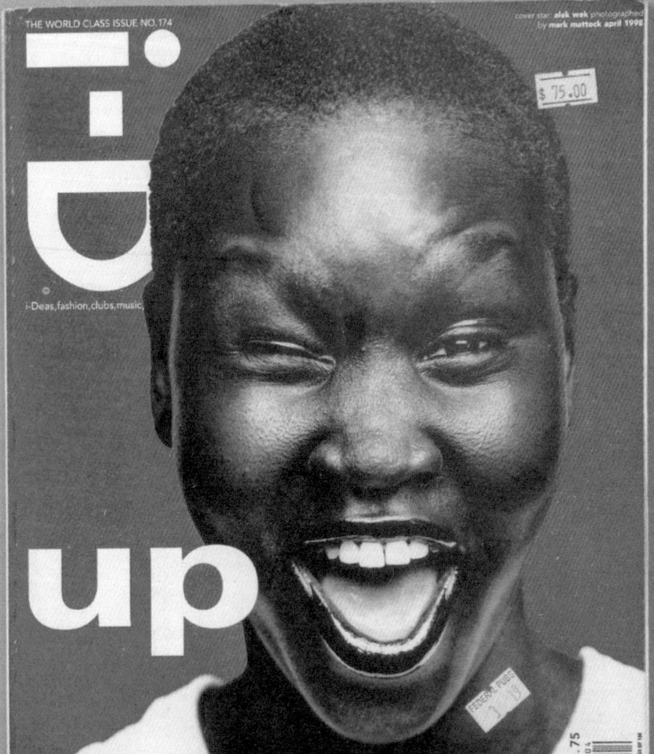
THE WORLD CLASS ISSUE NO.174
i-D
i-Deas,fashion,clubs,music,
cover star: alek wek photographed by mark mattock april 1998
$ 75.00
up
FEDERAL PUBS
£2.50 US$6.75

THE INDIVIDUAL ISSUE NO.230
kate moss photographed by mert & marcus april 2003
i-D
Hello
Kitty

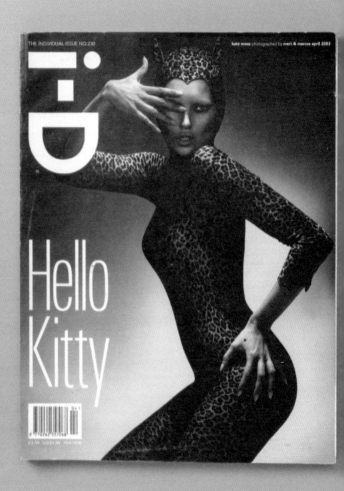

18

The Face

Neville Brody 另一個偉大的傑作，就是在擔任文化雜誌 *The Face* 藝術總監期間，創造出一種新的雜誌風格。*The Face* 於一九八〇年創刊，至二〇〇四年停刊，內容從音樂、時裝、電影、設計、藝術，到政治、嚴肅新聞，絕對是英國具代表性的潮流雜誌，曾被喻為「時尚聖經」（Fashion Bible）。*The Face* 也對李永銓那代設計人有很重要的影響。

Neville Brody 認為，人們閱讀書本與閱讀雜誌的習慣是不同的，就書本而言，人們習慣順次序一頁一頁地觀看，但對於雜誌，則會選擇自己感興趣的文章跳着看。既然如此，為甚麼雜誌還要統一風格呢？

他將這個理念在 *The Face* 中實行，每一篇文章都有不同而且強烈的設計風格，包括使用不同的字體及排版。同一篇文章同時出現兩至三種大小不一、有襯線及無襯線字體，翻到下一頁，又有一番截然不同的景象。以當時要求規行距步的版面風格而言，這是非常大的突破。Neville Brody 深信，只有強調文章中最有趣的觀點，才能吸引讀者；而字體設計的重要性並不亞於圖像及相片。他甚至專門為 *The Face* 設計了一款新字體，這種字體刻意拉長、壓縮，就像圖像一樣，帶有城市天際線的感覺。

「觀乎八十年代的雜誌，文章標題很多都是『一行過』就算，但 Brody 竟然把文字打直拉長，再疊上一個壓扁了的文字；又例如，他會用影印機將文字縮小，然後再放大，造成一種粗糙感，當日是很前衛的。雜誌的細節充滿了驚喜，整體感覺很 Energetic，卻不會令人感到混亂，真的令我們『嘩』一聲！」李永銓驚嘆。

可這種新穎的設計模式引來了其他設計師的抄襲，對Neville Brody而言難以忍受，故每當見到抄襲，就馬上拋棄過去的設計，再創造新的風格。永無止境的抄襲事件迫使他只能不斷推陳出新。他對此感到累了，不論是肉體上還是心靈上，有一段時間幾近崩潰。然而最近十年他又回來了，仍然不斷創新，發揮其影響力。

THE FACE
No 27 DECEMBER 1990 £1.50 • US $4.95
THE BELOVED
Life after Ecstasy
NEW YORK GANGS
Blood on the streets
BRITISH FASHION
Back to the streets
JULIE BURCHILL
In praise of the casting couch
SHERILYN FENN
The sexiest woman on TV?
KISS CURL
VOL 2 No 9 JUNE 1989 £1.50 • US $4.50
AIR MAIL COPY
UGLY AMERICANS
RUDE, CRUDE AND
OUT TO SHOCK!
AMBITION:
BURCHILL ON
BURCHILL
NEGRESSES VERTES
WHERE THE POGUES
MEET GIPSY KINGS
SCALLY'S REVENGE
THE GENTRIFICATION
OF HOLLY JOHNSON
EXCLUSIVE!
ORIGINAL GRAPHIC NOVELLA BY
NEIL GAIMAN AND DAVE McKEAN

19 Paper Story

李永銓早期的作品風格充滿了玩味，有大量五彩繽紛的公仔及圖案，例如 bla bla bra、滿記的企業識別系統（Corporate Identity）。很多人認為這是他的表現手法，但他心底裏其實很喜歡一些基本元素及物料，例如木、水、泥，很可惜以前一直沒有願意用這些元素的客戶。「我很喜歡簡單的櫸木或者橡木，很多人會想起無印良品的主理人原研哉，但我可以告訴你，我完全不是受他影響，而是來自多年前三木健的作品 *Paper Story*。」李永銓解釋。

三木健出生於神戶，是著名日本設計師，曾經獲得享譽盛名的龜倉雄策獎，這個獎項每年頒予一個很有影響力的設計師。近年他發表蘋果論，解釋設計及創作的由來，在日本及中國都引起了很大的迴響。

Paper Story 是日本紙行 Heiwa 的展覽，一套六款的木盒中藏着一套紙及植物，介紹不同的植物如何構成紙的顏色、質感及圖案。這套木盒可以隨時隨地免費展出，三木健希望木盒可以成為一個小型的流動紙質博物館，傳達紙張的最大吸引力。

李永銓很喜歡這套木盒，「並不是因為木盒有禪的味道，而是我很驚訝一個簡潔的木盒居然能夠造出如此精緻的感覺！從中你會見到日本的精緻文化。這有很強的感染力，對我影響深遠。」

20

Design 360°

今時今日，要在華文世界找到一本優秀、多面性的廣告及平面設計雜誌並不容易，最為李永銓津津樂道的，是由內地三度出版傳媒出版、王紹強主編的《Design 360°》。該雜誌的其中一個最大特點，是以中英雙語編製。可以見到，該雜誌並不局限於中國內地，更希望走向國際。

自二〇〇五年創刊至今，《Design 360°》持續蛻變。二〇〇九年，王紹強請來香港設計師毛灼然為雜誌重新定位，一改設計及編輯方向。雜誌本身的設計方向以圖像為主軸，早期內容以大量訪問為主，介紹設計師及其作品，後來整體方向變為有方向性的主題報道，例如字體、木質、金屬、公益事務等。類似的雜誌如日本的 *idea*。改版後的《Design 360°》無論於格式、內容方面都愈趨成熟，兩度獲得「亞洲最具影響力設計大獎」，是收藏價值極高的設計雜誌。

除了《Design 360°》，李永銓也點評了幾本令他印象深刻的華文設計雜誌，可惜這些雜誌均未能像《Design 360°》那樣，能夠迎合時代的大方向。香港的話，曾經出現過一本《文美》；台灣較受設計師歡迎的有《漢聲》雜誌，該書透過大量資料搜集，保存了中國的文化，是很重要的參考資料；內地的話，就有《包裝&設計》，但該雜誌在不同年代有不同主編，水準時有起落；另外《藝術與設計》及《設計交流》（由王序出版）亦填補中國設計歷史的資料不足。不過，李永銓認為，現時華文設計刊物的市場不大，不是很快撐不住而消失，就是質素參差，無法迎合讀者口味；《Design 360°》可以說是逆市奇葩。

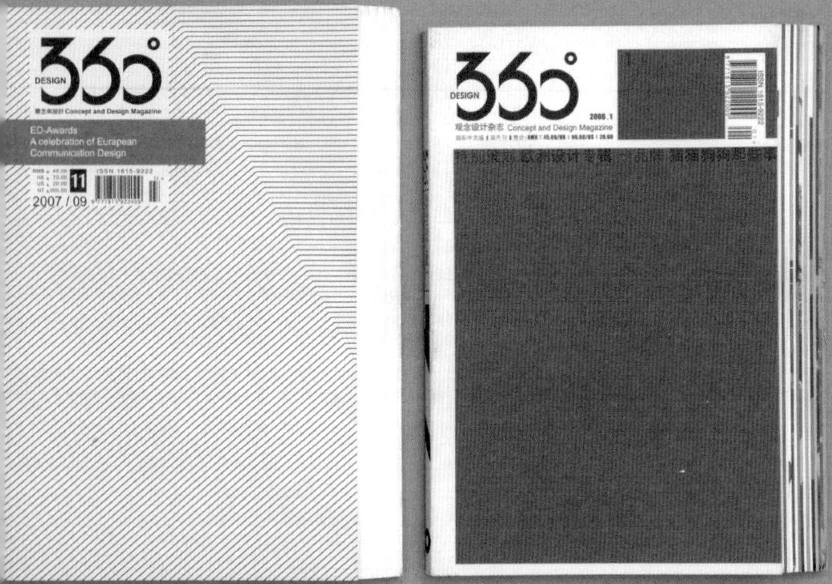

DESIGN 360°
Concept and Design Magazine
ED-Awards
A celebration of Eurapean
Communication Design
11
ISSN 1615-9222
2007 / 09
DESIGN 360°
2006.1
观念设计杂志 Concept and Design Magazine
ISSN 1815-9222

毛灼然及何明設計的《Design 360°》

物 II

21

歐西流行曲

熟悉李永銓的人都知道，只要一有機會，就會聽到他在播放英語歌曲。他可是切切實實的歐西流行曲狂熱者。

李永銓整個青春期歲月都浸淫在歐西流行曲中，每天放學最重要的事情就是回家扭開收音機聽音樂。那時香港擁有三大廣播電台：政府主辦的香港電台（一九二八年啟播）、第一間商營有線電台麗的呼聲（一九四九年啟播），以及商營的商業廣播電台香港商業電台（一九五九年啟播）。雖然當時李永銓的家中已經有電視，但收音機所賦予的音樂體驗是很獨特的。首先，收音機體積比電視機小，方便外出攜帶；第二，音樂方面，電視台一定沒那麼緊貼音樂潮流，電台每天都有點唱，歐西流行曲佔約八成，只有一兩成才是粵曲或國語流行曲，而六十年代粵語流行曲尚不怎麼受歡迎。

李永銓初中時期每天放學趕回家，就是為了收聽陳任的節目《三個骨陳任》，介紹歐西流行曲，時而介紹比較當紅的時代曲，如仙杜拉、許冠傑等。到了晚上，他會抱着收音機，在床上收聽 Uncle Ray（人稱「樂壇教父」的 Ray Cordeiro）的節目 *All The Way with Ray*，節目多介紹美式音樂。喜歡聽音樂，自然想買唱片。黑膠唱片興起後，李永銓早期在廟街購買翻版唱片，後來開始在北角偉倫訂唱片。

他依稀記得，小時候已經受到東西文化的衝擊。他曾分別於婆婆及父母家中居住，婆婆睡前會收聽香港電台播放幽怨的南音粵曲，當時酒樓亦盛行聘請盲人演唱這類歌曲；而父母家中則擺放着一台很大的 Pickup HiFi，患有失眠症的父親每晚都會播放黑膠唱片，幫助入睡，所選的必定是歐西流行的抒情慢歌，如 Buddy

Holly、Patti Page 等。在小學時，李永銓還能夠見到廣東文化，但踏入中學以後，他赫然發現一切事物都變得西化：歐西流行曲似乎全面進佔香港音樂市場，生活模式也開始跟隨歐美潮流。

歐西流行曲曾經在香港引發兩股熱潮，從美式走到英式。四五十年代起，經歷了美式香口膠音樂（Bubble Gum Music）、流行曲（Pop Songs）到搖滾樂（Rock）的轉變，第一股熱潮於五十年代隨着美國「貓王」皮禮士利（Elvis Presley）的出現而爆發，第二股熱潮出現於六十年代「披頭四樂隊」（The Beatles）成立後。不說不知道，原來披頭四樂隊曾經於一九六四年來港四天，在樂宮戲院舉辦演唱會，門票極貴，絕非大多數市民能負擔，所以當時觀眾主要是較為富有的外國人。

七十年代英倫三島普及文化大舉入侵，音樂方面經歷了從搖滾樂、朋克搖滾（Punk Rock）到重金屬音樂（Heavy Metal）等等的變遷。音樂的傳播力及感染力往往比起其他媒介來得強大及透徹，易於攻佔人心。人們容易對聽過的歌曲朗朗上口，即使不懂歌詞的內容，也能隨意哼兩句，故此音樂對於普及文化盛行有至關重要的作用。

歐西流行曲熱潮為香港青年帶來了兩個重大的改變。首先是外表上的轉變——留長頭髮、大領恤衫及喇叭褲。李永銓憶述，六十年代社會上最「正路」的打扮是蓄短髮，塗上厚厚的髮乳，梳個大 All Back 蛋撻頭，猶如貓王那樣，再穿上窄身短領恤衫、打條幼領帶，加上一條直腳褲，一副斯斯文文的樣子。可是到了七十年代迷幻風潮（Psychedelic）興起，稍為反叛不羈的青年開始留長頭髮，恤衫衣領要夠大、寬得掉下來，喇叭褲要有二十八吋褲腳，寬到連鞋子也遮蓋了。

這些服飾在當時仍然是非主流，市面上一般買不到，需要特別度身訂做。李永銓認真地說，「那時我們每個人都會找人改恤衫改褲，不改是不會合身、好看的！到了高峰期，由皮鞋到鬆糕鞋，全身服飾也要經過度身訂做或改造。」而有着這樣的造型的青年，普遍被社會認為是「飛仔」，在街上碰到警察，會被攔住訓話幾句、查身份證。「那時我們上學要好小心，因為我唸的是天主教學校，神父會站在門口捉衣着不當的學生，度頭髮度喇叭褲，不許我們穿喇叭褲，要蓄短髮。

被教務主任見到的話，會被立刻要求剪短頭髮。」開始時還會被視為奇裝異類，但到了七十年代中後期，這種「飛仔」打扮已隨處可見，見怪不怪了。

除了衣着打扮參照外國流行文化，生活形態上，香港市民也擁抱歐美普及文化。聽歐美歌曲，煙一定是抽美國駱駝煙、萬寶路，喝玻璃樽裝的可口可樂，戴黑色 Ray-Ban 大眼鏡。

另外一種改變是出現了一股自組樂隊翻唱歐西流行曲的熱潮。許冠傑的 Lotus（蓮花樂隊）、泰迪羅賓的 Teddy Robin and the Playboys、羅文的 Roman and the Four Steps（羅文四步合唱團）、陳欣健的 The Astro-notes、二人女子組合 D'Topnotes Humming、陳百祥及譚詠麟的 Loosers 及後來的 The Wynners（溫拿樂隊），諸如此類，很多夜店都會找這些樂隊駐場演出，翻唱歐西流行歌曲。

李永銓形容，六七十年代的粵語流行曲仍然「奇奇怪怪」、「老老套套」，例如鄭君綿、譚炳文的音樂，以廣東粵式歌曲為主，很多時候只會在黑白電影中聽到，

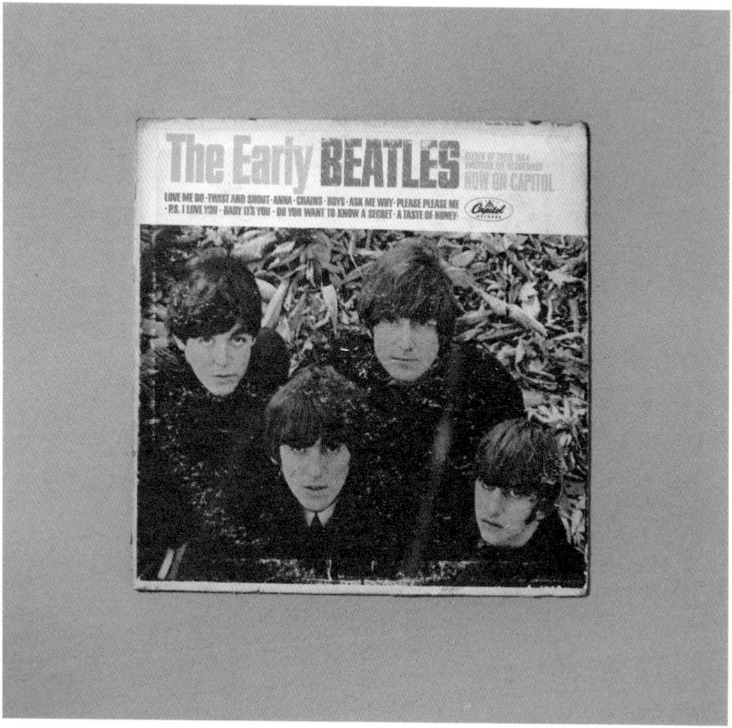
The Early BEATLES
NOW ON CAPITOL
LOVE ME DO · TWIST AND SHOUT · ANNA · CHAINS · BOYS · ASK ME WHY · PLEASE PLEASE ME
· P.S. I LOVE YOU · BABY IT'S YOU · DO YOU WANT TO KNOW A SECRET · A TASTE OF HONEY ·
Capitol

披頭四黑膠唱片

能夠打入電台或電視台的仍屬少數。後來真正能夠在電台播放並打入告示牌百大單曲榜（Billboard Hot 100 Chart）的歌，要到一九七四年，筷子姊妹花成員仙杜拉（Sandra Lang）為TVB電視劇集《啼笑姻緣》唱的主題曲。當時TVB已是最主流的傳播媒介，電視劇亦開始慢慢成熟，半小時一集的《啼笑姻緣》是其中非常受歡迎的片集，故仙杜拉一推出唱片，銷量便爆升，蓋過所有華語唱片，同時帶起了電視粵語主題曲的熱潮，因此這首歌被喻為粵語流行曲的分水嶺。

當然，粵語流行曲漸漸成熟，也有賴本地填詞人及作曲家如黃霑的出現。在電影《大家樂》（一九七五）裏，部份歌曲由黃霑包辦作曲及填詞，並由溫拿樂隊主演及主唱。這部電影大賣收場，溫拿樂隊亦迅速走紅，開啟了粵語歌曲的熱潮，令粵語歌曲廣為人接受及歡迎。原本翻唱歐西流行曲的歌手，如許冠傑、譚詠麟，也開始創作及演唱粵語流行歌曲，更打入全球華人市場。走到美國的唐人街、倫敦街頭，都會聽到香港歌星的歌曲。香港電台於一九七八年開始舉辦《十大中文金曲》，中文歌曲的黃金時代就此展開。

同一時期，電視台推廣東洋風，主打運動型劇集，如《青春火花》，以及愛情小品《佳偶天成》、《二人世界》，東洋熱潮一發不可收拾。而東洋音樂則主要是偶像派的崛起，例如西城秀樹、野口五郎、山口百惠、南沙織等，水着照片的流行也令大眾深深着迷。香港同時彌漫着歐西風及東洋風，兩方勢力不相伯仲。但對李永銓來說，音樂比起面孔更加重要，他甚至覺得這股偶像熱潮膚淺及幼稚。不過當中他較為欣賞的有比較前衛的澤田研二。這段時期的音樂東洋風並未真正影響李永銓，反而在書籍方面，推理小說及文學對他造成很大衝擊。

22

音樂一週

普及文化最重要的一個元素，除了文字、影像之外，當然一定是音樂。音樂的影響力及延伸性，往往比文字、影像來得更快。不需要等待一季，音樂已經可以立即反映當時的潮流文化。

李永銓那一代人接觸得最頻密的必定是音樂。每天放學回家不是看電視，而是打開收音機，收聽當時的音樂節目，所謂流行歌曲 Hit Songs、Pop Songs 就是在那個時候出現。當時這些音樂絕大部份都是以歐美為主，很多我們稱之為香口膠音

音樂一週
music week
逢周五出版
NO.384 13th August 1982 $1
LESLIE MCKEOWN
Bay City Rollers

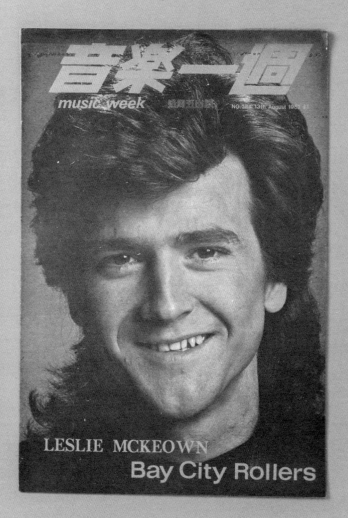

樂（Bubble Gum Music），甜美並且朗朗上口，但很快就會使人厭倦，大眾自不然想尋找一些新的更有趣的音樂，於是就會買雜誌、看週報，奔向浩瀚的宇宙。

當時市面上有很多外國音樂雜誌，如 *Record Mirror*、*Melody Maker*、*Billboard Magazine* 等，不過真正影響李永銓的，卻是一份本地的單色週刊——被樂迷奉為音樂聖經的《音樂一週》。

李永銓早在中四中五時已經憑《音樂一週》認識何謂搖滾樂，他憶述：「我們的態度是很嚴肅的，我們對音樂不止是熱誠，還有渴求的精神。《音樂一週》的出現真正彌補到我們於非電腦時代獲取音樂知識的途徑。當時這類型的音樂雜誌頗多，例如《搖擺雙週刊》，有些針對本地音樂，有些針對外國音樂。而《音樂一週》正正就是着力於推介搖滾樂，我們當時稱之為前衛音樂，不論是英倫音樂，還是當時最勁的藝術搖滾（Art Rock），如英國樂隊 Yes、Japan、Roxy Music 等，又或是日本的電子音樂，如松武秀樹、YMO 等。」

《音樂一週》的創辦人是資深音樂人左永然（Sam Jor），他於一九七五年與幾位朋友合夥，租用灣仔軒尼詩道一間不到三百呎的劏房作為辦公室，於是《音樂一週》便誕生了。除了辦雜誌，也替樂迷訂唱片，售賣音樂紀念品，如 Band Tee、襟章，以及以雜誌的名義舉辦音樂會。多年來舉辦過的外國音樂會多不勝數，例如在一九八二年安排 Japan 來港演出，其他還包括 GIRL、松武秀樹、Bauhaus、Jeff Beck 的音樂會等，為廣大樂迷提供一條龍服務。可以說，《音樂一週》提供了肥沃的土壤，讓樂迷得以茁壯成長。

李永銓記得，當時他們的音樂生活很「頻撲」，要時刻留意《音樂一週》的音樂會介紹，因為每個禮拜必定會有一場外國樂隊的 Live Show，不是到香港浸會大學的 AC Hall 就是到北角大會堂。談起音樂會，李永銓憶述一件趣事：「追隨《音樂一週》時，我們看過很多場很正的音樂會，例如在北角大會堂舉辦 GIRL 的 Live Show。我那時就在台前第一排，面對着巨型喇叭，被轟炸了個半鐘！後來竟然連續兩天都耳鳴，逼住要去看醫生，醫生說我沒有聾已經很好了！」為了音樂，原來真的可以「去得好盡」。

除了音樂養份，《音樂一週》帶給樂迷的還有開放：它對所有音樂抱持開放態度，不論是英國、德國、日本的音樂，還是新浪漫主義、歌德派、死亡派、電子合成的音樂，也不理會是小眾、偏鋒抑或大眾的音樂，只要是好的音樂都會詳細介紹。除了擴闊樂迷的耳界，也間接令樂迷輕易接受不同的文化。李永銓解釋：「對新文化的接納很重要，因為很多人，尤其在今天，對文化都極度保守，不容易接受、包容另類文化。當日我們雖然主要是消費，但在過程中都潛移默化，形成對於陌生的事物亦勇於嘗試、完全沒有保留的態度。我們選擇自己喜歡的東西時完全沒有顧忌，沒有人會因為你喜歡聽日本歌曲而罵你崇日，或者因為你聽 Deep Purple（英國樂隊）而覺得你崇洋。整個文化基礎都很自由。」

社會對不同文化持開放態度，人們勇於積極嘗試新事物，正正就是創意和創作的根本。這對於李永銓日後投身設計界，創作出既大膽又毫無保留的作品，有很大的作用。

23

Heavy Metal

六七十年代香港經歷英國文化入侵，搖滾樂造成不小的風潮。七十年代，英國西部開始捲起了重金屬音樂（Heavy Metal）熱潮，至七十年代後期這股浪潮終於來到香港。大概因為搖滾樂已經無法再滿足樂迷對於刺激與反叛的慾望與追求，因此重金屬音樂特別受年輕人青睞。

相較以往那種旋律較慢、帶有藍調質感、人聲較出、歌詞浪漫的輕型搖滾樂（Soft Rock），重金屬音樂更重、更快、更狂野、更具爆發力：重指的是將音樂的主調音階降低，形成沉重的感覺，快則指向更密集的節拍與鼓點，更狂野是電吉他奏出大量失真的音色，配以主音發出咆哮般的噪音、反叛的歌詞，製造出更具爆發力的感覺。

李永銓受到《音樂一週》的啟發而愛上了重金屬音樂，中學時期曾經組過樂隊，擔任鼓手。在那個年代，玩樂隊的人都會分成兩個派別，一種是比較田園和美國西岸搖擺那種，例如 John Denver 或者 Eagles，另一派就是重型搖滾。「組樂隊是當時每一個年輕人的指定動作，這樣才夠有型。光聽音樂是不夠的，一定要拿着吉他、鼓棍在 Band 房中廝殺一輪才過癮！」李永銓憶述年輕時的瘋狂歲月，會心微笑。

「我們是聽 Deep Purple（英國重金屬樂隊）長大的人，但後來我們也覺得 Deep Purple 愈來愈悶，很快就不能滿足我們，於是開始聽一些很重型的音樂，例如 AC/DC、Iron Maiden、Black Sabbath、Metallica、Motörhead、Led Zeppelin、SAXON、Scorpions，偏向邪邪地的音樂。另外一些不那麼重型的 Art Rock（藝術搖滾），例如 Pink Floyd、Queen，這些都很流行。但在那個時候，我們都對 Heavy Metal 至死不渝。」至死不渝到一個程度，李永銓的哥哥把一套爵士鼓帶回家，兩兄弟下午就開始打鼓。老媽子頓時晴天霹靂，恍如世界末日，立馬歇斯底里地哭喪着臉打電話給老公：「完了，你兩個兒子都癲了！」

父親當晚回家，短暫樂隊生涯壽終正寢。

可不是嗎？一個母親看着兩個兒子披頭散髮、聽着轟炸耳朵的音樂還不夠，還要在家中建立邪惡重金屬音樂王國？

成年人常常有種錯覺，覺得聽或玩重金屬音樂的人都是潛在的犯罪分子。雖然重金屬音樂的歌詞的確很多都具宣洩性，但不一定與政治、暴力有關，而總是在表達對於社會規則（或潛規則）的不滿。這種宣洩不是消極厭世的，而是帶有積極的意味。例如 Metallica 的 *Master Of Puppets* 中控訴毒品操控了人的身心，甚至摧毀人的夢想：「Master of Puppets, I'm pulling your strings ／ Twisting your mind and

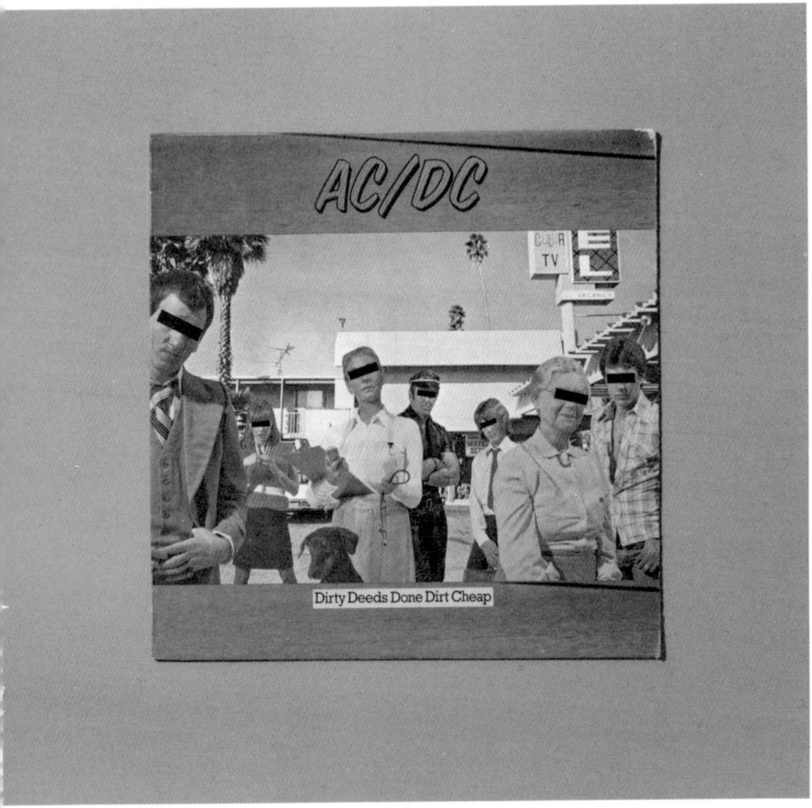
AC/DC
Dirty Deeds Done Dirt Cheap

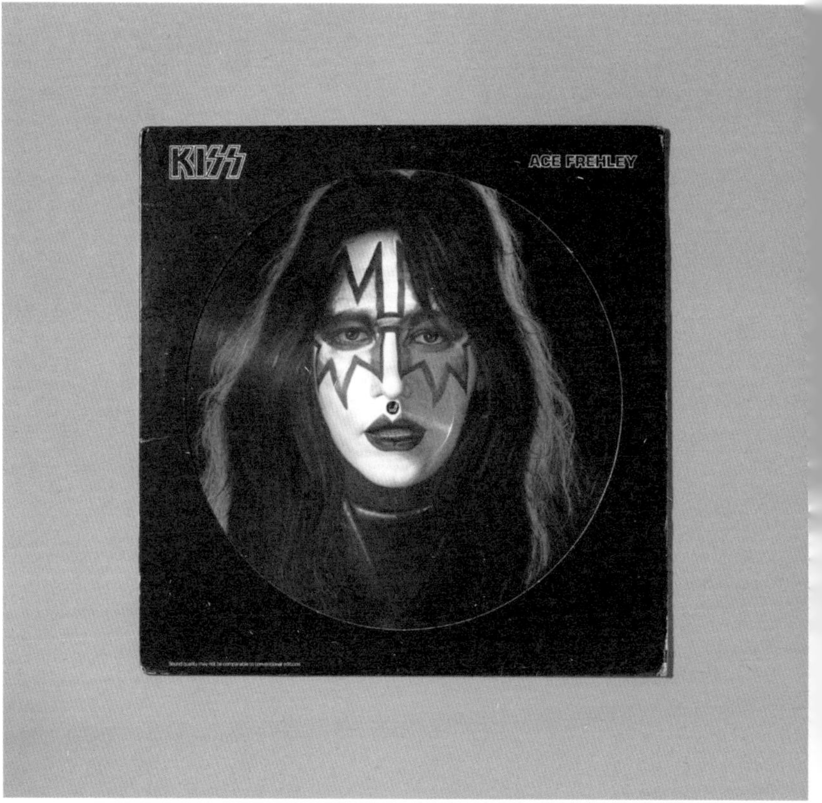

右：AC/DC 樂隊黑膠唱片
左：Kiss 樂隊黑膠唱片

smashing your dreams」。

李永銓每星期都會去聽重金屬音樂 Live Show，披着一頭長髮在音樂會上搖頭搖一個晚上。重金屬音樂的重要性就在於，作為廣大青年無處宣洩的躁動不安的出口，以及給予年輕人生長出自我、建立自己性格的養份與力量。「在我們來說，這才叫年輕。年輕人與成年人的不同之處就在於反叛。對每一個年輕人來說，反叛是必經階段，只有反叛，你才會開始建立自己的性格。當然父母會叫你不要學壞，但人始終要走出溫室，生出免疫力，才可以茁壯成長。」

24

崩樂風潮

重金屬音樂盛行的同時，另一股由英倫三島始發、並於一九七六年開始席捲英美的崩樂搖滾（Punk Rock）風潮出現。今天我們所認知的崩樂，是「爛Tee」、「爛牛仔褲」，臉上戴着大大小小的耳環、鼻環，男女都化上濃濃的煙燻眼妝；好像到了今天，崩樂就只剩下鶴立雞群的衣着打扮。崩樂，也譯為龐克，但似乎崩樂中的崩更加貼近Punk Rock的精神價值：反建制、反主流、反社會、反政府，打破既定制度的反叛精神。崩樂最核心的思想是：做自己，不要讓社會去界定你。

The Clash 樂隊唱片

同樣是反叛，崩樂比起重金屬音樂反叛得更加徹底。崩樂來自對於主流搖滾樂那種編曲精緻、高技巧要求、販賣偶像的商業音樂世界的不滿，一開始已經打着反建制的旗幟而行。崩樂有數點特色，例如：歌曲旋律比較簡單，美國樂隊Ramones 更主張學三個和弦就可以組樂隊；唱腔更慵懶，而不精緻動聽；走向地下，不製造明星；傾向與觀眾有更多接觸，當然有時是頗具暴力性的，例如 Sex Pistols 成員曾經與台下的觀眾打架；最後最重要的，就是他們所要求的創作自由度，一手包辦舉辦音樂會、推出唱片等。「自主」是關鍵詞。崩樂不只是音樂的其中一支流派，它是另類生活方式的大原則與實踐。

要談崩樂為甚麼可以帶起熱潮，必須先了解七十年代的社會狀況。七十年代初至中期，在越戰加上石油危機影響下，英國經濟蕭條，滿街雙失青年，社會動盪不安，處處皆是不平等；加上七十年代後期，戴卓爾夫人（Margaret Thatcher）上台後信奉海耶克主義，將國企私有化，造成大量工人失業，國內生產總值下降，人民不滿，於是原本一小撮反政府的人也學着 Sex Pistols 大喊「Anarchy in the UK」，造成了一股新的反政府文化。就如 The Clash 在 *London Calling* 所說的：

「Cause London is drowning, and I live by the river.」便述說了河道旁無業遊民的情況。Siouxsie and the Banshees 和 The Clash 是繼 Sex Pistols 後的經典崩樂樂隊，還來過香港辦音樂會。李永銓記得，同行的伙伴打扮都很英倫，「他們穿T恤、皮褸、爛牛仔褲，再加 Dr. Martens 的大靴，梳個雞公頭還要濕水；女孩子穿嘴環、舌環，化個煙燻眼妝，畫上埃及妖后的粗黑眼線。」

「八十年代，香港經歷了股災，社會經濟下挫，彌漫着一股不安的情緒，加上音樂的傳播速度快，理所當然地崩樂就興起了。踏入八十年代後期，經濟蓬勃，消費主義出現，崩樂文化頓時無處立足，只能縮小為一個次文化的小圈子。」英國的情況也是如此。在戴卓爾夫人上台後數年，英國經濟漸見起色，加上崩樂開始被主流收編，違反了自身的精神價值，樂隊成員間又互相憎恨，很多樂隊解散了，崩樂開始式微。

七八十年代，不論電影還是音樂的世界都處於動盪，流派一浪接一浪。崩樂過後，就由後崩樂搖滾（Post-Punk Rock）、英國歌德式音樂（New Wave／Gothic Rock）這類死亡氣息沉重的音樂接手。這些音樂反映了年輕人對當時社會的一切都很失望，不只是對社會、政府、個人前途，更是對生命感到悲觀及失望。英國樂隊 Joy Division 是為一例。

Joy Division 的風格很受 The Doors、David Bowie 等所影響，就像是在黑暗中呼喚死亡。該隊主音 Ian Curtis 一直受抑鬱症困擾，生命總被不安及死亡籠罩，歌詞也偏向消極，甚至有時上台唱了兩首歌後就無法繼續。在 Joy Division 成立三年多後，他自縊而亡。剩下的隊員後來組成了 New Order，早期風格繼承了 Ian Curtis，其中一首 *Blue Monday* 居然成為了大家都喜歡的跳舞 Disco 熱門流行曲，還真有點諷刺。

25

YMO

在重金屬音樂、藝術搖滾、崩樂搖滾、歌德音樂以後，就到了流行電子音樂或電子合成音樂（Synth-pop）發光發熱的時期。電子合成音樂，顧名思義就是利用電子合成器來改變聲音質感的音樂，通常以鍵盤作為操控媒介，但也有樂手改裝樂器或使用其他器材去製造想要的聲音。

談到電子音樂，不得不提德國樂隊 Kraftwerk。其音樂帶有重複而機械性的節拍，簡約而冰冷的旋律，主題多描繪未來社會的景象：在當時電腦還未盛行，機械人、人工智能還未被熱烈討論的時候，Kraftwerk 的作品就已經開始談及人與機械之間的互動，如 *The Man Machine*、*Computer World*、*Autobahn* 等。

西方音樂界有 Kraftwerk，東方也有日本的 Yellow Magic Orchestra（YMO），由原本玩爵士樂及電子音樂的坂本龍一、細野晴臣以及高橋幸宏於一九七八年組建。電子音樂原是西方流行文化的產物，YMO 開宗明義稱為「Yellow Magic」，正是打着有色人種的旗號，有種反攻西方的意味——他們當時身處的日本，正是泡沫經濟最高峰時期，的確有能力將日本文化輻射至全世界。

YMO 的形象非常前衛及鮮明，也很具爭議性，例如早期曾挪用紅衛兵及後來納粹的圖騰，到後來每張大碟都充滿東西方合體的味道。全世界都對這種帶有東方色彩的電子音樂很感興趣，因此掀起了熱潮，成功打入國際市場；YMO 曾經於美國出道，並推出唱片，全球銷量最高曾經超過二百萬張，差不多是當年每位設計師必定收藏的黑膠選擇。

YELLOW MAGIC
ORCHESTRA
X SUKITA
TOKYO FM BOOKS

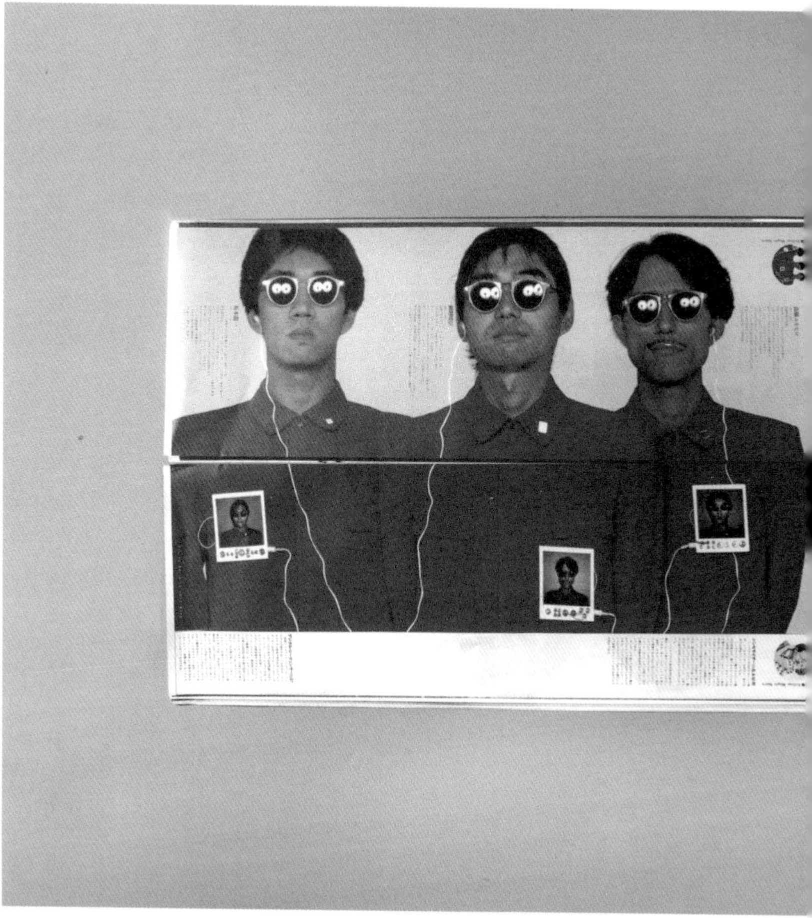

右：介紹 YMO 的演唱會日誌
左：介紹 YMO 的演唱會日誌內頁

李永銓認識 YMO 的音樂，是從左永然（Sam Jor）的《音樂一週》開始，「我由第一隻到最後一隻 YMO 唱片都在《音樂一週》中購買，所以亦要多謝《音樂一週》。那個時候東洋熱潮仍然停留在偶像派，如西城秀樹，YMO 在香港並不屬於主流的音樂，當時我聽電台也聽不到 YMO 的歌曲。老實說，三位成員玩的都是爵士樂或純音樂，YMO 中那些充滿遊藝及跳舞的音樂，只是應付市場的產品。後來我在日本做專欄的時候，其中一個很想去拜訪的人就是坂本龍一。」李永銓大膽地問坂本龍一，YMO 的音樂是否受到 Kraftwerk 影響，對方沒有正面回答。

一九八三年，YMO 解散了，幾年才罕有地來一次重組音樂會。三位成員繼續專注於自己的音樂發展，各自在別的舞台上大放異彩。

26

Disco Disco

香港蘭桂坊滿佈酒吧、食肆，是聞名世界的「蒲精聖地」。在勞累的工作以後，打工仔女都愛來這個聲色犬馬、燈紅酒綠之地尋歡作樂一番；老外觀光客亦必會來朝聖，碰碰酒杯，過上一個浪漫之夜。但在「蘭桂坊之父」盛智文將蘭桂坊塑造成今天這個樣貌之前，已有另一位重要的人物改寫着蘭桂坊的歷史——他就是當時連卡佛總監的兒子 Gordon Huthart，一九七八年在德己立街的地庫開設了 Disco Disco（DD）。

七八十年代香港的經濟雖然蓬勃，但當日的蘭桂坊與今天人氣旺盛的格局不同，充滿了舊印刷廠、垃圾站、花店，混亂不堪，是「下三流的地方」。在這樣的環境下，這個選址不可能成功；但 Gordon Huthart 卻野心勃勃，想打造一個紅燈區。而 DD 成功了。成功有幾個原因，首先是請來了英國著名 DJ Andrew Bull 打碟，大家來 DD 不只是為了跳舞，更希望聽到最新、最流行的 Disco Sound。

第二，因着 Gordon Huthart 人脈廣闊，吸引了很多明星捧場，陣容鼎盛，每一晚「落場」隨時會遇到明星，像是陳百強、張國榮、張曼玉、趙雅芝、梅艷芳、劉培基、俞琤、黃百鳴、開心少女組等，或者名媛上流人士，如潘迪生、許晉亨、何超瓊等，在那裏舉辦音樂會或者生日派對，甚至外國巨星如麥當娜（Madonna）、龐克（Punk）樂隊 Sex Pistols，以及普普藝術大師安迪・華荷（Andy Warhol）都曾經在 DD 出現。無怪乎 DD 曾經在當時全球十大 Disco 排行榜中排第二，排第一位的是紐約的 Studio 54。「當時 DD 已經是香港很重要的 Icon，如果你沒去過 DD，等於沒來過香港！」李永銓說。

人們到 DD 當然都是為了尋歡作樂或一睹明星藝人的風采，但最重要、最吸引人的是，DD 形塑了一個開放的空間，讓每個想 Have Fun 的人都能夠展現自己的個性。在那個同性戀仍屬非法的年代，Gordon Huthart 就已經大聲宣告自己是同性戀者，而且經常因為在另一間 Disco The Scene 與男性跳舞而被捕。他開設 DD 的其中一個理由是為了宣告同性戀也有權跳舞耍樂，希望透過打造一個潮流，讓人重新審視社會規範，所以 DD 的出現本身就充滿了叛逆、對抗的態度，同時主張自由、個性。「彎」與「直」可以欣然共處，華與洋也無種族界限，窮與富無分彼此——看的只是你的打扮是否華麗突出，光芒四射。驟耳一聽，好像到了一個烏托邦。

「以前去 Disco 都有一套文化，人們放工後會回家換衣服。去 DD 必定會盛裝出席，男也好，女也好，都要變身、『化行妝』，男人的衣着打扮可能比女人更加華麗妖艷，就像 Siouxsie and the Banshees 那樣。但不論怎樣 Dress Up，大家都會互相欣賞及尊重。」李永銓記得，當時圈子內對性取向極度開放，在 DD 同桌的七個人可以有四個是同性戀者，人們都覺得如斯平常。在這個意義上來說，

Gordon Huthart 成功塑造了一個強調跨越界限的小社區。「那是一個混沌的年代，男女不分，但極度華麗。當時有象徵性的潮流人物、設計師或電影人，其性取向都是模糊的，所以大家都不會強烈要求你必定要是甚麼。反之若果你用有色眼鏡去看，別人會覺得你很鄉下佬。大佬，都甚麼年代了，八十年代啦！今天，大家可能會覺得你是另類，但當日大家深受西方文化影響，能夠接受不同的事物。」

李永銓年輕時也曾對自己的性取向感到迷惘，但是 It doesn't matter，他認為「人最重要是按照本身的思想去延續生命，只要你為自己的說話、做事負責任就可以了。」走哪條路？ So what? Just be yourself.

27

Roy Buchanan

如果還沒有聽過 Roy Buchanan 的名字，建議你到 YouTube 搜尋一下，聽聽他錐心泣血的音樂，以及綿密絕妙的指法。他是歷史上最被人遺忘的傑出吉他音樂人、藍調音樂聖手——被譽為「The Best Unknown Guitarist in the World」。

李永銓從左永然的電台節目《樂在其中》認識了 Roy Buchanan，此後 Roy Buchanan 便成為了他音樂庫中必不可少的聲音。「有些音樂在你傷心的時候絕對不能聽，因為真的會喊濕枕頭！Roy Buchanan 正是其一，他是個以吉他說故事的人。比起音樂人，我覺得他更加是一位藝術家。」

Roy Buchanan 的音樂也許如他的人生般淒厲，又帶一點傲氣與倔強。他廣獲圈內人，如約翰．連儂（John Lennon）及 Merle Haggard 的讚賞，卻始終未被人發掘，沒能大紅大紫，前半生大部份時間都很坎坷，出國巡迴演唱也付不起酒店錢。

據說在 Roy Buchanan 環境最差的時候，曾經得到一個下半生不愁穿吃的機會。當時全球知名的樂壇班霸滾石樂隊（The Rolling Stones）其中一位吉他手 Brian Jones 離開，餘下成員一致推崇 Roy Buchanan 填補這個位置，覺得他那手藍調吉他確實「無得頂」，故邀請他加入滾石樂隊。

這對 Roy Buchanan 來說無疑是大好機會，他練就一身好武功，只待一個發光發亮的機會，如今獲滾石樂隊邀請加入，往後的生活即將要改寫。但他竟然對他們說：「你們的音樂與我的音樂是有分別的，我不覺得我加入你們的樂隊可以彈我自己喜歡的歌曲。」最後他推卻了對方的邀請。對其他人來說，他是錯過了大好

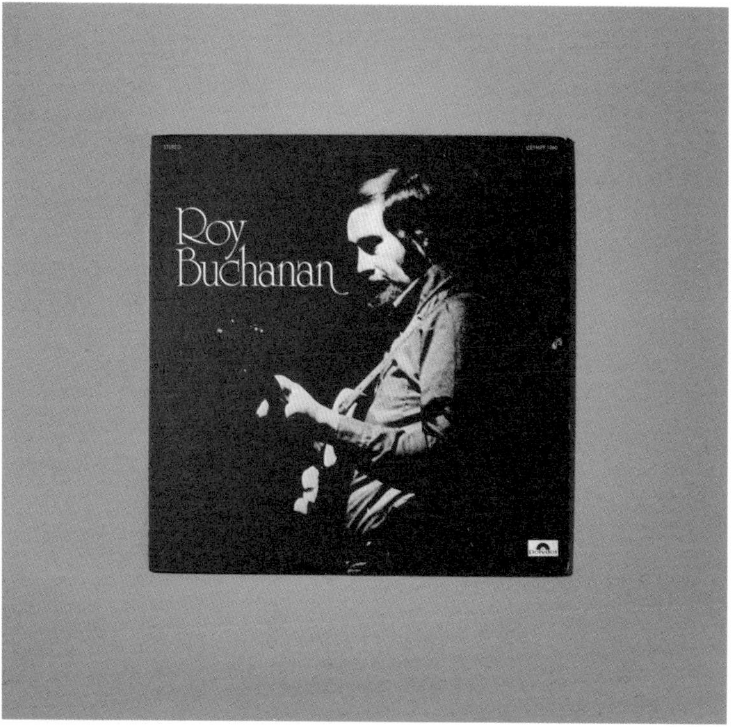

Roy Buchanan 黑膠唱片

機會；但對 Roy Buchanan 來說，是忠於自己的音樂，或者應該說是，藝術。後來他因酗酒鬧事被捕，在拘留所上吊自殺身亡。

只有在逆境時，才能看見人是否真有「原則」！李永銓慨嘆，如今沒有多少創作人可以像 Roy Buchanan 那樣忠於自己，不為五斗米而折腰。「如果你已經獨當一面而推卻邀請，我覺得很正常，但當一個創作人處身惡劣環境，卻仍然忠於自己，則非常不容易。可能這些人物在外國比較容易找到，但在香港這樣一個現實的城市，大部份人都沒有了這種執着。也許正如黃子華所說：『搵食啫！』真正不為五斗米而折腰的人，在香港會被唾罵『懶清高』，所以各行各業都充滿了見風駛悝、懂得拍碼頭的醒目仔（Smart Ass）。」

28

愛雲・芬芝／蘭度・布山卡

就在同一時期，大約中三、四的時候，李永銓亦開始接觸愛雲・芬芝（Edwige Fenech）及蘭度・布山卡（Lando Buzzanca）的色情喜劇電影。愛雲・芬芝是活躍於七八十年代的意大利艷星，出生於法國，出道後短短十多年間總共拍攝了七十多部電影，是非常漂亮誘人的「肉彈」，只要一掛上她的名字，就是票房賣座的保證。同樣來自意大利的蘭度・布山卡，李永銓形容他就如英國的 Benny Hill。

當時香港有很多來自意大利、西班牙的色情幽默喜劇，或可稱之為soft porn，即是以誇張胡鬧喜劇為主，間中純粹露肉、接吻及愛撫（人們稱之為「鹽花」），而絕無任何色情或下流的性交場面，點到即止，「少少鹹，多多趣」。以愛雲・芬芝為例，在戲中，當她脫光衣服露出雪白婀娜豐腴的胴體，擺弄一下春色，誘惑男角以後，就會有百般阻滯阻礙二人性交，或者畫面就會開始淡出，觀眾不會看到下一步的劇情。

雖然以今天的眼光來看，這類電影實在算不上「色情」，但在當天較為保守的社會尺度下，穿比堅尼已經可以算是艷星、肉彈。就如狄娜在《七擒七縱七色狼》中的扮相已經能令所有人血管膨脹，後來她最徹底的一次就是在《大軍閥》中，以接近全裸的演出震撼全港。

那個年代香港有戲院專門播放這類電影，一間是位於九龍城的龍城戲院，另一間是位於新蒲崗的麗宮戲院。當時只有十三四歲的李永銓與其他同學聯群結隊，穿着校服大模斯樣走進戲院。不過，讀者可能會問，學生可以進場看色情電影嗎？

愛雲 · 芬芝主演的電影 *Sballato, Gasato, Completamente Fuso* 海報

原來當時香港電影仍未有三級制，也沒有人會管。「記得有一次看早場，有三個六、七歲的豆丁坐在我們前排，我問：『嚫仔咁細個來看戲？』他們答：『你夠來睇咯！』大家都不會理會，反而是分級制實行以後才愈來愈保守。」

值得一提的是，雖然這些色情喜劇只灑一點鹽花，但李永銓記得，女同學都不會購票進場。不過後來有一套艷情片，令到女同學都為之傾心：大衛・咸美頓（David Hamilton）的《少女情懷總是詩》。導演本人是一位著名攝影師，專拍唯美的相片，而電影亦用上大量柔焦鏡頭造出朦朧美的效果，加上浪漫迷人的音樂，即使全片有大量女性身體裸露鏡頭，以及作為少有的露毛電影，也擋不住電影滲透出的一股詩意；是女生眼中的藝術片。這套電影極賣座，誇張得上畫數個月都能全場爆滿，可以說，這是艷情片進入大眾市場的分水嶺。

29

香港新浪潮

法國電影界在五六十年代由導演高達（Jean-Luc Godard）、杜魯福（François Truffaut）等掀起了一股新浪潮，顛覆震撼了整個影壇。香港影壇也不「輸蝕」，七八十年代也吹了一股香港新浪潮，持續時間約由一九七八至一九八五年，時間雖短，但作品豐富而精彩。這股浪潮的興起與電視業蓬勃大有關係。

香港在七十年代總共有三間電視台：無綫電視、麗的電視、佳藝電視，香港電台亦有電視部。三間電視台競爭激烈，為了搶收視而製作出很多有質素的節目；香港電台電視部也因公營而有充足的資源，給予製作人很大的自由度及資源去創作，作出更多新嘗試。譬如一九七二年由劉芳剛編導的無綫電視劇集《歧途》，便率先使用了高成本的十六毫米膠卷影片拍攝，製作認真，觀眾反應不錯。後來無綫電視、麗的電視及香港電台電視部的劇集也開始使用全菲林方式拍攝。

電視台對創作持開放的態度，也培育了編劇、導演方面的人才。年輕製作人如徐克、嚴浩、譚家明等，很多都是英國或美國留學回港（當時香港並沒有健全的電視或電影課程，故要去外國修讀），後來就加入電視台。這些年輕人眼界開闊，有新思維、有個性，也對電視電影工作有抱負。而他們最後加入電影行業，也因獨立製片公司興起，急需人才所致。

戰後香港的電影大約可以分為三個類別：第一是粵曲類，第二是武俠小說改編電影，第三是左派電影公會的訴說低下層生活的家庭倫理電影。但這三類電影漸漸追不上時代，失去了活力。七十年代，許冠文的喜劇電影大受歡迎，而李小龍的功夫片亦引起全球狂熱，打開了世界市場。相對其他地方來說，特別是中國內

香港新浪潮電影第一浪

瘋劫
導演：許鞍華
演員：張艾嘉　趙雅芝　萬梓良　徐少強

行規
導演：翁維銓
演員：白鷹　焦姣　石堅

點指兵兵
導演：章國明
演員：王鍾　金興賢　張國強

蝶變
導演：徐克
演員：劉兆銘　張國柱　米雪　黃樹棠

□出版：嘉樂影片發行有限公司　□策劃：電影雙周刊特刊小組　□非賣品，隨電影雙周刊第202期附送

《電影雙週刊》附送介紹新浪潮電影的特刊

地、台灣及東南亞地區，香港電影並無審查制度，製作人可以自由選擇多元化的題材，使得其他地方對香港電影的需求愈來愈大，令獨立製片公司有很大的生存空間，急需電影新血去拍攝更多不同種類的電影。他們眼見這班年輕電視編導有好的創意及技巧，於是向他們招手。

「新浪潮」這個名稱首見於一九七六年《大特寫》雜誌中，描述這批年輕新編導所帶起的風潮。一九七八年，電視編導嚴浩與余允抗、陳欣健組成「影力公司」，拍出以低下階層小人物生活為主題的《茄喱啡》，正式為新浪潮揭開序幕。後來許鞍華、徐克、方育平、譚家明等三十多位導演也陸續加入戰場。與上一輩着重談論祖國、倫理不同，這批戰後嬰兒潮出生的導演，在題材上沒有包袱，任意天馬行空，甚至屢屢觸碰社會禁忌，在電影語言上也勇於跨越界限。譬如許鞍華將喜劇元素加入鬼片的《撞到正》；徐克講年輕人反社會的暴力故事《第一類型危險》，充滿日本推理、東西方元素的《蝶變》；譚家明談及年輕人困惑不安的成長時期的《烈火青春》；梁普智談論警察與毒販之間攻防戰的《跳灰》；方育平談論本地基層困境的《父子情》、《半邊人》等等。

李永銓憶述，「當時大家都有一個目標：去創作一些另類電影，或者稱之為香港的電影。每個導演都有很強烈的個人風格。多元化的新浪潮電影能夠反映當時香港電影的活力——不論是驚慄片、色情片、喜劇還是次文化電影，不論是片種還是質量，都照顧到全世界的華人市場。最高峰時期香港一年能夠出產超過三百套本地電影，被譽為『東方荷里活』，間接也將粵語文化再向前推進。」後來香港新浪潮於八十年代中期退潮了，主要因為新藝城的喜劇全面佔據市場以及新興的監製模式權力過大，扼殺了導演的創意。

李永銓中學畢業後曾經有兩年時間進修，探索自己的發展路向。他喜歡電影，曾經在電影文化中心學習及工作，例如設計海報、宣傳單張，擔任電影的美術指導等。「那時我就在想，到底做設計、寫字，還是做電影？每樣我都有興趣！最後我選了與性格配合的工作。寫作的日子很孤寂；電影本身是很複雜的工業，每個環節都影響電影的成敗。雖然在那年我能夠近距離接觸很多導演及電影，但不幸地，我見到電影圈子的另一面，與我喜愛的電影有很大落差。也許如果當時我能夠跟隨一些很好的導演，結局會不一樣吧！不過還是那句，人生人，路生路。」

30 星期日十點半

正因為李永銓在電影文化中心工作，認識到香港新浪潮，順理成章也知道了「星期日十點半」的秘密——每逢星期日上午十點半，一些私人機構或者團體（多數是私人的影會）會租場放映電影。放映的不是首輪上映的電影，如《銀翼殺手》（又稱《2020》）或者《星球大戰》等，而是文藝電影或次輪電影，如歐洲新浪潮電影，或者美國、日本新派導演的作品。

李永銓說：「我們通常會去油麻地普慶戲院、灣仔京都戲院、新蒲崗麗宮戲院、

星期日十點半的電影戲票

尖沙咀文化中心等地方看。對我們來說，『星期日十點半』是很大的娛樂，每個星期我們都會留意報紙，看看哪裏有電影放映，然後電話聯絡志同道合的人買票，總是六、七個人一起看電影。同一套電影，同一班人會重複又重複地看。為甚麼？原來真正的高潮並不在電影，而在電影播放之後朋友間舉辦的小小「研討會」。討論時如果你答不上嘴，就會遭到恥笑，李永銓也曾經感到苦澀。「我們會討論，為甚麼這個鏡頭要這樣設置？為甚麼這一節要用上這個配樂？有甚麼意思？你有發現男主角的衣服與某一幕的窗簾很像嗎？甚麼？你居然留意不到？一開始都會被他們『寸』：『你到底是不是看電影呀？睡着了啊？』這實在是一場考試！但久而久之就開始知道他們的套路，知道應該怎樣去看電影。唯有自己發奮去看更多雜誌的評論！」

李永銓記得，其中一個熱門的討論地點，是位於海運大廈的巴西咖啡室。在那裏會見到最有型的一班文青：三十幾度天時暑熱穿着雨褸、戴上大大的黑超，攬住藤籃，籃裏擺放了 Nikon 相機；也會見到許多在當時很活躍的文化人，如《電影雙週刊》創辦人鬍子（施求一），《號外》主編丘世文、鄧小宇，或者影評人兼導演譚家明、舒琪、張毅成，在電影文化中心任職的古兆奉。八十年代，「星期日十點半」成為一種文青生活形態。「跟他們坐在一起，就好像延續了電影文化中心的課程，他們會講解哪個鏡頭受法國新浪潮影響、為甚麼這個劇本的敘事形式不同。如果你想聽羅卡的電影理論，有時未必在課堂上，而在巴西咖啡室中！」

這個圈子的電影、文學理論功力深厚，是李永銓汲取人文養份的重要來源。「有時聽他們以文化論政，對我來說太遙遠，正因為如此，我才會努力學習。從他們口中第一次聽到卡夫卡、尼采，之後自己就去書局打書釘，才發現原來世界這麼大。當天我已經感覺到設計的世界很小。我很幸運，因為我可以同時生活在文學、電影及設計中，大大拓寬了我的視野。」後來隨着雷射影碟出現，「星期日十點半」就漸漸式微了。

九十年代，香港有個很大的轉變：多了其他欣賞電影的渠道，如租用影音光碟（VCD）、家用錄影帶（VHS）。而那時雖然翻版碟未出現，這些渠道亦足以讓影迷在私人地方播放電影，更不必專程跑到電影院看了。

31

蝶變

徐克於香港新浪潮時期推出的處女作《蝶變》（一九七九），講述一件在沈家堡內發生的蝴蝶殺人詭異事件，在寫書人方紅葉的調查下，發現內裏大有秘情。

《蝶變》是一套非常具實驗性質的電影，糅合了東洋小說推理情節、西方電影懸疑的配樂和氣氛，以及中國傳統武林一決生死的武打場面。將推理偵探混合武俠，在當時來說可說是非常大膽，因為當時的武打片中，正邪兩派角色很明顯，觀眾等待的便是無數生死決鬥。但在推理片中，往往不到最後也不知龍與鳳，中間穿插武打場面，驚喜處處。

領銜主演
劉兆銘
米雪
張國柱
PRODUCED BY NG SEE YUEN
監製 吳思遠
領銜主演
陳琪琪
黃樹棠
THE BUTTERFLY MURDERS
蝶變
導演 徐克

對於喜愛偵探小說的李永銓來說，《蝶變》另類到令人譁然，也令人悸動。「由第一個鏡頭開始，米雪、劉兆銘的出現，或者服飾、面罩等，全部都令我們『哇』一聲。《蝶變》讓我看到日本推理小說大師松本清張的那種味道，今天的電影都重拾不了當天我們看《蝶變》的那種心跳感覺。」

雖然電影場景少不免帶有粗糙的感覺，但李永銓認為看電影最重要還是四個字：賞心樂事。「整個電影的包裝、敘事手法、故事等每一項我都覺得很新，就算它不是一套很成熟的電影又如何？現在找不回這種感覺了。第一次看許冠文的電影，第一次看徐克的電影，第一次看許鞍華的電影，第一次看彭浩翔的電影，為甚麼我們會喜歡？正正就是賞心樂事。香港現在還有多少電影可以做到這個效果？今天的電影很多時候都在食老本，走警匪片路線。」

《蝶變》曾經被日本的電影雜誌推崇為「香港的《八墓村》」，可以說，當時香港的新浪潮電影也受到日本人的注目了。

32

電影雙週刊

《電影雙週刊》於一九七九年創立，至二〇〇七年因財政問題而將紙本結業，轉戰網上版。新一代未必熟悉它，但必定會聽過香港電影金像獎——這正是由《電影雙週刊》於一九八二創辦的，並主辦了第一至第八屆。

「這本雜誌陪了我超過十年，與我本身的電影文化生活、電影工作、電影文化中心全部都有關係，我接觸《電影雙週刊》的時候正是我做電影的年代。我也曾為《電影雙週刊》幫過手，寫寫稿，或者做插圖製作繪本。」李永銓與當時的雙週刊創辦人及主編鬍子（施求一）以及一眾電影文化人，如張毅成、古兆奉，曾經在沙田隔田古廟村村屋過了一段文青的生活，大家每晚喝酒、聽音樂、談電影、做書評，猶如一個小型格林威治村（位於美國紐約，滙聚了不少文化人），充滿了音樂、電影、文化。

緊隨着七十年代香港新浪潮的出現，本地電影無論在市場上或者水平上，都處於最重要的萌發期，開始真正出現屬於香港的電影文化。《電影雙刊》正是在這個脈絡底下出現，見證了香港電影由盛轉衰的日子。

雙週刊初期只報導香港電影，八九十年代，是香港電影的黃金時期，票房動輒過千萬，連帶雙週刊也歷史性地創下每期賣超過十三萬本的佳績。九十年代後期，香港電影票房下跌，雙週刊的銷量也開始下跌，甚至出現停刊危機，最後幸運地獲得資金度過難關。眼見香港電影市道萎縮，《電影雙週刊》同時期開始加入介紹外國電影的小書刊。可惜的是，現在我們即使有談論香港電影的刊物，也再難有一本像《電影雙週刊》一樣可以作為見證者的刊物了。

領導電影新潮流的雜誌
電影
雙週刊
是商品
電影在共產主義社會不
讀電影不一定要去外國
假期新片巡禮
張敏儀不是女強人
2
film biweekly
$2.50

33

Strawberry Statement

Strawberry Statement 是李永銓第一套看的星期日十點半電影，這同時也是那一代年輕人看得最多的電影。要問為甚麼的話，只能說，那是一個火紅的年代，學生運動最鼎盛的年代。

電影取材自真實的學生運動，原著為 James Simon Kunen 的回憶錄 *The Strawberry Statement: Notes of a College Revolutionary*。一九六八年，美國紐約哥倫比亞大學有數百名學生佔領學校多幢建築物，抗議校方高層參與越戰的決策，以及反對校方在黑人區興建體育館，因此舉涉嫌種族歧視，最後警方武力清場。而在電影中，地點稍為改變至三藩市的一所大學，但反戰爭、愛自由、好公義的精神仍存。在故事開首，學生領袖站到台上振臂疾呼，宣示了電影的主旨：「Strike because you hate war! Strike to make yourself free! Strike because there is poverty! Strike to prove yourself alive!」

在二次世界大戰後，由美國、蘇聯為主導的左右意識形態之爭，形成了冷戰的格局。為了爭奪世界的領導權，雙方展開了軍備競賽——以武力去獲得更加多國家加入自己的意識形態陣營，而力量單薄、無話語權的第三世界國家受害尤其深，如越南被迫成為兩大勢力的磨心，爾後發生著名的越戰。在這場戰爭中，受害的百姓無數，引起許多人反感，尤其是年輕人。他們開始去追尋左右陣營以外的第三條路，由此催生了許多社會運動，如黑人人權運動、女權運動、反越戰、嬉皮士文化等。七十年代，屬於反叛的年輕人。

當時中國國家主席毛澤東推舉美蘇之外的「第三世界」，反對帝國主義、殖民主

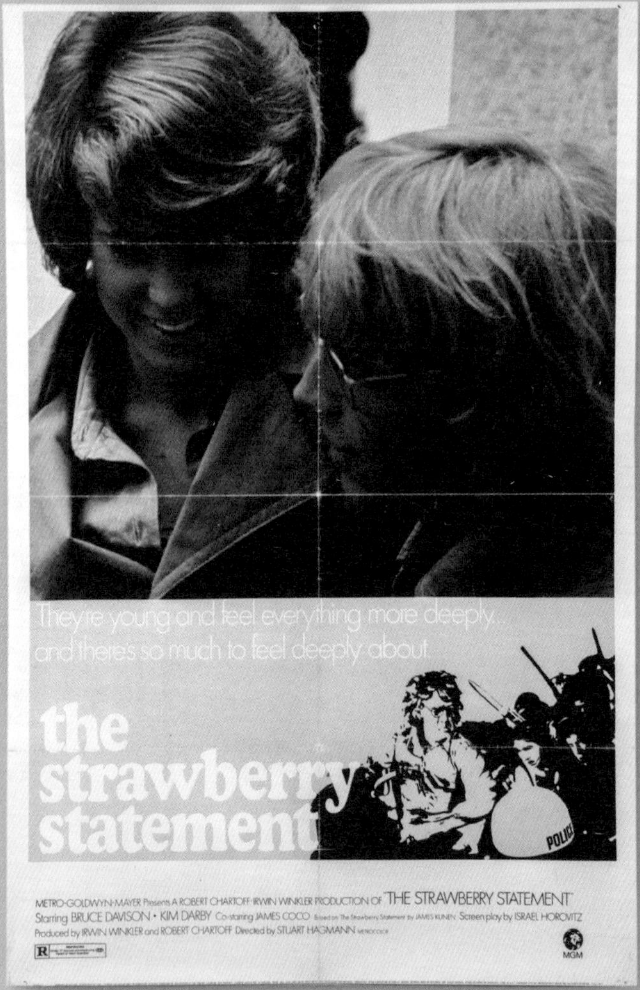

Strawberry Statement 電影海報

義及霸權主義。及後發生文化大革命，以學生為主的紅衛兵肆意推倒一切舊有制度及文化。一些抱持理想主義的年輕人深信，中國推崇的「第三世界」將會是社會的出路，故在電影中亦隨處可以見到牆上貼着哲・古華拉及毛澤東的海報，學生言談之間也提及毛澤東主義。社會主義在今天只在小部份國家實行，但在七十年代卻大有市場。學生均帶着一顆赤子之心去嘗試建構他們的理想世界。

電影的結尾，是學生以和平的方式在禮堂圍成圓圈靜坐，打着拍子高唱約翰・連儂（John Lennon）的 *Give Peace A Chance*，最後遭防暴隊以煙霧彈、警棍毆打，驅逐離場。

Strawberry Statement 所表現的愛好和平、反抗不公的學生情懷，引起了香港年輕人及學生的共鳴，吸引他們看了一遍又一遍。李永銓憶述：「對參與學生運動的學生來說，*Strawberry Statement* 就如學生先鋒電影，大家都受到衝擊。不只因為那種反抗權威、反抗政府的精神，更重要是大家都相信學生的力量，所以這套電影在星期日播放的時候，很多專上學生都來看。」

六十年代的香港，處處展現出社會危機：天星小輪加價所導致的九龍騷亂及六七風暴，暴露了社會不公等，大學校園開始充滿社會改革的討論，抗爭意識亦漸漸提高。值得一提的是，當時由於殖民地政府採取政治中立、旨在維持社會穩定的態度，共產黨與國民黨兩派都能夠在港建立工商、社會、文化組織，出版報刊，變相形成了百花齊放的自由風氣。儘管國共雙方的意識形態能夠並存，然而戰後出生的年輕人普遍對中國內地不甚了解，處身在左右意識形態的夾縫中，也無法建立所謂的歸屬感，出現了意識形態上的真空。

李永銓記得，以往香港人對政治冷感，但那段時期氣氛開始火熱起來，尤其在保釣運動過後，年輕人開始尋根，開始去尋找身份認同。到底我是中國人、英國人、英籍香港人、華籍香港人，還是香港人？我該何去何從呢？中國內地推舉「第三世界」，欲破舊立新，於七十年代加入聯合國，發射人造衛星，並與美國、日本建交，使本地社會彌漫着一股中國熱。年輕人開始相信，內地或許會是出路。

由是，以香港大學學生會為首，並散落在各大專院校的國粹派抬頭。他們主張「認中關社」（認識中國，關心社會），懷着滿滿的愛國情操，高舉民族主義，並跟隨毛澤東思想。他們不時舉辦回國參觀訪問團，或者到落後偏遠地區做義工，以便更加了解國情。國粹派不論在組織、動員還是滲透力方面都十分強勁。而能與國粹派抗衡的就是社會派。社會派雖然也屬「反資反殖」（反對資本主義及殖民主義）的左翼分子，但對民族主義持批判態度。另一類是自由派的右翼分子，主張自由經濟，比較接近西方價值觀及經濟理論。還有一派是信奉托洛茨基主義的托派，強調社會變革，發起及參與多次社會、工人運動。雖然國粹派佔主導，但也見到派系百家爭鳴的局面。不過隨着毛澤東逝世，國粹派也就沒落了。李永銓這樣理解當時參與行動的學生：「學生最純真，猶如一張白紙，他們的熱情比較純淨，沒有夾雜太多複雜的政治因素，參與行動只是單純為了認識自己的身份。」

生性反叛的李永銓，在香港理工學院擔任學生會會長期間，亦曾因為校方要求同學呈交的功課成本昂貴，幾近不能負擔，而發起和平靜坐、貼大字報等抗議行動。不過行動最終因為有同伴變節而失敗。「我當時被校方召見，對方甚至講到行動會影響我們在學校的前途，但當時我們撫心自問，都不感到害怕，因為我們這班同學的思想自由開放，討厭官僚極權。」他頓了一頓，又道：「其實我們的目的不是想要搞亂學校，只是希望學校認真去面對正在發生的事情，理解學生的想法，這才是最重要的。我們從來沒想過用任何辦法令學校屈服。」其實，有誰不希望能夠以對話解決歧見呢？只是在迫不得已的情況下，學生才會選擇以別的方式爭取權利。就如在 *Strawberry Statement* 中，學生為甚麼要佔領禮堂靜坐？因為校方從來沒有正視他們的訴求，甚至將他們的訴求戲稱為「Strawberry Statement」——你們的意見，不過是「我喜歡吃士多啤梨」般可笑又無聊至極的意見罷了。

34

Quadrophenia

I don't wanna be the same as everyone else.
That's why I'm a Mod, see?

——*Quadrophenia*, Jimmy Cooper

不論在哪一個世代，年輕人總是迷惘苦澀的一群。無盡的精力、旺盛的好奇心、打破傳統的決心，讓他們懵懵懂懂地意識到世界上未知而大量的可能性，卻又無法從中找到自己的定位。追尋身份認同，成為首要母題。

電影 *Quadrophenia* 描述的正是這樣一群年輕人。與物質豐饒、娛樂繁多的今天相比，二次世界大戰後、六十年代的英國，正在艱辛又枯燥地重建。一群在戰後嬰兒潮出生的 Mods 正是在這個背景下誕生。Mod 是（Modernist）的簡寫，是第一個出現的青少年次文化，單從名字來看就明白他們想要破舊立新的意圖。

這些 Mods 都有一套獨特的生活模式，譬如：理着遮耳法式的髮型，穿着剪裁合身的西裝、七/九分褲，外加一件 Parka 軍衣；聽藍調音樂、現代爵士樂等（順帶一提，擔任 *Quadrophenia* 監製的正是著名的 The Who 樂隊）；每晚流連派對，跳舞、喝酒、嗑藥、做愛，不然就去找 Rocker（受美國搖滾樂影響而從 Mod 中分裂出來、擁有截然不同的生活模式的一群人）打架，撩事鬥非，宣洩內心的燥動不安；而最最重要的，是擁有一輛意大利製的 Vespa 或 Lambretta 電單車，並且進行瘋狂改裝，加上很高調的配件，突顯個人風格，這亦是很重要的象徵。在電影中，主角 Jimmy 的電單車就加上了很多倒後鏡及車頭燈。

在電影中，可以看到當時英國年輕人的普及文化，也看到他們過於焦灼地希望透過普及文化的歸邊，在朋友間建立身份認同——他們總在問：我是誰？你要成為 Mod 還是 Rocker？

Jimmy 為了得到朋輩認同，全身心投入到 Mod 文化中，追隨 Mods 的英雄級人物 Ace。他參與了在白禮頓（Brighton）的 Mods 及 Rockers 兩派互毆的騷亂，原本有機會逃走，卻為了希望與 Mods 一起行動而再次置身其中，結果被拘捕罰款，他的好友們卻為了翌日的工作逃走了。最後他丟了工作，喜歡的女孩被好友搶走了，家人亦發現他吸毒而趕走了他。「壯烈」的犧牲，不但沒有換來其他 Mods 的讚美，他們甚至認為他瘋了。夢想中的身份認同一步一步地破滅。他遂再次回到白禮頓，希望重拾一點盼望——怎料在那裏竟然見到自己的偶像 Ace 只是一位對客人卑躬屈膝的酒店行李員（Bell Boy）。Jimmy 憤然偷走 Ace 的電單車，駛到懸崖。故事最後一幕是電單車一躍而下，支離破碎，也代表了他的 Mod 美夢完全幻滅。

THE WHO FILMS
PRÉSENTE
LE FILM QUI A MARQUÉ UNE
"GENERATION"
KRU251
L'OPÉRA ROCK MYTHIQUE DE
THE WHO
ÉCRIT ET COMPOSÉ PAR
PETE TOWNSHEND
QUADROPHENIA
UN FILM DE FRANC RODDAM
PHIL DANIELS MARK WINGETT LESLIE ASH STING
-VERSION NUMÉRIQUE RESTAURÉE-
inRocKuptibles

Quadrophenia 電影海報

每個人的成長都會經歷從無到有的階段，過程中都存在着身份危機。要去面對、解決這個危機，內心必然會有偶像，不論對象是明星、設計師，還是宗教人物，好去追隨及崇拜，幻想自己能夠成為心目中想成為的英雄人物。然而，伴隨着對偶像的幻想破滅，年輕人開始明白每個人不過是凡人，也就變得成熟，得以成長。因此，*Quadrophenia* 所揭示的不是年輕人糜爛的生活，而是每個人共有的成長經歷。這也反映出李永銓年輕時對身份危機的認識，也是他沒有偶像的原因！

35

Merry Christmas, Mr. Lawrence

「這部電影出現的時候，有一堆名字你是不可以抗拒的！」李永銓疾呼。

Merry Christmas, Mr. Lawrence（中譯：《戰場上的快樂聖誕》，以下簡稱《戰》）巨星如雲：導演是大島渚，擔大旗的有坂本龍一、大衛・寶兒（David Bowie）、北野武，主題曲也由 Japan 主音 David Sylvian 演唱，這樣的組合不會再出現，令電影成為經典。「每個名字我都很喜歡。大島渚的《日本之夜與霧》、《感官世界》都極出色，所以從《電影旬報》中得知電影要上映的時候我很期待。」李永銓說。

《戰》以二次世界大戰中，印尼爪哇島上一群英軍被日軍俘虜的事件作為背景，講述精英日本軍官世野井（坂本龍一飾）與英國戰俘Jack Celliers（大衛・寶兒飾）之間的曖昧故事。聽來好像只是一個關於禁忌之愛的故事，但導演卻神乎其技地帶出了更多發人深省的議題。

首先是日本與英國之間的東西文化衝突。日本軍人崇尚武士道，主張以肉體上的刻苦來鍛煉精神，甚至為了精神價值而犧牲自己；西方軍人則主張要為保護人民而犧牲，不可以隨便浪費性命。世野井要以禁食來懲罰英國戰俘，眾人覺得不可理喻，Jack Celliers反其道而行，帶來食物與眾人分享。又，當世野井要求英國戰俘睜眼看着日本士兵切腹時，英國戰俘極其不忍，覺得無論是切腹還是要求人觀看都非常不人道。導演雖然沒有說明自己對於東西文化的立場，但從中可以見到他對於封閉、壓抑的日本傳統文化帶有的批判：切腹場面不再偉大悲壯、受人敬重，反而展現出了切腹者的懦弱與萬般不情願；世野井為了保守自己內心的秩序，打算隨便找個替罪羔羊來處決，精神上的鍛煉便顯得可笑。

為甚麼世野井會被 Jack Celliers 的放蕩不羈所吸引？正是因為 Jack Celliers 擁有西方開放、隨心所欲的態度，不像世野井被傳統束縛得死死的。而世野井最後因為個人價值觀崩潰，卻被 Jack Celliers 的一吻所拯救。

其次是軍國主義與人性之間的衝突。文化分野固然是人與人之間溝通的隔膜，但戰爭才是主因。戰爭是非常壓抑人性的，尤其在軍官與戰俘之間有着明顯的階級分野，不要說同性的愛，就算是一般的戀愛、友誼也是不被允許的（當然同性戀將這階級上的矛盾推到極致）。Lawrence 即使有時候會被原（北野武飾）毆打，但 Lawrence 認為在身份不對等的情況下仍屬情有可原。他始終相信原的本性是善良的，他對Jack Celliers 說：「武士原不會傷害你的。武士原不會傷害任何人。」終於，在之後原借醉釋放了 Jack Celliers 與 Lawrence 免被處死。

Merry Christmas, Mr. Lawrence，原對 Lawrence 說 Merry Christmas，其實是保存了自己內心的人性。我們可以將 Merry Christmas 看成是一種普世價值，由衷而發地祝福對方，這個祝福消弭了所有國家、種族、性別、階級的界限，有一種世界大

Merry Christmas, Mr. Lawrence 電影海報

同的意思。如果沒有戰爭，他們都能和平共處，可惜時勢不造人。電影中沒有人流過一滴眼淚，但一股遺憾與哀愁卻貫穿了電影。

音樂方面，坂本龍一製作的配樂極其出色，到了今天仍深受大眾喜愛。坂本龍一、大衛・寶兒、David Sylvian 三位都是當時很重要的音樂人，破天荒於同一套電影出現，連坂本龍一都大嘆很有張力！李永銓在日本擔任專欄作家時，曾經大膽地訪問過坂本龍一，問及三位音樂人的關係怎樣：「他很靦覥地說，三人雖然合作愉快，但關係都很緊張。」而當時大衛・寶兒因為想專注演好角色，推卻音樂方面的製作，要是真的加入戰團，勢必腥風血雨！

有些電影陣容盛大，充滿了厲害的名字，但每顆「星」不過佔極少戲份。然而《戰》裏巨星的戲份極重。李永銓討厭「自助餐式」的電影：「自助餐有幾十種食物，可能只有一種是你喜歡的，其他都不喜歡。電影也一樣，那些看似大包圍的電影，實際上只有一兩個演員才是中心。今天，我真的再找不到這樣的組合，世代可能真的變了。」

36

Brazil

「我經常問自己，如果要移民去火星，只准攜帶十套電影，*Brazil* 必定是其中一套。」究竟這套電影有何魅力，能夠征服李永銓？

英國導演 Terry Gilliam 原本打算將 *Brazil*（中譯：《妙想天開》）命名為《1984 1/2》，有一種向奧威爾（George Orwell）的小說《1984》致敬及延續的意味。由此，可以猜測到反烏托邦的科幻電影 *Brazil* 訴說的是一個極權主義的故事。故事主人翁 Sam 是一個膽怯無大志的普通中產政府人員，過着刻板、苦悶，兼受嚴密監控的生活，唯一的樂趣是發白日夢，在夢中享受自由。有一天，他竟然在現實生活遇到夢中心儀的女神Jill，由此打開了他與極權官僚體制對抗的奇妙旅程。

導演擅長打造充滿創造力、幻想力的畫面，所展現的黑色幽默叫人印象深刻，每一個場面都可以成為設計師、電影人的學習及參考資源。其中兩個場面讓李永銓受到極大的震撼：第一，主角解釋政府內部刻板的幹部集體生活，畫面中所有人用同一套文具、同一款辦公桌、同一款打字機，穿着一式一樣的背心，理着同一種髮型，就像是機器的流水線操作，不容半點異議。然而，看似井井有條的畫面背後，原來暗藏了雜亂不堪、頹垣敗瓦的大水管，這極具諷刺的對比，就如官僚體制下其實充滿了腐敗一樣。

另一個場面同樣極具諷刺意味：主角老邁的母親與其朋友經常嚷着要整容，為了重拾青春做了拉面皮的手術，而這個手術竟然是由醫生扯着她的面皮往後拉，居然又真的讓母親變成了妙齡少女，可惜有些老太太卻因為手術帶來的併發症而死

BRAZIL
ARNON MILCHAN presents a TERRY GILLIAM film "BRAZIL"
Starring
JONATHAN PRYCE • ROBERT DE NIRO • KATHERINE HELMOND • IAN HOLM • BOB HOSKINS
MICHAEL PALIN • IAN RICHARDSON • PETER VAUGHAN • and KIM GREIST
Screenplay by TERRY GILLIAM • TOM STOPPARD • CHARLES McKEOWN • Original Music by MICHAEL KAMEN • Co-producer PATRICK CASSAVETTI • Produced by ARNON MILCHAN
Directed by TERRY GILLIAM

Brazil 電影海報

亡，諷刺上層階級為了追求表面幸福的生活而做出種種荒誕的行為。

儘管電影精彩，但導演 Terry Gilliam 所花費龐大的製作費，卻令荷里活投資者卻步。李永銓表示，「當你看到電影的場面如此精彩絕倫，就會預計到無論製作費還是時間都一定超出預算，這個問題令到 Terry Gilliam 無法在荷里活大展拳腳。在荷里活拍電影，最重要的不是你的故事有多好，很多不賣座的導演都可以有第三、第四套作品，但絕對不能超出預算，這是金科玉律。」

37 Trainspotting

I chose not to choose life. I chose something else. And the reasons? There are no reasons. Who needs reasons when you've got heroin?

——Trainspotting, Mark Renton

每個人生命中都會有屬於自己的麻醉藥，有人選擇酗酒解千愁，有人選擇沉浸在愛情中不能自拔，有人選擇奮力追逐名利，有人選擇在書海中探求人生哲學。而不去選擇，其實也是一種選擇。

Trainspotting（中譯：《迷幻列車》）中的五位年輕人，與其說是選擇了海洛英，倒不如說是讓毒品侵佔了他們的生命，使自己不用再去選擇。毒品為他們帶來了一瞬間的高潮與歡愉，得以逃避生活中營營役役的苦悶。清醒地活着是一件何等痛苦的事情；清醒地活着，就意味着要面對種種選擇，不論是自主的，還是不由自主的。

對於毒品，李永銓的感受至深。「在我成長的過程中，尤其當我踏入設計、電影、音樂、Disco 世界，毒品從來未曾在我的生活圈子中停止出現，所以當我看 *Trainspotting* 時感覺很深。」毒品普遍到難以置信：一群人正在開會時，吸毒就好像聚餐般簡單。「你只有兩個選擇，you are in or out？你只可以選擇成為參與者或者旁觀者。到底我見得到這個世界是幸還是不幸？」

但幸運地，李永銓選擇了「Out」，全因母親在他七歲時跟他說過，做人要自愛、

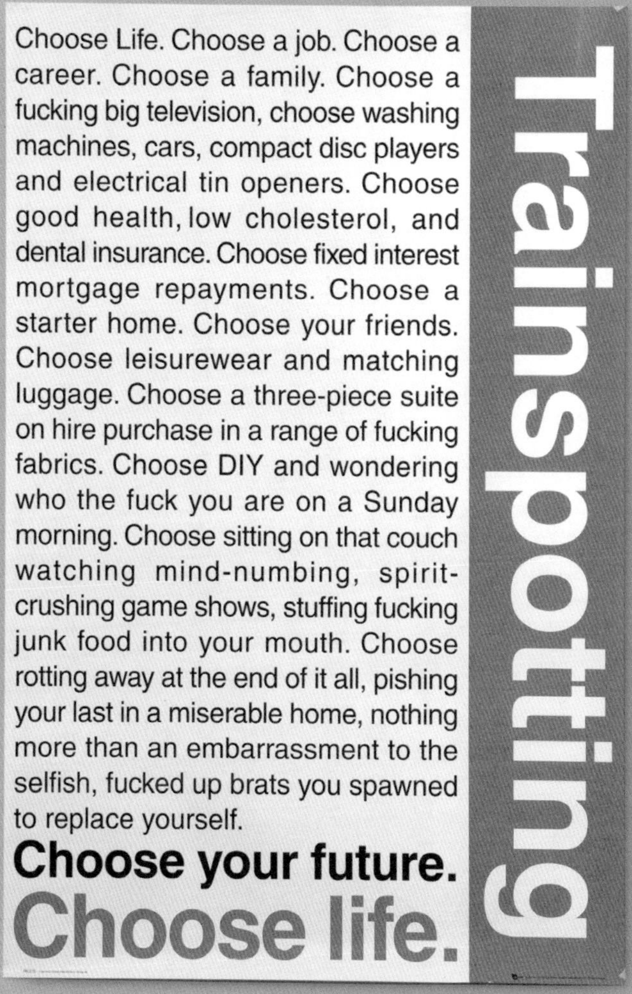
Choose Life. Choose a job. Choose a career. Choose a family. Choose a fucking big television, choose washing machines, cars, compact disc players and electrical tin openers. Choose good health, low cholesterol, and dental insurance. Choose fixed interest mortgage repayments. Choose a starter home. Choose your friends. Choose leisurewear and matching luggage. Choose a three-piece suite on hire purchase in a range of fucking fabrics. Choose DIY and wondering who the fuck you are on a Sunday morning. Choose sitting on that couch watching mind-numbing, spirit-crushing game shows, stuffing fucking junk food into your mouth. Choose rotting away at the end of it all, pishing your last in a miserable home, nothing more than an embarrassment to the selfish, fucked up brats you spawned to replace yourself.
Choose your future.
Choose life.
Trainspotting

《迷幻列車》電影海報

要爭氣。李永銓選擇了一輩子銘記這個教誨。「我強迫自己不要投入圈子，警誡自己必須保持清醒。我親眼目睹毒品如何傷害了身邊的人。曾經在 Disco 見過陳寶蓮，當時她只有十七八歲，真的是一顆光芒四射的寶石。但自從她染上毒癮之後，就變得瘋狂了。」

電影主角 Mark Renton 由選擇毒品過日子，到後來因偷竊而被迫戒毒。在離開毒品以後，他立刻對於社會有了種種實感，「the real battle starts」，永無止境的抑鬱、苦悶蠶食了他的身心。因為女主角 Diane 的一句：「You have got to find something new」，Renton 找了一份正常的工作，重新投入「正常世界」的種種煩惱。沒多久，他的老朋友來找他，大家再次吸毒，甚至販毒。當看到朋友瘋狂的時刻，他終於醒覺，背叛了朋友，把販毒賺來的錢偷走，選擇離開頹廢至極的朋友，過上想要過的日子。

人生的每一步都是選擇，不去選擇也是一種選擇。成長中的痛苦與不堪，大抵會為往後的選擇提供承擔的力量。

38

Les Misérables

Les Misérables（中譯《悲慘世界》或《孤星淚》），是法國大文豪雨果（Victor Hugo）的作品，曾被改編成音樂劇及電影。其音樂劇由一九八〇年代至今已於倫敦及百老滙上映逾萬場。故事發生於十九世紀初法國七月王朝時期。波旁王朝復辟後，查理十世上台，議會內自由派企圖推翻君主專制，保守派則發動政變維持已有勢力，自由派遂進行七月革命，建立七月王朝。但新任國王路易菲利浦上台後並未帶來更多社會改革，貧富懸殊依舊，加上天災人禍連連（如霍亂、農作物失收、經濟欠佳等），民不聊生，共和黨人遂於一八三二年發動起義。這次起

義主要由學生領導，反對獨裁的君主政體，可惜以失敗浴血收場。

Les Misérables 之所以廣為稱頌，首先是因為雨果寫出了當時底層人民生活的慘況。他們除了要面對短缺的糧食及惡劣的生活環境，雪上加霜的是不公義的制度、法律，以及一個側重於權貴的政權。譬如主角年幼時因為家人面臨餓死而偷麵包，遭重判入獄十九年；還有為照顧女兒而淪為妓女的單親母親，四處都是乞丐、病人的街道等。在種種慘況中，主角始終堅守仁慈之心，照顧妓女的女兒，也拯救敵人免於危難，在黑暗中展現了人性的光輝。

另一方面，*Les Misérables* 描寫出當時學生運動的悲壯，好讓這段歷史能夠重見天日。李永銓感情豐富，首次看到 *Les Misérables* 已經令他感動不已：「記得中間有一幕，主角為了幫助學生，甚至向上天祈禱以他的性命去代替這班學生。我天生對弱勢社群有一種憐愛，而學生在任何體制下都絕對是弱勢社群。一個國家或地方的文明程度並非依靠其硬實力，而是看它會否包容、尊重以及照顧弱勢社群，不論這些人有怎樣的政見、宗教、性取向、身體殘疾等。」

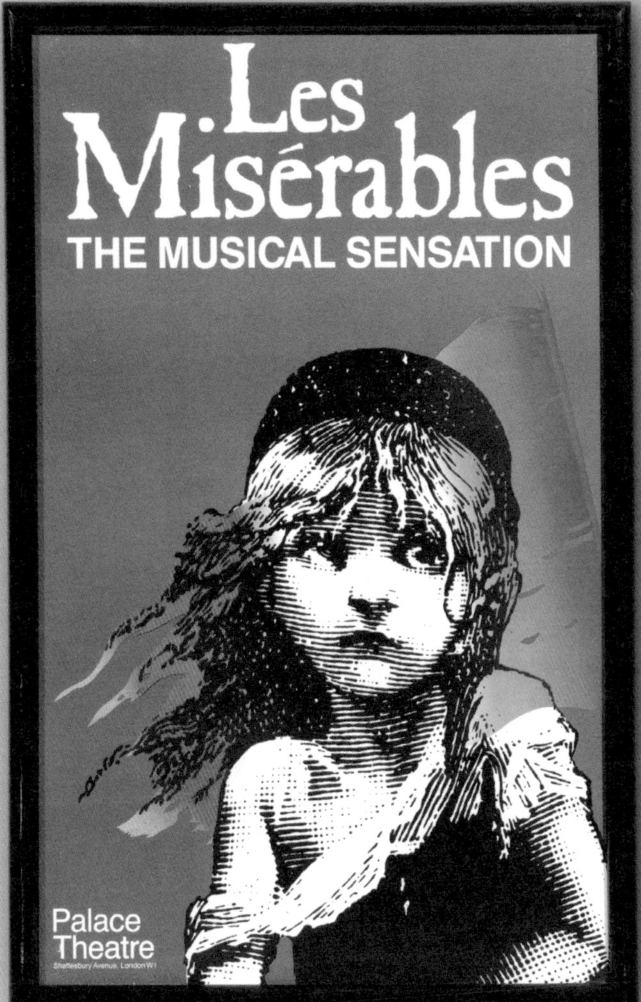

Les Misérables 的音樂劇

39

56 Up

英國公共電視台BBC的話題性節目*56 Up*，從一九六四年開始訪問一群七歲的小孩，每七年重訪一次，追蹤他們的成長過程，直至他們五十六歲，現時還未完結。節目旨在探討不同出身背景的小孩，在命途上可以有多大的分別，以及根深蒂固的社會階級是否難以被打破。在追訪的個案中，出身優渥家庭的小孩，仕途的確比較順利，但也有少數出身基層家庭的小孩，憑着個人努力而晉身中產階級。

比起社會階級，李永銓更加相信DNA決定論——DNA決定了一個人的性格取向，繼而決定命運。古語有云，「江山易改，本性難移」，李永銓認為，最難改變的是個人性格。「階級有沒有可能打破？是有的，但永遠都是少數。要改變命運就要改變性格。有很多人覺得自己與生俱來的命運很難改變，其實是因為你的性格已經決定了一切。改變自己的性格已經很困難，可是在朋友間也好、感情道路上也好，每個人都會發一個彌天大夢：很想去改變另一個人，並覺得對方會為自己改變。這是極度愚蠢的，他不會因為愛你而為你改變。你自己本身的缺點都好難改變！更何況要去改變第二個人？所以若果你能夠改變自己的缺點，改變自己的個性，你就有機會改變命運。」

不過這種改變，並非真正從根本扭轉，只是將缺點變為隱性。「因為你的缺點真的會影響到你的仕途，你就要想辦法將它變為隱性。但隱性有一個問題，只要天時地利人和種種因素結合，它又會變為顯性，所以終其一生，當你面對自己性格上的缺憾時，不要去想怎樣剷除它，而是要選擇兜路，想辦法避開它收起它。」

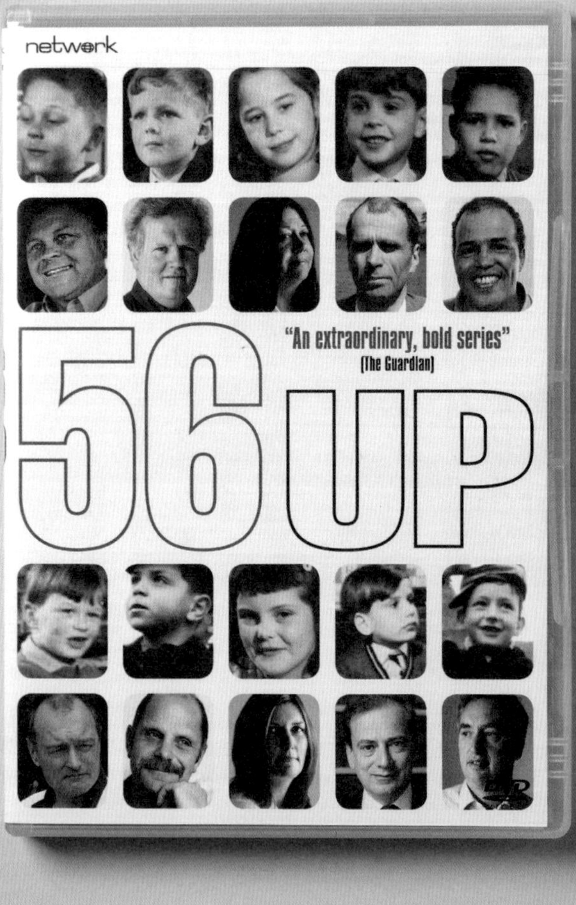
network
"An extraordinary, bold series"
(The Guardian)
56
UP

40

韓流風潮

戰後到現在，世界上出現過四大風潮：五十年代美國的普及文化席捲全球；七十年代的東洋風令所有人對日本文化陷入狂熱，甚至忘記二次大戰的傷痛；八十年代英國的文化入侵，無論音樂、時裝、雜誌、電影，差不多受到所有潮人膜拜。

到了今天的韓流，正正就是重複之前三次的文化勝利，從三次風潮中取經、昇華，在音樂、時裝、劇集、電影方面引領着全球普及文化。二十年前韓國只是一個出產劣質產品的國家，到今天成為了潮流優質商品的產地，大家接受韓流，同時也接受了韓國三大品牌公司 Samsung、LG 及現代的商品。

韓流的幕後推手，不是私人機構和大集團，而是韓國政府有系統地以普及文化打動全球民心，憑軟實力戰勝了大家的心理關口，而非靠硬實力如金融、基建、軍事。這一切一切，都是為了國內生產總值（GDP）的增長。

李永銓認為，軟實力之於一個國家的重要，在於得到他國人民的喜愛。「我在外國的朋友紛紛對韓國人產生興趣，不只是因為韓國輸出俊男美女，最重要是他們很膜拜韓國的軟實力。今天中國無論 GDP、生產力都高踞全球，但為何中國人仍然未受歡迎？不是因為我們的威脅論，而是全球根本還未認識到我們的軟實力，又如何對我們產生感情？」

偉大的創新及科技局官員整天高呼創意工業之重要，但可否睡前谷歌一下韓潮之成功過程及成功原因？不是見過喬教主就可以改變命運的。韓國文化產業的發展有別於英、美、日，後者是民間自發，這與其深厚的文化遺產有關；而韓國卻是政府所為。一九九四年，韓國時任總統金泳三決心推動文化產業，並希望藉普及文化帶動國家品牌，並打入世界市場。他在一次國家科學技術諮詢會得知，當時美國電影《侏羅紀公園》（*Jurassic Park*）一年賺進八億五千萬美元，相等於當時韓國出口汽車一百五十萬輛的總收益，非常震撼，於是定下推動文化產業的長遠策略，並設立文化產業局，下設影像唱片課、電影振興課、出版振興課及文化產業企劃課。只要首先振興龍頭的影視產業，其他行業如戲劇、文學、音樂、設計、美術必可以隨之帶動。其政策強調三個原則：一、發展文創的經濟價值；二、鼓勵及幫助文化產業進入海外市場；三、是最重要的，解除所有限制文化產業創意展現之干預措施！

當別人真正解開創意之鎖時，我們卻關卡重重；當別人面向世界市場時，我們卻只懂得把心放在單一國內市場！韓國本來推動電影為龍頭，但首先衝出的卻是韓劇，韓潮一發不可收拾。普及文化的軟實力就是創意工業之火車，教主在天之靈也應該同意！

41

電視劇

李永銓喜愛聽音樂、看書、看電影，家中收藏逾千張藍光碟。精力無窮的他，每到周末就會化身「煲劇狂迷」，捧着宵夜零食看劇集，享受一段無人打擾的快樂時光。對於煲劇，他自有一套見解：「追劇就好像婚姻，你只可以選擇去追最好、最適合你口味的劇集。看一套電影需要花費九十分鐘，但以一套劇集來說，每一季最少都有十集，當你看到第四集才發覺是垃圾，不看下去又很愚蠢，看下去又浪費時間。」不論美日英韓，只要是好劇就追吧。

很多香港人都是「電視汁撈飯」長大，但李永銓卻甚少看港劇。他因為十六歲起搬離父母家，而錯過七八十年代受歡迎的港劇，如《京華春夢》、《啼笑姻緣》、《陸小鳳》、《書劍恩仇錄》。不要忘記當時電視機是很昂貴的，非一個十六歲的小子能夠負擔，所以港劇對他的影響反而不大。

真真正正令到李永銓開始追劇，則始於日劇。日劇由七十年代起攻佔了港人的心，九十年代更達到高峰，從《東京愛情故事》到《戀愛世紀》、《沙灘小子》，都是李永銓的首選。他選劇的準則，除了題材，編劇也很重要，因為一套劇集要擁有靈魂，對白必須精警。例如李永銓喜歡的編劇坂元裕二，其傑作包括《東京愛情故事》、《離婚萬歲》以及二〇一七年大熱的《四重奏》。「在《四重奏》中，有一句說話令我印象深刻：『兩個人一起吃飯才叫吃飯，一個人吃的，叫飼料。』坂元裕二懂得描述都市人的心態。很多日劇編劇都有一個特點，就是擁有很強的文學根底，感情線主要依靠對白去建立。」

日劇主要談的是情，不論愛情、友情、親情，劇中均會以大量情節鋪排一段感情的發展，故此能夠補足李永銓感性的一面。但到了偵探懸疑劇，感情線卻成為了拖慢劇情節奏的絆腳石，不及英劇來得明快及緊張。「即使是《東野圭吾推理劇場》系列，有時我都會覺得節奏感不足，甚至膚淺、幼稚。」對他來說，着重理性分析的英美劇是偵探懸疑劇的首選，例如根據柯南・道爾的《福爾摩斯》小說改編而成的 *Sherlock*、David Lynch 的 *Twin Peaks*，不論是故事推進還是場景設計，都能使觀眾拍案叫絕。李永銓喜歡美劇緊張刺激的場面調度，例如 *American Crime Story*（中譯：《美國犯罪故事》）中關於 O. J. Simpson 的系列，以及由杜夫兄弟創作的 *Stranger Things*，讓觀眾重拾舊時光。

李永銓指出，談論科幻劇的時候，其模式都離不開兩套老祖宗電影：*Blade Runner*（中譯：《2020》）及 *2001: A Space Odyssey*（中譯：《2001 太空漫遊》）所帶出對於未來世界的想像。「在歐美世界想像的未來中，一種就如 *Blade Runner*，畫面不乏亞洲元素，經常會出現漢字或者地攤小吃等，而且充滿了失落的頹喪感，永遠都會有後巷加雨景，過分擁擠的街頭；另外一種，則如 *2001: A Space Odyssey*，以白色乾淨的畫面為主，呈現一種中產階級的簡約主義味道。至今我仍然看不到第三種模式。」

至於韓劇，似乎不在李永銓挑選之列。「我只可以講富娛樂性。早期韓劇主要針對大媽，每一集都催淚到不得了，其感情線比日劇拖得更長，完全忍受不了。現時韓劇之所以能夠風靡亞洲，贏在哪裏呢？喜劇特質，以及帥氣明星。但始終對我來說吸引力有限。」

42

動物農莊

李永銓為了應付學校的書評功課，早在中四的時候已經讀過佐治・奧威爾（George Orwell）的《動物農莊》（*Animal Farm*）。當時這本書在學校課堂中是必讀的。對一個中學生來說，《動物農莊》相當苦澀難明，雖然故事內容像寓言、童話，卻又充滿了大量的政治隱喻。為了對這些隱喻「解密」，李永銓開始嘗試對照歷史背景，一遍又一遍地閱讀、研究，最終啟發了他對歷史和政治的興趣，以及對獨裁政權的批判。

《動物農莊》於二戰結束那一年出版，奧威爾是一位社會民主主義者，書中所描繪的角色含沙射影地批判了當時蘇聯史太林的獨裁統治。故事講述農場裏發生的一場動物革命。老少校豬（隱喻馬克思）號召所有動物聚集，談及人類剝削動物的種種差劣行為，並宣佈人類是動物的敵人。老少校死後，年輕豬雪球（隱喻托洛茨基）帶領民眾起義（隱喻十月革命），趕走原農場主瓊斯（隱喻俄羅斯沙皇尼古拉二世），成立「動物農莊」。之後，雪球訂下了「動物主義七戒」，包括最重要的「所有動物一律平等」。在雪球的領導下，動物們安居樂業，生產力上揚。可是好景不常，另一年青豬拿破崙（隱喻史太林）抹黑造謠，趕走了雪球，獨攬大權，讓其他動物變成牠的奴隸，實行專制獨裁的統治。後來所有其他農場的動物紛紛聯合起來，一同推翻拿破崙。

從書中可見，在奧威爾理想的世界必定要有公平與公義，人們可以掌握生產過程，並享有自己的勞動成果、掌握自己的命運。而獨裁統治，正正就是人類最大的敵人。

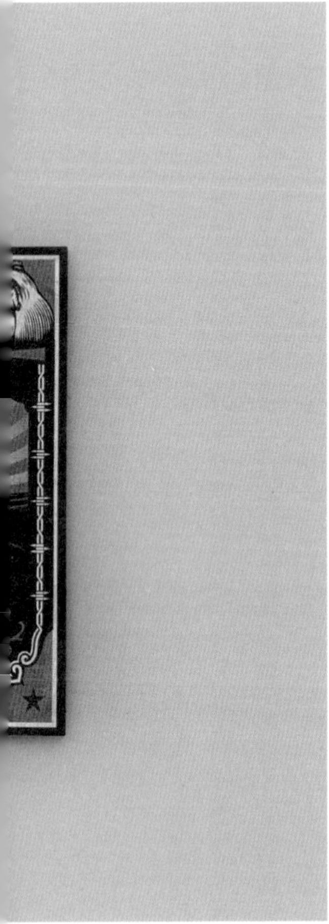

作為一本政治諷刺小說，《動物農莊》沒有太多艱澀的用語或理論，也沒有一般歷史文章的冗長及繁複，是一本很好的政治入門書。李永銓坦言，《動物農莊》開啟了他日後留意政治、時局的取向，以及對獨裁制度的厭惡。「如果這本小說以蘇聯歷史去寫，大概很難吸引我。但因為它書寫了動物與人的關係，以及動物和被支配的動物的關係，從而變得非常有趣。《動物農莊》固之然會讓你了解到獨裁制度的壞處及荒誕，但更重要的是，從中你會看到人性的黑暗面。」極度集中的權力與金錢，必會使人離地、變質；當極端獨裁出現，任何理想的烏托邦恐怕最終都只會變成惡夢。

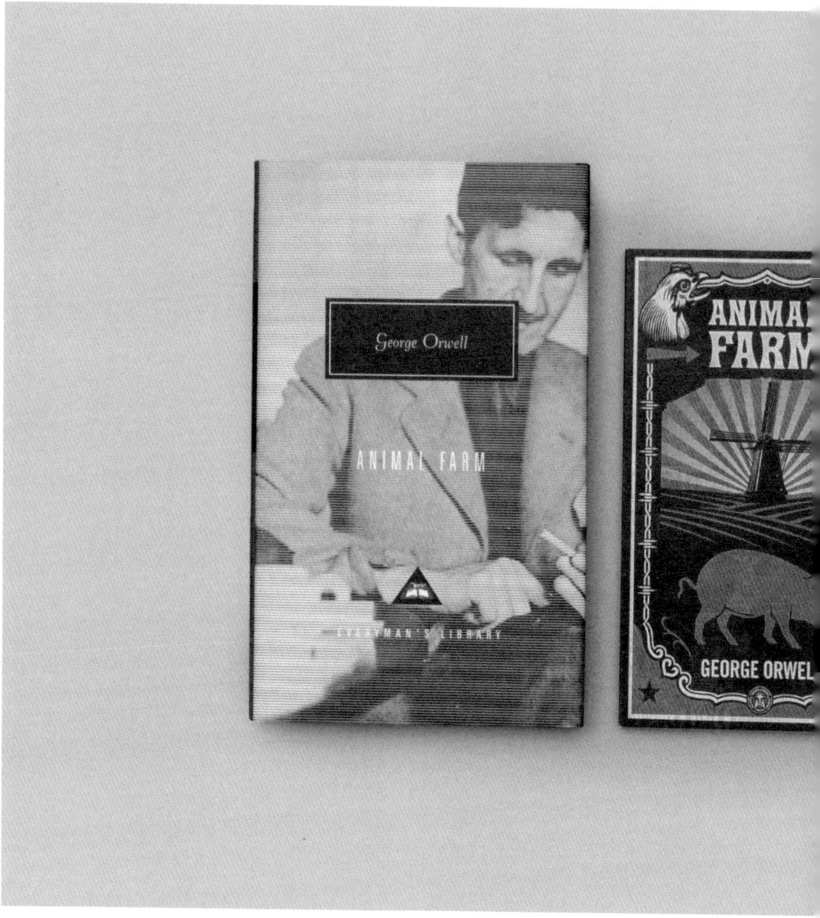
George Orwell
ANIMAL FARM
EVERYMAN'S LIBRARY
ANIMA
FARM
GEORGE ORWEL

43

最後的貴族

章詒和於二〇〇四年經由牛津大學出版社出版的全文版《最後的貴族》（又名《往事並不如煙》），曾經是放在書店當眼位置的暢銷書。這是一本帶有濃厚文學、政治味道的個人回憶錄——說是個人，也不太正確，就如章詒和在序中所說，在某些情況下，回憶可以是「比日記或書信更加穩妥的保存社會真實的辦法」。而章詒和本人的獨特之處，正在於其身為「頭號大右派」章伯鈞的次女，並在文化大革命中因「現行反革命罪」而被判入獄二十年。

《最後的貴族》共有六個章節，涉及了八個人：史良、儲安平、張伯駒夫婦、康同璧母女、聶紺弩及羅隆基，由章詒和以第一身描述與他們的相處。這些人都經歷了中國建國初期的「整風運動」、「反右運動」，以生命書寫出新中國知識分子的悲涼與無奈。因此與其說這書是章詒和的個人回憶錄，毋寧說是大歷史上微小卻不可或缺的補足。

書名取自其中一個講述康有為的女兒康同璧母女的章節。然而，「貴族」的意義並不在於出身名門，或者家境富有，在作者眼中，更多是指向在亂世中，一些人仍然保有內心的高尚情操、風骨氣節，對朋友更是俠骨丹心、問心無愧。因此，「貴族」指的是人的精神。在一個只談「左右」的大環境中，在「人們要不斷降低自己做人的標準以便能夠勉強過活的時期」裏，有些人卻只願當一個「人」。說是「最後」，也不為過，試問今天仍有多少人能夠真正活出人的樣子？

對李永銓來說，《最後的貴族》讓他了解到一個大時代的政治及人民生活的變化，是很好的備忘錄。而在發動無產階級革命的過程中，更可以看到許多人性上的黑暗面。不停推翻，造成社會的撕裂與不穩定。這也讓李永銓深刻反省，一個有人文精神的制度應該是怎樣的。「我不知道怎樣才叫做好的國家、好的制度，因為每一個地方都會有冤獄或者不完善的地方。就我的標準而言，首先要能夠帶給人民安穩的生活，不用再擔驚受怕與親人分離，這是最基本的。其次，多一點自由，如言論自由。」

往事並不如煙
章詒和
時報出版

44

二十一世紀資本論

香港政府統計處於二〇一六年發表的《主題性報告：香港的住戶收入分佈》指出，香港按原本每月住戶收入編製的堅尼系數為零點五三九。這個數字代表了甚麼？

堅尼系數（Gini Coefficient）是檢測一個地方的貧富懸殊程度的指標，最高為一，代表絕對收入不平均，最低為零，代表絕對平均，並以零點四作為警戒線，零點四及以上代表高，即是收入不均的情況有機會引發社會動盪。參考美國中央情報局的排行榜，香港是全球堅尼系數第九高的地方，排首位的是賴索托，二至八位依序為南非、密克羅尼西亞聯邦、海地、波札那、博茨瓦納、贊比亞、葛摩，全部是發展中地區。所以說，就已發展地區而言，香港的堅尼系數排行最高。

由托瑪．皮凱提（Thomas Piketty）撰寫的《二十一世紀資本論》法文版（*Le Capital au XXIe siècle*）首見於二〇一三年，翌年隨即翻譯成英文版，一出已經登上最暢銷書籍榜。它之所以在社會造成哄動，是因為作者利用了自十八世紀以來大量的各國數據、歷史，並結合歷史學、社會學、政治學與經濟學的研究方法，鉅細無遺地剖析財富分配不均的問題。他認為財富分配的歷史演變具政治性，無法歸結到簡單的經濟機制。《二十一世紀資本論》重新將貧富懸殊帶入大眾的討論中，可以說是一部劃時代的作品。

在書中，皮凱提主要探討財富與所得的關係，他指出，造成財富分配不平均的最主要力量，就在於資本報酬率（投入資本一年平均可以回收的利潤、股利、利息、租金與其他資本所得）高於經濟成長率（每年所得或產出增加的幅度），亦即

$r > g$。換言之，富人只要撥出一部份財富作為資本，用作儲蓄或投資，資本的成長速度就會比整體經濟快，從而產生了不平均的財富分配。因此，作者也提出以累進式的財產稅，作為緩和分配不均的其中一個辦法。

這本書成功製造了話題，有人讚美，當然同時也備受爭議，有好些經濟學家批評，認為他的數據有偏差。李永銓認為，儘管如此，這本書仍然提供了一個方向讓大眾了解貧富懸殊的成因，無疑是一本稍為完備的經濟分析。「在我做品牌打造時，（這本書）讓我了解到市場、經濟及歷史三者的關係，不再只是拿着放大鏡去看皮膚的毛孔及皮層，更讓我看到血管、肌肉、內臟！很多時我們做市場研究得到的數據都是很表面的，而這本書讓我深入地認識到經濟的成因。」

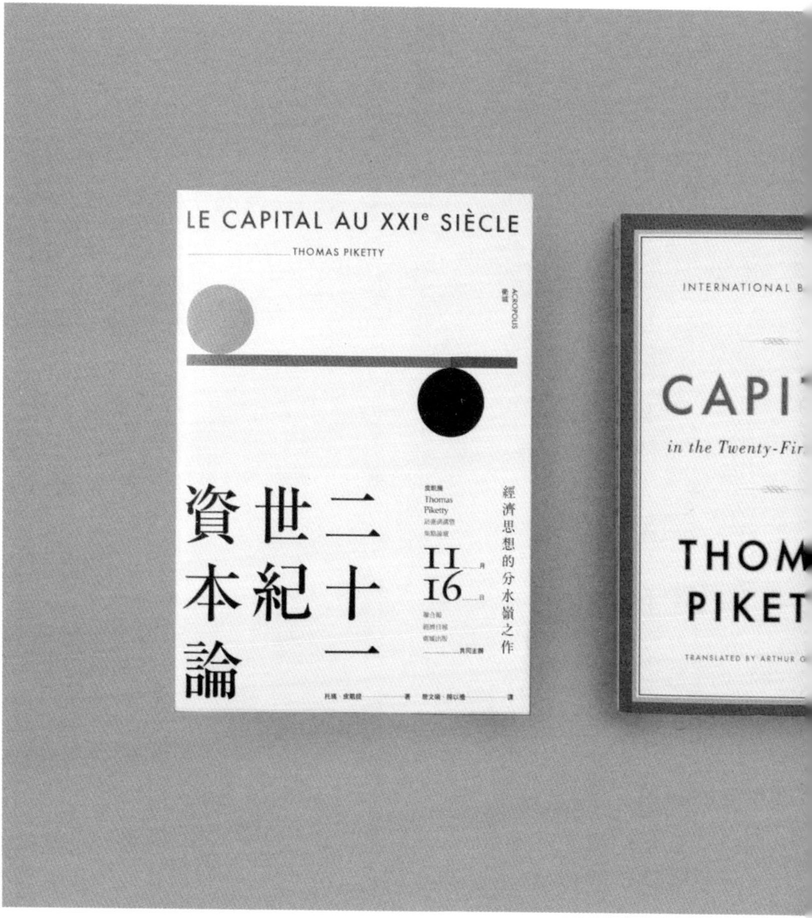

《二十一世紀資本論》中英文版

45

原則

你的價值觀是你認為重要的東西。原則能讓你過一種符合自己價值觀的生活。當你面臨困難選擇時，你會向你所信奉的原則求助。

——瑞．達利歐，《原則：生活和工作》

一次世界大戰以後，企業的商業模式以實業為主，但二〇〇〇年過後，賣概念的科網公司如雨後春筍，在二〇一八年福布斯富豪排行榜中，首二十位便有八位是靠科網起家。現時，即使是傳統實業，也開始向物聯網（Internet of Things, IoT）、雲端計算、大數據、社交媒體等領域進發，可以理解，今天已是經濟四點零的時代，整個產業結構已經改變了，不少新型企業亦漸漸挑戰傳統實業的位置。

新型企業的其中一個特點就是擁有極能適應時代變遷的靈活性。不同於以往傳統企業動輒成千上萬名的全職員工，這些新型企業以少數人組成核心決策群，CEO的職能在於訂立公司目標，然後聘用合適的自由工作者及半職員工去處理公司事務，人手一部電腦已經足夠應付運作。從計劃到執行，新型企業比傳統企業轉身更快。然而，大衛要打贏巨人歌利亞，最重要的還是作出準確的決定。

而要做出準確的決定，就要有個人及管理的原則，從而制訂出能經反覆試驗實踐的運作機器。這正正就是達利歐《原則：生活和工作》（*Principles: Life and Work*）一書希望帶給人們的啟發。

達利歐於一九七五年成立橋水公司（Bridgewater），現為全球最大的對沖基金公司，二〇一六年管理的資產達一千六百億美元，他亦因此成為該年賺錢最多的對沖基金經理。在書中他提出了五步流程，去獲得自己想要的東西，不論是商業還是個人方面。

（一）擁有清晰的目標；
（二）發現阻礙目標實現的問題，並對其零容忍；
（三）精確診斷問題找出根源；
（四）制定計劃解決問題；
（五）執行計劃，完成具體任務。

達利歐自稱是一位超級現實主義者（Hyperrealist），做決策或者解決問題，最重要的是理性、客觀地認清現實。有人說過，當人變得情緒化的時候，千萬不要妄下決定，因為這個時候所做的決定九成九都是錯誤的。

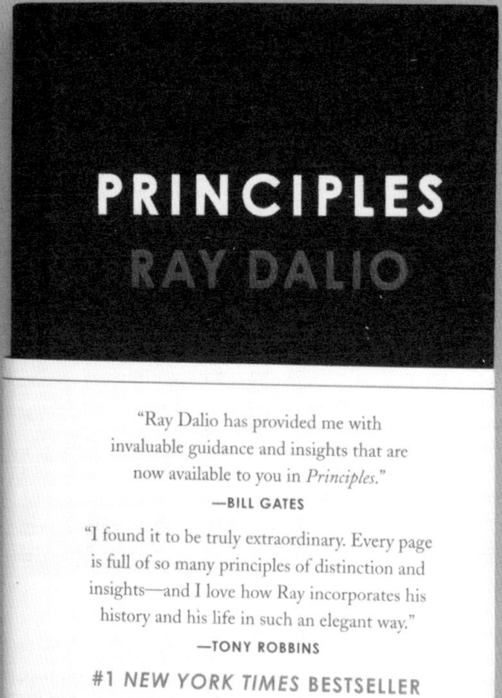
PRINCIPLES
RAY DALIO
"Ray Dalio has provided me with invaluable guidance and insights that are now available to you in *Principles*."
—BILL GATES
"I found it to be truly extraordinary. Every page is full of so many principles of distinction and insights—and I love how Ray incorporates his history and his life in such an elegant way."
—TONY ROBBINS
#1 *NEW YORK TIMES* BESTSELLER

人無完人，偏偏人人都有「犯錯恐懼症」，不喜歡面對自己的弱點或錯誤，出了問題往往選擇逃避或者容忍，正是因為我們從小到大接受的教育，令我們覺得不懂或者犯錯是件很丟臉的事。面對問題是痛苦的，但達利歐深信，反思缺點、錯誤與痛苦，正是人為了進步必不可少的養份——一個人想要進化，就必須不斷推進個人的極限來獲取能力。

不過，儘管問題要立即解決，手法卻是可以斟酌的。李永銓是個「有碗話碗」的人。他憶述，過往自己也曾經犯過一個錯誤。有一次，他在所有同事面前指出一位同事的設計「完全是小朋友的作品」，令該位同事很不開心。李永銓反思，在大庭廣眾不應該這樣說話，這會令到下屬不服他。後來李永銓就改為召同事進房，或者一起吃飯，在私人空間中指出對方的問題。

坊間的心靈勵志書籍很多，但我們都明白，大概一萬人之中可能只有一個人會去認真實行自己的目標，因此重點是紀律性與執行性，而這也是最困難的部份。達利歐有一套「二十・八十」實現目標的法則。他認為，人可以擁有想要的任何一件東西，但不能獲得想要的每一樣東西，要實現目標就要為事情分輕重、定次序，將有助於實現目標的百分之二十事情優先處理，捨棄不太重要卻佔據很多人心力的百分之八十（耍樂的慾望例如看電視、玩手機等）。假如將該捨棄的八十放在應優先的二十中，人生就會變得一事無成。

人

江戶川亂步
三島由紀夫
芥川龍之介
太宰治
寺山修司
傅科擺
蔡元培
杭穉英
鈴木俊隆
活地・亞倫
David Lynch
橫尾忠則
淺葉克己海報
David Carson
Neville Brody
凱恩斯
海耶克
Senna

46

江戶川亂步

李永銓在好奇心旺盛的少年階段，已對推理小說、科幻小說產生莫大的興趣。在江戶川亂步之前，有兩位偵探小說家對他影響甚大。一位是學校圖書館必定會有的《福爾摩斯》系列，原作者為柯南・道爾（Arthur Conan Doyle）。「福爾摩斯與華生令人喜愛，但小說中的十九世紀英國時代，故事模式永遠只存在三種人：中產專業人士、貴族皇室人員及小混混。但遺憾地，我們身處的時代，社會環境截然不同，我們只能憑想像去理解故事，很難在人生中得到共鳴。」喜愛柯南・道爾的人，必定不會錯過愛倫・坡（Edgar Allan Poe），然後就會開始留

意江戶川亂步。

江戶川亂步，本名平井太郎，活躍於一九二〇至六〇年代的推理小說家，被譽為日本推理偵探小說的開山之父，很多作品都被改編成電影。因為崇拜愛倫・坡，他的筆名亦改自愛倫・坡的日語發音「エドガー・アラン・ポー」，而成為「えどがわらんぽ」（即江戶川亂步）。日本二戰期間，曾經有段時間全面禁止推理小說創作，江戶川的小說也不例外，因為推理小說必定會有諷刺權貴的成分。「可以見到，權力極度集中的話，創作必定會受到影響，最終變成一言堂。」李永銓感嘆。

閱讀江戶川的小說，讓李永銓更加了解人性的醜惡及軟弱，也因此更容易去接納不同的人。與柯南・道爾及愛倫・坡那種「未到最後一刻都不知道兇手是誰」的小說敘事模式不同，江戶川的小說大部份在文章開首已經點出誰是犯人，令人看得膽戰心驚的是犯人在犯案的過程到底會怎樣露出破綻。更加有趣的是，江戶川筆下的犯人並非因追名逐利、爭奪權勢，或者有甚麼宏大的理由而犯案，他

日本平凡社出版的關於江戸川亂步的書籍

們很多時候都是日常生活中常見的小人物，這些小人物私底下都有不為人知的癖好，如戀物、偷窺，甚至有人只是因為「殺人比起偷竊更加安全」這種理由而犯案（這某程度上顛覆了我們的價值觀，因為殺人刑罰比偷竊來得更重，通常人們會覺得殺人風險很大，但犯人認為消滅證人更加不容易被人發現，風險更低）。

這些不尋常且多面向的角色，令早在少年時期的李永銓變得「過分早熟」，而不像是「一般的小孩子」。「早熟」的地方就在於，他不以「正常」、「主流」的視角去看待身邊的人，反而更加了解每個人都會有不同的面向，讓他更加接受這個世界上存在着不同性格、癖好的人，以及人性黑暗的一面。他很記得，當時他到同學家中與對方父母談及校內一位「異常人士」：「當時有一位男同學很喜歡打籃球，打籃球時會不斷發出女性化的『怪叫』，其他同學很鄙視他，覺得男人不應該這樣子。但對我來說，So What？這只不過是他的個性。」可是同學母親知道該位男同學後，卻露出一臉厭惡的神色，直斥為何學校會有這樣的男生。李永銓則回答：「這有甚麼特別，只不過是一個男同學有女性的傾向，有甚麼問題呢？這不單是自由，更是他不能控制的最原始個性，如果他因為其他人的說話而刻意扮演成雄赳赳的男性，你們不覺得他很虛偽、痛苦嗎？」該位母親先是詫異，後來不屑地以半帶責罵的語氣對李永銓說：「你會不會覺得自己過分早熟？」

是李永銓過分早熟，還是該位母親過分天真？人生有如推理小說，每個人都有不同面向，隨着時間逐漸改變，沒人知道下一頁有甚麼發展。李永銓一直堅持人性是很複雜的，也不願意天真地覺得人性本善，「當大家遇到壞事情，就會覺得很驚訝、無法接受，那只不過是你的執着，執着於認為這個世界不會改變，總會如自己心目中所想的發展。但這個世界就是充滿着種種意外，可能有一天你的伴侶突然走來跟還在熱戀期的你說要分手，你傷心難過，不願意接受他的改變，但你自己也會變啊，怎能預期別人不會變？你總以為身邊的人都是好人，不會出賣你，很愚蠢，他不會出賣你可能只是因為你走運，他會出賣你或者在你背後講閒話，也不過是人性。執着是萬苦之源，這就是為甚麼你不快樂，因為你不接受無法預料的事情。」

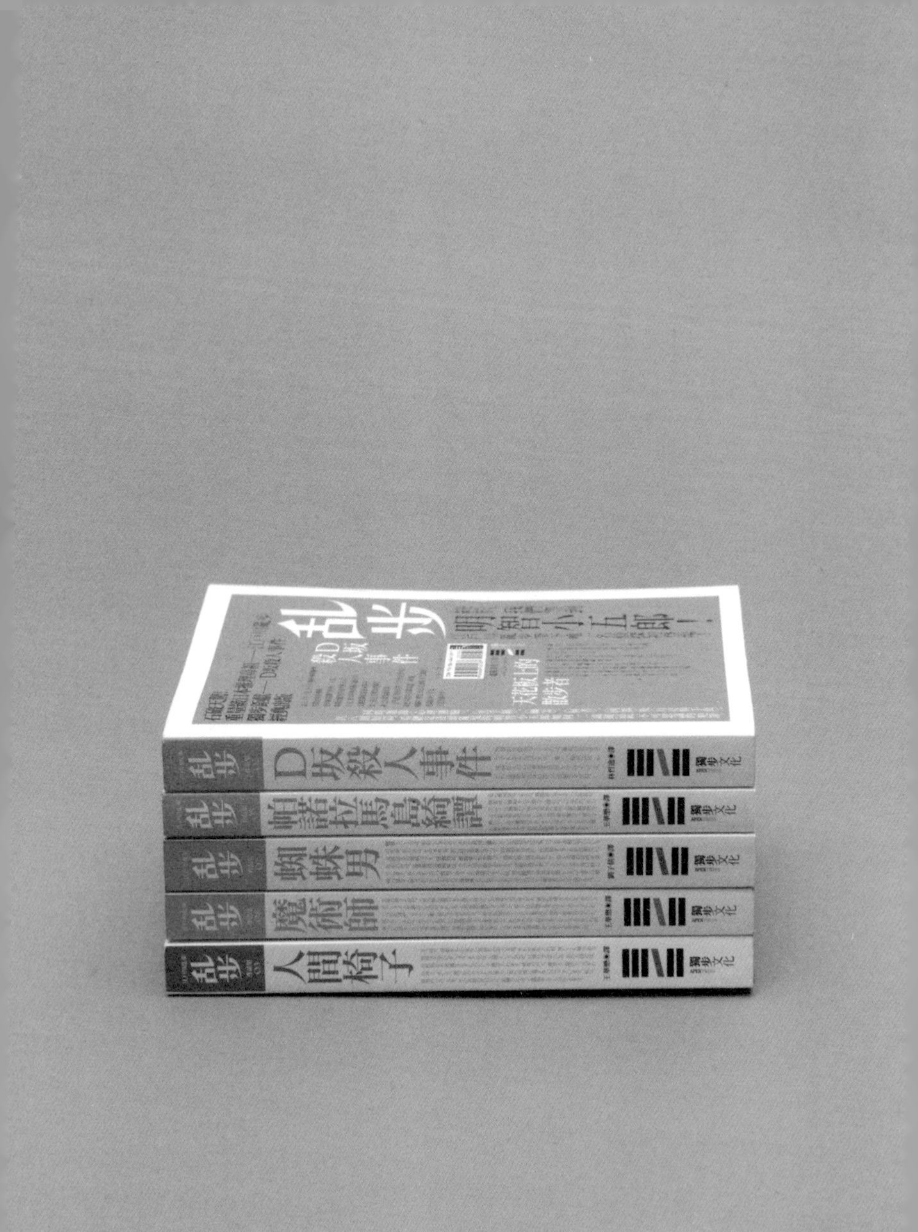

江戶川亂步著作

47

三島由紀夫

如果人只過度思慮美的問題，就會在這個世界上不知不覺間與最暗的思想碰接。人大概生來就是這樣。

——《金閣寺》

美麗與毀滅，似乎是一種辯證關係——在事物呈現出最美麗的面貌時，正是它不得不走向毀滅的時刻。或者說，在事物毀滅的時候，正是它最美麗的樣子。這在

三島由紀夫身上能夠得到見證。

三島由紀夫，日本戰後著名文學家，曾三度入選諾貝爾文學獎，被譽為「日本的海明威」，代表作有《假面的告白》、《金閣寺》。十六歲時獲選擔任《輔仁會雜誌》的主編，二十一歲受川端康成賞識，受邀在《人間》雜誌上發表小說。除了小說，他也參與多部電影拍攝，甚至擔任主角。

除了文學方面的成就，更為人津津樂道的是他晚年的軍國主義傾向。戰後的日本作為戰敗國，被迫與美國簽訂《美日安保條約》，不能擁有軍隊，放棄戰爭及交戰權，而美國則可以派兵駐守日本，日本某程度上變相放棄了主權。同時，日本受美國文化入侵，包括小說、音樂、電影等，民眾均全盤接受外來的西方文化，日本傳統價值及思想漸漸受到動搖。

如此種種，作為民族主義者的三島當然無法接受。一九六八年，三島組織了私人武裝團體「盾會」，誓要效忠天皇並保存日本傳統的武士道精神。三島認為，戰後二十年日本工業發展雖然迅速，帶來物質上的享受，但解救不了日本民眾內心的墮落。他認為，美國文化入侵令到日本人忘卻民族精神及敗國恥辱，如此下去，日本最後必定走上滅亡之路。

一九七〇年十一月二十五日，三島帶領「盾會」發動政變，綁架了日本自衛隊東部總監部師團長，在台上向自衛隊成員發表演說，聲淚俱下，呼籲大家放棄物質

サンデー毎日
12/13
特集
三島由紀夫
その朝　死に場所に呼ばれた本誌記者
2・26〝憂国〟　そして日本の情況
自刃のナゾを解くカギ…「陽明学」
週刊朝日
12-11
1970 70円
特集
三島由紀夫の死

介紹三島由紀夫的刊物

文明的墮落，重拾精神上的獨立，回歸日本人傳統的純樸堅忍，並推翻日本無法擁有軍隊的憲法規定，結果遭到台下成員訕笑。三島憤而拾起武士劍，按照武士道的傳統切腹自殺，再由身旁好友介錯（即砍下頭顱）。切腹所代表的含義，是一個武士未能盡自己努力完成責任的謝罪方式。他的責任就在於保守日本民族精神。

「對我來說，戰敗無非就是這種絕望的體驗。至今我眼前仍然看見八月十五日如火焰般的夏日的光。人們說所有的價值都崩潰了，可我心中卻相反，主張『永遠』覺醒、復甦並擁有其權利。這『永遠』說明金閣在那裏是永恆的存在。」——《金閣寺》

如此轟烈地死去，正好呼應了三島對於美的理解，如同在《金閣寺》中，主角溝口一把火燒掉他認為最美的金閣寺，那是最光輝的瞬間。如果將他這一輩子所堅持的日本民族精神，對應為金閣寺所代表的永恆的美，毀滅了金閣寺，就如貫徹武士道切腹自殺那樣，毋寧同歸於盡，也可作為世人的警醒。

七十年代，東洋文化在香港抬頭，台灣版的日本翻譯小說很常見。李永銓憶述，讀中二時，他很喜歡看書，家樓下的樓梯口有一檔二手書店專門租書，他在那裏接觸到不同類型的小說，例如古龍的《楚留香》、《小李飛刀》，金庸的《天龍八部》、《書劍恩仇錄》，魏力的《女黑俠木蘭花》，以及衛斯理系列。「中國的文學來得很沉重，即使是魯迅那種充滿人性諷刺的書，很有趣但也很沉重。比較輕鬆一點的有林語堂，談論人生的藝術以及對人的嘲笑。但中國文學始終帶有太多民族主義情緒。」後來他就開始看日本翻譯小說。這些小說普遍有幾個特點：諷刺人性、矛盾、悲劇、死亡，都是李永銓喜愛的元素，無怪乎他會迷上三島的小說了。

48 芥川龍之介

江戶川亂步擅長透過描寫小人物鮮為人知的癖好而呈現人性的陰暗面；三島由紀夫的文字雖然也描述人性，但往往透露了一種對美的執着，在人物或事物最燦爛的一刻爆發而消逝。在芥川龍之介的小說中，則會看到他對人性的失望與消極，而這種失望往往帶着幾分躁動不安。

這份不安，大概來自於芥川小時候的經歷。他於一八九二年生於東京，孩童時代家境不算富有，母親患了精神病，在母親發狂以後就被送到舅父家。在那個年代，

大眾普遍覺得精神病會遺傳，芥川一生都活在懷疑自己會否也得了這種病的不安及威脅中。

芥川對文學的熱誠早在年幼時萌芽，十一歲時已經與同學手抄雜誌，在同學之間派發。處中小學階段的他對中國文學，如《水滸傳》、《三國演義》、《聊齋志異》、《金瓶梅》等有極大的興趣。他成績優秀，考上了帝國大學修讀英國文學，期間完成了日後影響深遠的《羅生門》。當時他並未受到重視，要到畢業後在《新思潮》上發表短篇作品《鼻子》，才得到大師級人馬夏目漱石賞識及推崇，鋒芒初露。

或許是自己並非出身於大富大貴之家，生活又遇上各種苦況，芥川的作品常有小人物在生活上掙扎的描述。例如在《地獄變》中，通過描繪畫師與女兒、藝術家與無辜的人等低下階層殘酷的生活及遭受的壓迫，深刻地反映了生命的無奈以及對人性的摧殘，由此生出人性的邪惡。又如在《羅生門》，芥川對於傭工從選擇餓死轉變為犯惡的心路歷程也有深刻細緻的描寫：「傭工的心中，產生出來一種勇氣。那是剛才在城門下，他所欠缺的勇氣。然而與剛才爬上這個城樓，抓住這個老太婆時的勇氣，卻是朝完全相反的方向發展的勇氣。這時，他在餓死或做賊這點，不僅沒有感到迷惘，就他的心情來說，對於餓死，差不多連考慮都不必考慮，就趕出意識之外了。」

芥川一生都受壓力與不安所影響，除了身體患上多種疾病，更得了神經衰弱。在他三十五歲那年，因為「恍惚的不安」而仰藥自殺。後來黑澤明將《羅生門》及芥川的另一小說《竹林下》結合，拍成電影《羅生門》，講述眾人對於武士死因的不同看法：有人說大盜為了偷取寶刀而殺死武士，有人說是貪求武士夫人的美色而將其殺害，到了最後靈媒找到武士的靈魂，武士說自己是自殺而亡。每個人各執一詞，都只是看到事件的冰山一角，而得到片面的答案。「羅生門」一詞後來更廣為傳頌，意指由於人們各執一詞，令真相變得模稜兩可。

李永銓在中學時期閱讀《羅生門》，已經深深地了解到人們的主觀所帶來的可怕後果，也使得他日後看待事物時謹守客觀的原則。「人們絕對要小心自己的主觀。

在今天，每一個人都充滿着主觀：我認為怎樣怎樣。很多時我們一開始已經有太多先入為主的看法，因而說對方是錯誤的，這是一個危險的判斷。尤其在現今身處的網絡世界，過分主觀就會令我們變成 haters，欺凌別人，但很多時人們不過為了維護自己的權威、專業。我們即使置身其中都未必知道事情的真相。」

芥川龍之介與果戈里的
鼻子
真是太糟糕啦！
鼻子穿著我的大衣離家出走啦！
芥川龍之介
地獄變
不瘋魔——不成活
日本文壇最鬼氣森森的異才　芥川龍之介

芥川龍之介著作中譯本

他以三稜鏡作為比喻：當一條光柱射入三稜鏡中就會發出七種顏色，站在七原色中，每一個人所接收到的就是他見到的顏色。站在黃色光帶的人看到黃色，站在紅色光帶的人會看到紅色，所以站在黃色光帶的人會說站在紅色光帶的人看到的顏色是錯的。「這是角度問題，我不能說你錯，也不能說你對，因為你在那個角度看到黃色，但是你不能說其他人錯。」

要客觀，不代表沒有原則。「當然我很討厭兩邊不是人的那種判斷，不用那麼保守吧！我覺得人是不需要太圓滑的，太圓滑就會變得沒有立場，人當然要有稜角。」人不能沒有立場，但我們要小心的是充滿主觀及偏見的立場。「芥川給我最大的啟示是，很多事情未必有對錯，太過主觀則會忽略了其他人的角度，因此必須要客觀，先細心聆聽別人的說話，了解對方的立場，再去分析對方是否有原則上的錯誤，而非一開始就決定答案。」

49

太宰治

在過於強悍的社會，我們都需要一種軟弱，不論是戴上面具偽裝，還是肆意頹廢苟活。我們都期望在軟弱中發現自我。

太宰治在一九〇九年生於貴族家庭，父親是大地主、議員。雖然家境富有，但太宰治終生受悲觀的情緒困擾，自殺未遂五次。他是天生的情場浪子，其中一次企圖自殺，陪伴他的竟是一位只同居了三天的咖啡店女侍應；一九四八年又有另一位情婦與他一起投水殉情，死時才三十九歲。

太宰治一生都充滿了矛盾與悲劇。其作品《人間失格》被認為是他的自傳。主角葉藏出身富貴家庭，但因對他人抱有恐懼，故只能終日娛樂他人，來掩飾自己內心真正的想法，亦因為害怕與他人接觸，只能過着苟且頹廢的生活，不斷尋歡、喝酒、自殺，自認是「人間失格」（即失去做人的資格），後來終於崩潰被送入精神病院。主角在書中坦承自己的軟弱，「膽小鬼，連幸福都害怕！」字裏行間透露着自憐、自卑、自戀，對自己的觀察如此敏銳、誠實，對人生感到迷茫的讀者很容易在其中找到共鳴、慰藉，在文字的世界中獲得扶持、理解。

李永銓也不例外。在他剛開辦設計公司的那段時間，曾經遇過很多困難，不只是經濟問題，還有朋友、感情、工作的問題。在他最失意的時候，就好像失戀要聽失戀歌尋找知音一樣，《人間失格》探討的人性黑暗面、自我軟弱無力、人生悲劇，亦深深吸引了李永銓。

他觀察到，在太宰治的小說中很多時候都混合了兩種人：背叛者及反叛者。「那種內心糾結，太宰治與芥川龍之介是異曲同工的，大家都很準確地道出了人性黑暗面，但太宰治更無力、更悲觀。他選擇逆來順受，覺得人生就是不斷出賣人以及被出賣。我當時面對很多人與事，很容易產生共鳴。」

在工作上，他遇到兩個很大的問題，第一個是團隊向心力不足。「當時公司團隊都是精英，有些是中央聖馬丁藝術與設計學院的高材生、有些來自藝術中心、有些是理工學院或者正形設計學校的金獎學生。我的團隊全部都是年輕傑出的設計師，但我處理不了人性。」精英們「鬥威鬥叻」，爭相做重要的客戶，大搞辦公室政治，李永銓周旋其中，疲於奔命。

50

寺山修司

寺山修司，被譽為實驗電影先鋒，前衛劇場及電影導演、演員，同時作為賽馬評論員。他的作品帶有豐富的神秘主義色彩，每一個畫面都充滿了迷人的符號可供解讀，有着濃厚的意識流味道，在當時保守的亞洲藝術界儼如一股清流。他生於一九三五年，死於一九八三年，終年只有四十八歲，然而到了今天，網上拍賣場仍然可以搜尋到大量關於他的書籍、訪問及詩集，可想而知在他短暫的創作生涯中，留下了不少膾炙人口的作品。

李永銓對寺山修司的認識，首先是寺山修司於一九六七年成立的「天井棧敷」實驗劇團，這個劇團曾多次於歐美演出，受全世界注目。「當我認識這個劇團的時候，寺山修司已經離世，劇團也解散了，我是慢慢從他的電影、話劇，再去發掘他的詩歌。可惜總是天妒英才。他的小說《啊，荒野》，或者電影《草迷宮》、《上海異人娼館》，甚至是短片《迷宮譚》、《審判》、《番茄醬皇帝》等，在我們那個年代全部都耳熟能詳。他深受當時法國神秘色彩以及機械主義影響，對當時剛剛認識甚麼叫視覺創意設計的人，絕對有很大的吸引力。當我看到 David Lynch 電影中的侏儒時，馬上就會想起寺山修司的話劇、電影。」

李永銓於日本擔任專欄作者期間，曾經搭乘長途火車去追尋解散了的「天井棧敷」後來怎樣了，原來該劇團的編導、副導組成了另一個劇社「萬有引力」，劇社位處郊區，在創作、配樂方面仍然秉承寺山修司的方向，可以算是寺山修司主義的延續。

【1】 演劇実験室●天井棧敷●第30回公演●レミング●82年改訂版 昭和57年11月10日（水曜日）第25号

演劇実験室 天井棧敷 25

編集人●森崎偏陸 発行人●九條映子 A・D●森崎偏陸 発行日●82年8月10日

演劇実験室・天井棧敷 ◉第30回公演◉ ◉作◉寺山修司

レミング

——'82年改訂版◉壁抜け男——

ある朝、目がさめたらアパートの壁が消えて失くなっていた。隣人の生活が丸見えなのだ。アパートだけではない、ありとあらゆる壁が失くなってしまい、町中は大騒ぎになった。そして、人々は壁と「内面の神話」を取り戻そうとしながら、みんな静かに発狂していった。

演劇実験室●天井棧敷●紀伊國屋ホール公演
「レミング」
時●82年12月9日（木）～12月15日（水）まで
毎夜6時30分開場開演
11日（土）12日（日）のみマチネー2時開演アリ
会場●新宿・紀伊國屋ホール
☎354・0131
前売券●2000円
当日券●2500円
●電話予約・問い合せ
麻布・天井棧敷館
☎478・4261
☎478・4262
三田・人力飛行機舎
☎451・9825

●スタッフ●
作●寺山修司
音楽●J・A・シーザー
共同演出●寺山修司 ●J・A・シーザー
共同台本●岸田理生
美術●小竹信節
照明●田中未知
舞台監督●浅井 隆
演出助手●根本 豊
美粧・衣裳●小竹信節
音響●森崎偏陸
制作●九條映子 ●小沢洋子 ●岩崎康司
演出助手●田中浩司
舞監助手●鎌田秀美 ●山崎信介
美術助手●稲見奈穂美
照明助手●仁科秀昭
音響助手●田川伸一 ●落合敏行
ポスター・タブロー●合田佐和子
ポスター・デザイン●戸田ツトム
大道具●東美
照明協力●C・A・T
P・A●カトヤ・レコーディング・サービス

◉キャスト◉新高けい子◎蘭妖子◎サルバドール・タリ◎若松武◎根本豊◎矢口桃◎青山均◎西郷孝昭◎蛭沢美季子◎末次章子◎日野利彦◎福士恵二◎太田律子◎水岡彰宏◎牧野公昭◎高田恵篤◎中山和美◎鎌倉供之◎瀬田吉功◎大林真由美◎橋本雅美◎中村寛◎村上奈貴子◎中田文◎海津義孝◎佐々木京子◎竹田健二◎田林兼子◎中村貴寿美

【解説】「レミング―世界の涯てへ連れてって」（作・演出・寺山修司、共同演出・J・A・シーザー）は一九七九年五月に晴海国際貿易センターの初演以来、再演の要望の強かった作品である。「奴婢訓」「百年の孤独」と並ぶ晴海三部作の中で、「レミング」はもっとも台詞の多い作品だったが、今度は紀伊國屋ホールの小空間にあわせて、大巾に改稿し、「壁の消失」にかかわるテーマを、さらに物語化した。だが、もしかしたら、そこには落し穴が？

12月◉紀伊國屋ホール

演劇実験室・天井棧敷が紀伊國屋ホールで公演するのは七九年の「観客席」（作・演出＝寺山修司）および晩餐部の主題によるオペラ「身毒丸」（作曲・J・A・シーザー、台本・寺山修司）以来、三年ぶりである。

レミング 82年改訂版◉壁抜け男 The Lemmings

「壁が消えた!!」

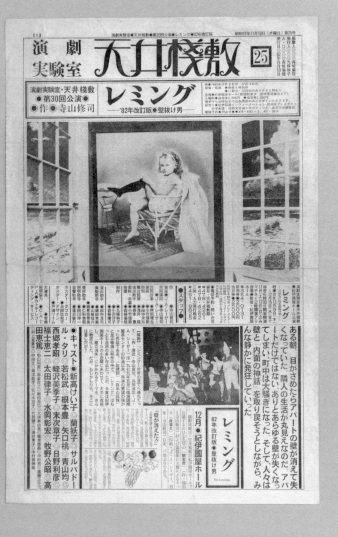

天井棧敷的月訊

51

傳科擺

看意大利作者 Umberto Eco 的故事要很小心，一不留神就會墮入他佈下的天羅地網，置身一套重新建構、如幻似真的大歷史敘述中，沉迷其中而渾然不知。

當日李永銓接觸到《玫瑰的名字》（*The Name of the Rose*）時，已經對 Umberto Eco 眼前一亮。「宗教、神秘學、符號學、謀殺案、聖殿騎士，這些都是我極有興趣的題目。有很多人都很喜歡丹・布朗（Dan Brown），如果說丹・布朗的小說屬於幼稚園級別，那麼 Umberto Eco 則是屬於大學研究生。」可不是嗎？

Umberto Eco 建構的系統，都是以穩紮穩打、海量且真實的知識作為基本元素。《傅科擺》的開首，便已經在談論物理學上地球自轉的學說，並且結合了歷史、高等數學、符號學、宗教、植物學，從永生不死的聖日耳曼伯爵、巴西巫術，到聖殿騎士，不一而足。

李永銓形容，這本書就如「宇宙級的滿漢全席」。

Umberto Eco 生於一九三二年，是意大利符號學者及小說家，四十八歲時才推出第一本小說《玫瑰的名字》。小說自八十年代出版至今銷量已達一千六百萬冊，翻譯成四十八種語言。縱然他的作品以艱澀難明聞名，但仍然廣受歡迎，大概是因為他了解人性心底裏的黑暗面，懂得製造「鴉片」去迷惑人天生的好奇心。

作品《傅科擺》（*Foucault's Pendulum*）是他的第二本長篇小說，以三位二十世紀七十年代的主人翁追尋中世紀基督教的「聖殿騎士陰謀論」為主線，將歷史中的種種事件，如法國大革命、布爾什維克革命與聖殿騎士連上關係，試圖去解開謎團。小說的重點不在於真實，正如其中一位主角宣稱的「最重要的並不在於找到，而是在於追尋」。如果大家跟着作者的思路去閱讀，並感到無比真實而深深着迷，那也是因為 Umberto Eco 以真實的知識去建構了一個系統，讓虛構成為真實，讀着讀着就如置身其中。這當然是他擅長遊走於真實與虛構之間的把戲，同時有能力將文字翻譯成影像的緣故——Umberto Eco 在構思小說的階段並不寫下大綱，反而畫了許多電影分鏡，將各個場景、人物、情節整合串連。順帶一提，他的私人藏書達三萬本，博學多才，令人驚訝。

當大家都在探討小說要否為歷史負責的時候，李永銓這樣理解：「我不認為這是危險的，對我來說絕對是黑色幽默。我覺得如果在看這本書時太過理性，雖然也可以得到樂趣，但就會完全墮進作者的圈套，就如進入卡夫卡的通道般進入了 Umberto Eco 的通道。看他的書，就好像進入了世界上最大的森林中，被困於最大的蜘蛛網內，你可能會迷失，但如果能夠真正去抽絲剝繭，就絕對是一場智慧的盛宴。」

52

蔡元培

一個好的教育工作者，今天已經「買少見少」，原因不外乎受到政治、金錢、權力所影響。好的教育工作者，應該以身作則、頂天立地，對不公義作出控訴，而不是顧左右而言他。人人推舉蔡元培，可是他的傲骨氣節，又有多少人能夠做到？

蔡元培，於民國時期擔任北京大學校長（一九一六至一九二七年），也是中華民國首任教育總長。他在位期間，改革了北大腐朽的課程制度，以「學為基本，術

為枝葉」為方針，重視以文理學作為基本知識，以其他術科如法學、農業、商業為輔，希望一改過往唯官利是圖的課程模式，強調教育不為政治、仕途服務，而應該注重培育學生品德。他又主張「唯才是舉，不拘一格，兼容並包，鼓吹學術自由」，不以官僚制度管理學校，而讓真正做學問的教授治理學校，推動學校發展，同時聘請擁有不同政見、主張的教授，只要其學術內容謹慎認真、言之成理則可，真正做到言論自由，推動思想百花齊放。這才是真正推動社會進步的力量。

蔡元培做過兩件事情，令李永銓十分佩服。第一件，是蔡元培在五四運動中，以自己作為擔保去保護學生。第一次世界大戰結束後舉行的巴黎和會中，中國要求取回在德國手上山東半島的主權，可是列強卻將之送給日本。國人對於中國被列強操控、政府軟弱感到強烈不滿，以北大學生為首，發起五四運動，志在反帝制、反封建，推動國家獨立自主、開放進步。市民上街遊行示威、罷課罷工，北大學生火燒官員曹汝霖家宅，是為「火燒趙家樓」事件。

學生被政府拘捕，蔡元培沒有立即與他們劃清界線，與政權沆瀣一氣，反而大義當前，挺身而出，站在憂心忡忡的學生面前，承諾一定會確保被捕學生安全。當然他沒有食言，以北大校長的名義聯同其他院校向政府施壓，最後學生獲得釋放。

另一件，是蔡元培極力邀請共產黨創辦人之一的陳獨秀擔任北大文科學長。當時北大仍由國民政府控制，雖然二人政見不同，但當蔡元培閱讀陳獨秀出版的共產主義刊物後，發現此人文化水平甚高，同時堅毅地獨力支撐刊物出版，因而邀請他領導文學部的發展。陳獨秀起先拒絕，但蔡元培三顧茅廬，每次拜訪都等到陳獨秀睡醒（此人要睡到日上三竿才會起床），才敢打擾，最後以毅力打動對方。可見蔡元培愛「才」如命。

李永銓感嘆，此情此景已不復見：「今天我們的世界非黑即白，只要政見不同，我們連珍惜一個人的才華都不被允許。蔡元培對學生的愛護、對人才的珍惜，讓他得以在歷史中留名。有這樣的校長，就有這樣的學校及學生。今天很多學生都唯官利是圖，如果這就是所謂的大學或大學生的價值觀，那就恰恰代表了教育的沒落。」

53

杭穉英

一九九一年李永銓參與了一個上海會館的項目，需研究清末民初上海的美女月曆圖，其中最重要的畫師是杭穉英，李永銓更為他堅貞不屈的愛國情操所拜服。

二三十年代的上海，美女月曆圖是非常受歡迎的一種廣告宣傳方式，不論是賣香煙、香水、肥皂等，都會以附送美女月曆圖作為招徠。美女月曆圖的畫法承襲了「海派藝術」的風格，將傳統人物繪圖方式結合西方水彩技法，發展出一種擦筆水彩法，是中國藝術史上一個重要的里程碑，也見證了重要的普及文化潮流及歷

史時刻。月曆圖中的美女多數摩登時尚（杭穉英也會畫自己的太太），她們身穿的旗袍非常艷麗（畫師也會從外國的畫報中汲取靈感），打扮一度受社會名媛追捧。

杭穉英（亦作「杭稚英」），浙江海寧人，是美女月份牌畫師中的表表者，代表作有雙妹牌花露水、哈德門香煙等。早於二十一歲已經自立門戶，成立「稚英畫室」，以師傅式的工作室形式經營——即一位師傅帶着一班學生，分工協力，有人主力女性輪廓，有人畫衣服、家具、式樣等。在上海淪陷的抗戰時期，

杭穉英已經是最炙手可熱的畫師。日本方面為了統戰，派出軍官帶着二百兩黃金去到他的畫室，希望為大東亞共榮圈畫一幅類似美女月份牌的宣傳畫，美女改穿和服，背景轉變為富士山，希望中日維持良好關係。但熟知杭穉英為人的人都知道他不會答應。上海大亨杜月笙的夥伴黃金榮亦曾找他畫肖像畫，他一口氣拒絕，這次也不例外。他不想成為漢奸，便以生病無法握筆為由拒絕那位軍官。拒絕等同自殺。軍官其後揚長而去，後來杭穉英一幅新作也沒有畫過，他一力承擔畫室學生的生活，賣的賣，當的當，賒的賒，借的借，終於捱過了那段抗戰

日子。

和平以後他馬上動筆畫畫，三年內終於把所有債務還清。在還光的那一刹，他與家人外出遊玩時，因為積勞成疾，腦出血身亡。在他的葬禮上有過千人來道別。

李永銓不無感嘆：「在身處的這個大時代，我很欣賞他的愛國情操。這十幾年間我看到很多人忽然愛國，明眼人都知道他是為了名利，當環境一變，出賣自己國家的多數是這些口口聲聲說愛國的人。你的行為決定一切，而不是你的嘴巴。相對杭穉英，連性命也差點賠上了，才真正叫做有品。」

54

鈴木俊隆

「初心」，是日本偉大禪師鈴木俊隆談及禪修時最關鍵的字眼。在學習怎樣盤膝打坐、專注呼吸之前，最重要的就是保持初心。甚麼是初心？初學者的心。在他的一本著作《禪者的初心》中提及，「初學者的心是空空如也的……他們隨時準備好去接受、去懷疑、去對所有的可能性敞開」。把自己的內心空出來，才能看到萬物的本源。先擁有初心，再去學習禪修，因為禪修最難的，本來就在於保持心的清淨及修行的清淨。

鈴木俊隆一九〇四年生於日本神奈川，為日本曹洞宗的禪師。由於父親也是一位禪師，他自小已經開始禪修訓練。從幾件小事情中，大約就可以看到他有一種獨特的風格（雖然他本人極不願意與別不同，他只管「做自己」）。三四十年代，鈴木在寺廟帶領討論小組，對日本政府的軍國主義作風及行動作出質疑，在當時相當罕見；一九五九年到美國弘法，其他禪師都穿上了西裝皮鞋，唯獨他仍舊穿着破爛的僧侶袍；去到美國，人們問可否跟他學禪，他說：「我每天大清早都會坐禪，如果你們有興趣，不妨來與我同坐。」結果後來愈來愈多人追隨他，他與徒弟甚至在美國多個地區如三藩市、加州設立禪學中心，傳揚禪學。

李永銓自小信奉有神論、因果論，深受《聖經》中的故事所感動。到了中學，李永銓對於同樣信奉耶穌、上帝的基督教及天主教感到迷茫，曾經有一段時間同時到聖堂上主日學以及去基督團契。當時他想中學畢業以後，就到香港中文大學唸宗教，或者直接進入教會做修士。但首先他要選擇接受天主教還是基督教的洗禮。「我覺得兩個宗教都是『萬法歸一』，只是門第不同，便選擇了比較適合我的教派。我不喜歡上基督團契，不喜歡被別人管我，他們重視集體活動多於別人的私隱；天主教則比較簡單，而且我可以向陳炎墀修士（後來的代父）提問許多挑戰《聖經》的問題，這在基督教中是不被允許的，於是我就決定加入天主教。」他原本還打算向陳修士提出希望成為修士，但陳修士認為他的個性實在不適合：太過「坐不定」，又喜歡挑戰權威（如《聖經》）。

「挑戰權威，不是因為我對宗教產生懷疑。我相信宗教，但亦要理性地相信，讓我產生疑問的是宗教團體。今天，很多宗教組織因為集中了無盡的金錢與權力，而變得有問題。那倒不如自己修法，不一定要參加甚麼組織。」李永銓解釋。

後來，他開始閱讀佛教書籍，然後留意到鈴木俊隆。「他以最貼地、最簡單的方式去了解生命，以及教導你如何禪修。他認為，一個人要禪修，『只管打坐』，不需要做很多事情。你每一天想的事情那麼多，說的話那麼多，做的事情又那麼多，你的人已經滿了，先暫停一下，好好打坐，活在當下吧！」鈴木的禪修方式，知易行易，隨時隨地可以進行。他認為修行打坐，不管搭飛機還是上廁所時都可以做；每一件事情你都可以選擇慢下來，將自己冷靜下來，入禪。這就是鈴木說的「一切皆是禪，飯菜也是禪。」

鈴木當時身處的社會，盛行迷幻風潮，部份信徒以吸毒來令自己在禪修方面達到更好的狀態——亦即心境更加澄明，一打坐已經能夠進入狀態。鈴木覺得吸毒是膚淺的，但比吸毒更有害的，是在現世「兜售」佛教觀念——即只要你一進佛門，就可保闔家平安。哪個法師膽敢說這些話呢？「有人會說自己誠心向佛，但信到某個程度就已經是一種麻醉，根本沒去認清真理。也有很多人信佛或者禪修，但仍然過着華麗的生活，原則上這不應該是修禪者的生活。」李永銓慨嘆。

著名思想家大前研一在二〇一六年出版《低欲望社會》，探討日本經濟泡沫爆破之後，年輕人不願意結婚生育、不買樓、喪失物慾、追求簡單生活的傾向，類似現在人們經常說的「斷捨離」。網絡媒體「一条」曾經訪問過日本設計大師猿山修，家裏只有床、桌子、椅子、茶几、沙發五件家具，以及最基本的生活必需品，娛樂就只有一把吉他，電視也不看。生活就是如此簡單。

這種無慾生活曾經在中國內地引起熱烈討論，有人說，日本人今天實在太窮了。李永銓完全不同意，他認為這樣的生活更加接近禪修：「我們擁有得太多了，你離開的時候也是孑然一身，為甚麼還需要那麼多東西？這是一個很重要的啟示，這些無慾者的心中比很多人更加清晰，知道自己是為了甚麼而活，物質貧乏，但內心更富有。日本人曾經歷最繁華、最富有的日子，現在算是失去了，但他們終於找到自己的方向。」

「日圓先生」、經濟學者榊原英資經常強調：「像日本這樣成熟的國家，即便是零增長或是負增長，也不是壞事。」這種毫無大志的取向，對追逐 GDP 增長的中國來說很不可思議。但這種「不求上進」的態度似乎造就了更加先進的「輕文明社會」。文明社會強調豐盛的物質生活，為了得到更多金錢以及由此而帶來的安全感，人人營營役役，選擇工作是為了名利財富而非興趣，燒光自己的生命只為追求一些最終會喪失的東西。「社會一直向我們灌輸要跟隨主流價值觀、要成功上進、要買樓，三十歲買不到樓就算是失敗。Feel sick! 完全是錯誤的觀念。就算今時今日你在香港買到樓，往後三十五年的人生、財富都被綑綁了。到生命終結之前，大家都發現原來不用吃太多、不用每天去公關活動和派對，一個人靜靜地過已經是最好。」李永銓有點無奈。

或者，「輕文明」、低慾望的社會，追求心中安逸，採取中庸之道的生活，正是文明社會，甚至每個人的出路。認清自己，放開心胸，看看更廣闊的世界，這不正正就是禪修的目的嗎？

55

活地・亞倫

活地・亞倫（Woody Allen），即使不喜歡他的電影，都會聽過他的鼎鼎大名，他是最為港人熟悉的喜劇泰斗。亞倫生於紐約，家族是猶太人，身兼導演、編劇、演員、作家、劇作家及音樂家，多才多藝。他曾經獲得二十三項奧斯卡金像獎提名，並奪得四項奧斯卡金像獎。

在亞倫早期的電影中，他通常同時擔任導演及男主角，總是神經質地表現出與世界格格不入的躁動不安。對於世界，他有太多話想說，他連珠炮發，猶如機關槍

般的對白主導了電影的節奏。雖說他總是喋喋不休，但對白幽默睿智，時而來個直線抽擊，時而來個曲線反諷，從來不會讓人覺得囉囉唆唆，因為他總是在對白中夾雜了對於哲學課題的思考，譬如存在主義、精神分析，讓人會心微笑的同時，也啟發了觀看者思考社會的荒誕以及人性。

李永銓記得第一次接觸亞倫執導的電影是《情慾奇譚》（*Everything You Always Wanted to Know About Sex But Were Afraid to Ask*，一九七二），頓覺非常幽默，令他眼界大開。電影分為七個章節，如〈異裝癖都是同性戀？〉、〈何謂性變態？〉、〈射精是怎麼回事？〉等等，沉重的話題落到亞倫的手上，立刻轉化成妙趣橫生的場景。這種幽默感來自他對社會的洞察及批評。例如在〈射精是怎麼回事？〉中，將人體變為一台機器，在與女伴交往、結合的過程中，不同單位操控身體反應。其中一幕神父出現，譴責婚前性行為是不道德的，因而窒礙了勃起；亞倫甚至化身白色的精子，突顯一名男性在射精前的憂慮。

亞倫於二〇〇〇年前執導的電影多發生於紐約，也取材於紐約，要說他是繼安迪・華荷（Andy Warhol）後紐約的象徵人物也絕不為過。七十年代的《安妮霍爾》（*Annie Hall*，一九七七）的愛情喜劇，以及《曼哈頓》（*Manhattan*，一九七九）的都會故事，展示了當時紐約的後嬉皮年代（Post Hippie），優皮階層（Yuppie）的出現。五六十年代，時值越戰期間，美國國內反戰情緒高漲，一群愛好和平、反對主流社會價值的理想主義者，高呼「Make Love, Not War」，構成了嬉皮階層。及後到了七十年代後期，美國華爾街金融發展蓬勃，帶動文化發展，優皮出現。優皮泛指具高教育水平、着重文化品味的專業人士及知識分子。亞倫的電影反映了當時紐約作為文化及金融中心，深受優皮的喜愛，可以說他代表了一整代的紐約人。

後期他的作品終於稍微離開了一下紐約，遠赴歐洲，作品仍然令人着迷，其中《情迷午夜巴黎》（*Midnight in Paris*，二〇一一）更得到第八十四屆奧斯卡金像獎最佳原創劇本獎。亞倫對電影界影響深遠，香港喜劇藝人由許冠文至黃子華，皆深受他的影響！

56

David Lynch

李永銓從小到大都對悲劇、科幻、死亡、神秘學充滿好奇，無論是電影、漫畫、小說、音樂，都對當中的詭異所帶來的刺激感愛不釋手。他在青年時期接觸過美國導演 David Lynch 的 *Eraserhead*（《擦紙膠頭》）以及 *The Elephant Man*（《象人》），更是痛快，讓他每次看電影時，宛如開啟了一連串的奇幻旅程，在過程中經歷感官與思維上的跌宕起伏。

如果你入場看電影是為了看到精彩的故事，那麼 David Lynch 可能不是你杯茶。

但他對於畫面、聲音、剪接的處理，肯定會令你嘖嘖稱奇。他的電影敘事形式充滿了超現實的異象，畫面中往往會出現許多異化於日常生活的元素，例如侏儒、天使、異形、天外來客、怪異植物等。而在觀看的過程，觀眾永遠也不會知道下一幕會發生甚麼事，需要不斷對各種意象進行解構與重構，去補足心中的種種疑問，驚嚇之餘又非常引人入勝。

David Lynch 也擅於將各種不安的情緒表象化。李永銓猶記得在 *Blue Velvet*（《藍絲絨》或《藍色夜合花》）開首的那一幕：「一開始是一片晴朗的藍天，望着天空我都感受到中產生活的味道。當鏡頭向下移，見到一片草地。鏡頭再拉近，就見到一隻被割出來的耳仔。再拉近，見到耳仔的細毛。然後有一隻蟻爬出來。」以「正常」來掩飾的日常生活，其實充滿了支離破碎的腐爛與黑暗。

「David Lynch 的選角、配樂都是神來之筆。我很喜歡他的選角，例如英格烈・褒曼（Ingrid Bergman）的女兒 Isabella Rossellini、Dennis Hopper、Kyle MacLachlan 等。他的很多套電影都找來 Angelo Badalamenti 製作音樂，引發了我開始喜歡聽

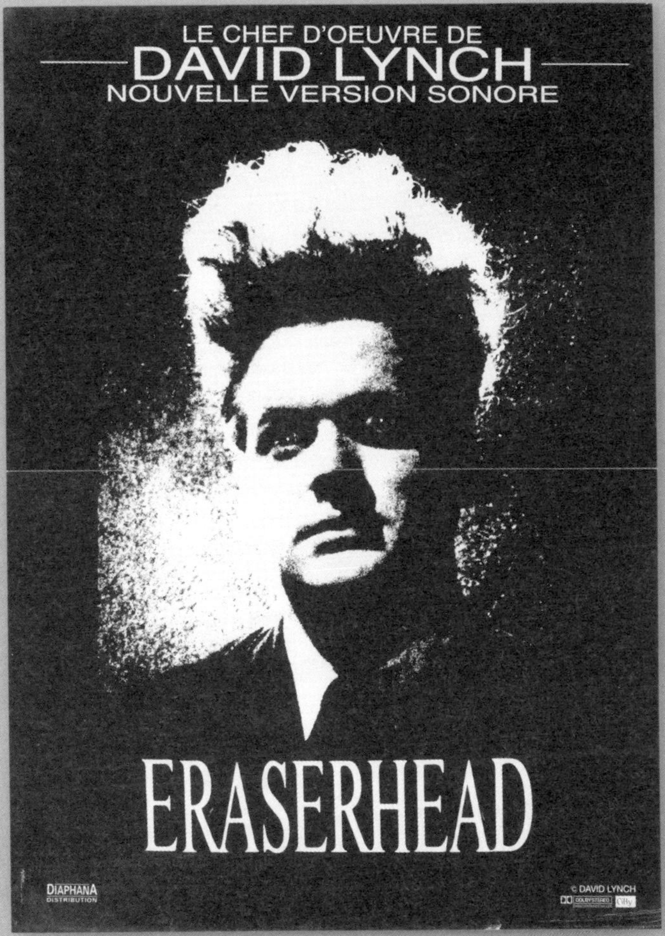

擦紙膠頭（*Eraserhead*）電影海報

Soundtrack（原聲音樂）。」其實 David Lynch 一直熱衷於音樂製作，除了為自己的電影主理配樂，亦曾經推出個人專輯 *Crazy Clown Time*，為自己的樂風創立新類別「Modern Blues」。

David Lynch 除了是導演，也是一位畫家，深受 Francis Bacon 影響，主題也是怪誕與焦慮。「他的畫作很黑暗、很具實驗性、很有趣。我想即使未曾接觸過他的電影，只是看過他的畫作，我亦會很喜歡，因為都是充滿着荒誕、死亡、黑色元素！」

57

橫尾忠則

我在創作中所獲得的快樂包括追求形式。所謂追求形式，包含拓展表現的可能性，也包含追求自由。形式的破壞總是隨同快感一起發生。擺脫對自己而言最重要最執着的事物重獲自由，沒有任何經驗可以比這更爽。

——《海海人生!!橫尾忠則自傳》，橫尾忠則

橫尾忠則，一九三六年出生於日本兵庫縣，是日本國寶級平面設計師、藝術家，

被譽為「日本的安迪・華荷（Andy Warhol）」。之所以得此名號，是因為他的作品充斥了大量荒誕又艷麗的蒙太奇式拼貼，東西方文化的符號、象徵及宗教圖騰不安份地共存，着意跨界、打破世俗規條，玩味甚濃。

在橫尾忠則早期的作品中，多會見到以日本傳統浮世繪作為背景、西方普普藝術作為主角的景象。他後來去了一趟印度朝聖，作品就開始帶有神秘宗教色彩，探討超自然的體驗。由於橫尾忠則曾經在年幼時目睹戰爭的摧毀，加上雙親早逝，他的作品都帶有對死亡的思想及恐懼。

從作品見到，橫尾忠則很重視作品的隨機性與爆發力，而在當時設計講求帶給觀賞者秩序、平衡及安定感的時代，他是非常前衛的，前衛得受到當時廣告及設計界人士猛烈批評。

為人津津樂道的是，他非常崇拜三島由紀夫，後來終於得到機會為對方的小說繪畫插圖及封面。當時三島由紀夫已是其中一位作品翻譯成外國語言次數最多的日本作家，得到對方的推介，橫尾忠則也因此受到國際注目。三島由紀夫曾經如此評價他的作品：「橫尾忠則的作品，簡直是將我們日本人內在某些不想面對的部份全都暴露出來，讓人憤怒，讓人畏懼。」橫尾忠則也曾經與寺山修司、東由多加共組戲劇實驗室「天井棧敷」，邀請奇人異士加入，宣揚另類奇觀式的新戲劇模式。

一九七二年，紐約現代藝術博物館（MoMA）為仍然身為平面設計師的橫尾忠則舉辦個人展覽，在他踏出博物館門口的一刻，他就下定決心要當畫家。十年後，橫尾忠則步入四十五歲的時候，發表了「畫家宣言」，將重心轉向繪畫，至今還在享受不受束縛的創作快感，也成為了享譽國際的藝術家。

李永銓看過一本關於橫尾忠則在世上遊歷的書，開首的地圖滿佈他曾經踏足過或者辦過展覽的地方。李永銓驚嘆：「以一個創作人來說，有這種經歷真的夫復何求！他直至今天，一把年紀仍然在堅持創作。以前日本出產了那麼多國際級人物，但到了三十年後的今天，在世界藝壇上還有多少個日本名字？我很懷疑。今日的日本回不去之前的情況了。」

THE
INTERNATIONAL
BIENNIAL
EXHIBITION
OF
PRINTS
IN
TOKYO
1968
11·2-12·15
東京国際版画
ビエンナーレ展
第六回
東京国立近代美術館
KOKUSAI BUNKA SHINKOKAI
THE NATIONAL MUSEUM
OF MODERN ART, TOKYO

橫尾忠則海報打稿

58

淺葉克己海報

淺葉克己，一九四〇年在日本神奈川出生，是日本重要的設計師，曾為多間大型公司如三得利、西武百貨、日清食品、山崎擔任廣告設計，獲獎無數。他從事設計創作達四十年之久，專長研究巴東文字及文字設計，自稱「地球文字探險家」，視文字為表達思想的載體。最為人津津樂道的是他對於乒乓球的熱愛，持有日本乒乓球協會所頒授的專業乒乓球手六段水平。

李永銓首次見到淺葉克己這個名字，是他在 *Visual Message* 中一張令人震撼的高蹻

しっかり美しいカラーHiFi
カラーHiFiといえば、色の忠実度。写真のカラーバー(色帯)のように、いい色のスケールです。このカラーHiFiが高ければ高いほど、ビデオテープは、美しく鮮明に再現される。色をお刺身にして目の前に差しだすような鮮度をもつのです。これが見る人のイマジネーションまでもかきたてる。アンディ・ウォーホールが自らの仕事にも使うTDKビデオテープ・エクストラ・ハイグレード。超微粒子アビリン磁性材、高耐久性HDDバインダー、超平滑SSFベースなど、世界のトップブランドとしての技術集積がもたらす高解像力・高SN比の画質は、なかなかに、イマいのです。
VHSもベータもTDK.
L-500
120
SUPER AVILYN
TDKビデオテープ
エクストラ・ハイグレード
●ビデオテープでテレビ放送などから録画したものは、個人として楽しむなどのほかは、著作権法上、権利者に無断で使用できません。
●お問い合わせは、TDKサービスステーションへ ─ 東京☎(03)278-5151 東京都中央区日本橋1-13-1 〒103・大阪☎(06)245-7351 大阪市南区南船場4-3-4 〒542 / TDK株式会社

淺葉克己的 TDK 廣告

鞋的廣告海報。「我覺得那個廣告充滿趣味，而且大膽！他們真的遠赴美國拍攝這套廣告，當時我已經留意到這個人的名字，忍不住嘩一聲：Big Fun！他想得到，又可以做得到。」李永銓笑說。

八十年代，日本泡沫經濟未爆破之前，品牌都願意在廣告設計方面大灑金錢，從創意爆發的廣告中，就能夠了解當時日本的盛世。李永銓有段時間身處日本，亦受淺葉克己其他廣告海報的視覺畫面所震憾，其中一個就是TDK的廣告系列。

如同其他廣告，這個系列一樣有模特兒拿着商品推銷，而最驚為天人的，是這些模特兒竟然就是當時美國紐約的標誌性人物：安迪・華荷（Andy Warhol）及活地・亞倫（Woody Allen）！「我覺得他做了一個最厲害、最偉大的Crossover！竟然找來當時外國最得令的明星去推銷日本商品！這種影響力長久停留在我心中。他不但與整個普及文化接軌，這種Crossover亦絕對能夠令到商品以品牌撞品牌，品牌間擦出火花，提升商品的知名度及品牌價值。這是我從淺葉克己的廣告中學習到的，亦令到我恍然大悟：原來做Crossover，只要你找對而且找得有特色，就可以有令人震驚的效果。」

隨便找一個明星代言的品牌比比皆是，但李永銓覺得這沒有用。「Crossover 的精髓就在於不同界別的事物碰接，出來的效果才令人驚訝。你找來全世界最有代表性的普普藝術代表安迪・華荷去賣一件商品，這種震撼力及水平，遠比你去找一個日本明星如山口百惠更加能夠贏得眼球，將品牌推到更高的層次。」隨着安迪・華荷逝去，以及日本泡沫經濟的頹勢出現，即使後來不同品牌也找外國明星作為代言人，威力也不復從前了。

李永銓在二〇一八年香港文化博物館的「玩・物・作」設計展，也找來淺葉克己參與開幕儀式及演講，同時是向這位前輩致敬！

59 David Carson

八十年代，電腦還未盛行，排版是一件非常麻煩的事。以一本雜誌為例，先要找打字公司打好文章，預先決定好字體、行距、大小，如果要更改，文章就要從頭再打；在正稿上，要先決定好文字及圖片的位置，再將打好的文章貼上；比較大及特別的標題文字，要先挑好合適的字體及大小，然後購買刮字紙，在正稿上慢慢刮出來；當中任何一個環節想改變，又得重複以上步驟，十分繁複。電腦普及締造了新的里程碑，排版變得簡單，只需選擇想要的字體及文字大小，下一秒整篇文章就可以變成想要的樣子。大家都陶醉在數字世界帶來的便利中。

但便利終究只是便利，如果沒有帶來新的思維模式，就不能視之為社會的進步。直至 David Carson 出現，才將數字世界中的便利轉化為創作。他將原本規規矩矩的字體加以扭曲、切割、拼貼，以不同的方式達到解構文字的效果，將原本只是為了整齊、清晰地表達訊息的字體轉變為新的藝術形式，字體由原先的配角變為主角。以視覺化的方式呈現文字，是一種很大的突破，除了帶來更多震撼的視覺效果，也令人重新去思考文字的意義，為意義相對固定的文字創造了更多的可能。

這種對傳統字體設計的顛覆，受到當時正統的瑞士學院派唾棄、排擠，但當他帶起的這股風潮席捲全球後，某程度上也改寫了舊有的字體設計理論。

David Carson 畢業於社會學系，愛好滑浪，二十六歲時才在一次短期工作坊中接觸設計，從未受過正統的設計訓練。正因為如此，他才能夠不帶包袱地去做想做的設計。他曾經說過，自己的設計理念是「實驗、直覺及個人」。在擔任雜誌 *Ray Gun* 的藝術總監期間，他根據文章的內容決定不同的排版方式。當時雜誌設計講求風格統一和諧，他的做法實在是非常前衛。

David Carson 在一次訪問中提及自己的反叛，對李永銓如同當頭棒喝，直至現在仍然深深印在他的腦海中。「他說過，設計師真的沒有很大勇氣，甚至連少少 Guts 都沒有。他的爺爺在世界大戰中做工兵掘地雷，面對的危險可以令他殘廢甚至死亡；今天的設計師已經不需要付出生命，最多只是被人罵兩句、被拒絕，他們也接受不了。為甚麼我們不可以大膽一點？為甚麼我們不能夠抵擋更多被人排擠的說話？」李永銓也曾經在乎過其他人的說話，不過後來他慢慢做到了 Don't give a shit。「So what? 實際上只不過是傷害一點自尊罷了。如果我們連小小的勇氣也沒有，注定只能躲在鍵盤後面做弱勢社群。」

RAY GUN
HERO
Reebok
CLASSIC
BE
784

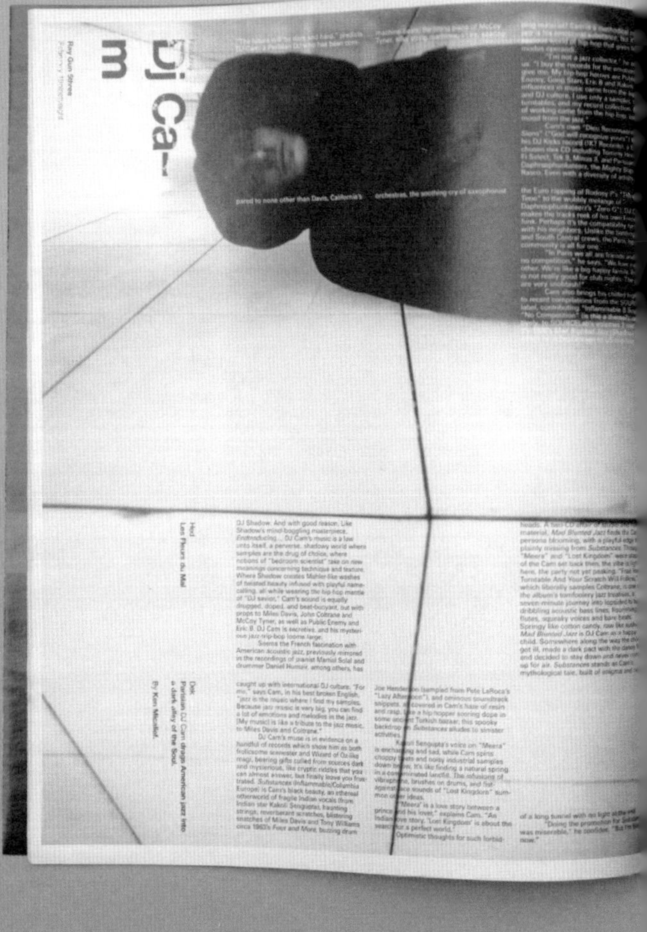

David Carson 設計的雜誌 *Ray Gun* 內頁

60

Neville Brody

如果我創造了一個能讓人們重新思考的環境，那麼我就是成功的。我想今後感興趣的目標不是那些實際存在的東西，而是能夠留給後人一種思考的方式。

——Neville Brody

如果說 David Carson 是美洲的字體大師代表，那麼 Neville Brody 就是歐洲的代表。創造及思考，貫穿了 Neville Brody 整個設計生涯。他出生於倫敦，自小熱愛藝術

NEVILLE BRODY / JON WOZENCROFT
FUSE 1-20
Twenty years of FUSE
Research Studios

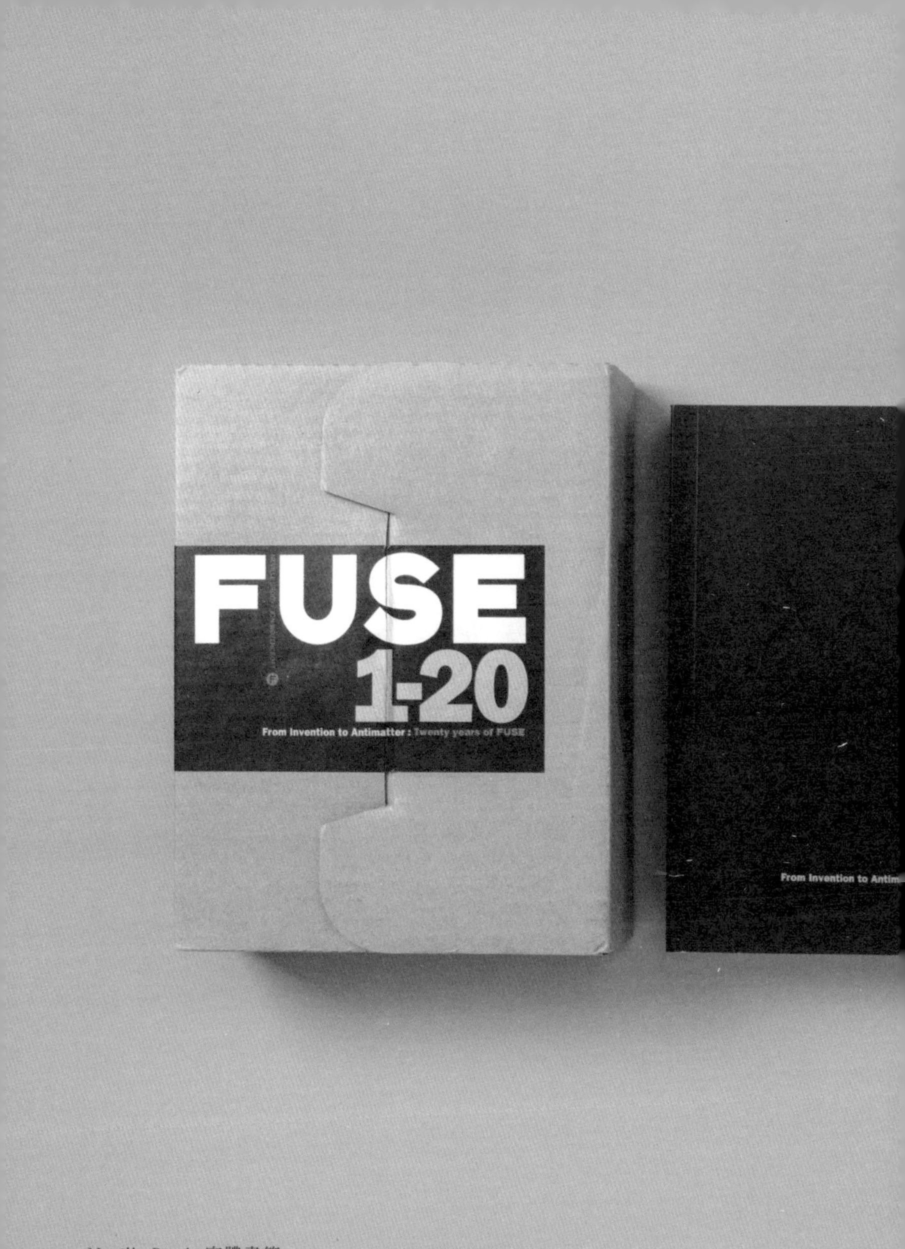

Neville Brody 字體書籍

與設計，曾經進入 Hornsey College of Art 就讀藝術系，但因為藝術圈子過於狹隘及偽善，後來選擇到 London College of Printing 修讀平面設計，期望在商業世界中透過其作品發揮更大的影響力。受到七十年代的龐克（Punk）文化所影響，他的設計開始帶有不甘現狀、具實驗性的特質——曾經因為設計了一套英女皇歪着頭的郵票差點被趕出學校；從他設計的唱片及海報中，也不難嗅出 Punk 粗獷及反叛的氣息。

Neville Brody 曾經在訪問中提到，最使他雀躍的並不是平面設計本身，而是溝通——語言的理解、構建，以及語言的意義轉換過程。在他最享負盛名的成就中，不得不提的是他所創造的字體。他認為字體的選擇可以表達不同層面的意義，有助理解語言及內容，也有助於創造一個開放式的交流過程。他創造了 FF Blur、FF Dirty、FF Autorace 等字體，後來又成立了字體庫品牌 FontFont。而 FF Blur 更於二〇一一年被美國紐約現代藝術博物館（MoMA）收入館藏。

他曾經提及，當事物被固定在一套模式內，不論是設計師還是大眾，都會傾向不帶批判地全盤接受。在他的作品中，總會見到他着力挑戰人們既有理解事物的方式——這也是為甚麼他的作品經常帶來新鮮感及顛覆性。對他來說，他希望自己能夠一直保持在不安定的狀態中，總是企圖挑戰、反思、瓦解現有狀況——總是不斷在思考。

Neville Brody 的精神，也讓李永銓反思現時設計界的狀況：「不論是 David Carson 還是 Neville Brody，他們不只是設計師，他們當日面對的衝擊，甚至對設計、事業的看法跟現在是不同的。我經常覺得我們活在一個很保守的社會，我們做設計的這一代人，或者上一代人，是否過於安逸？安逸到我們只不過盡快燃燒了每一日就算。是不是太過享受鎂光燈的生活，不斷搶工作去贏獎、爭取曝光率，而忘記了當初的夢想？很可惜。人生不是要『贏晒』，拿一點出來吧！歷史上的人物，我們至今仍然銘記在心，不是因為他們贏得多，而是他們給予的更加多，才值得人們去紀念。」

61

凱恩斯

長遠來說，我們都會死。（In the long run, we are all dead.）

——凱恩斯（John Maynard Keynes）

很多人會訝異，李永銓作為一個平面設計師，為何對國際關係、經濟會有如此濃厚的興趣，往往能夠娓娓道來，獨到地分析、拆解世界格局？身為一位主打零售品牌的設計師，李永銓了解到設計的局限——一個好的設計，並不一定能在市

場上成功，很多成功因素都在設計領域以外，例如消費者心態，以及市場走勢變化，到底是通脹還是通縮，是短期調整還是真正蕭條。「我做的零售品牌與消費相關，所以一定要熟悉消費模式，而消費模式就要取決於市場的改變。香港回歸至今經歷過三次經濟滑坡，甚至有過八年通縮。那八年間，無論我用多好的包裝，都只能事倍功半，因為在蕭條的市場中，資金流動不足，人們不願意消費。要是我不了解市場，其實甚麼也做不到。」李永銓發現，要了解市場，就要了解社會、歷史，一直往前追溯。於是，他發現了凱恩斯及海耶克這兩位著名經濟學家。

凱恩斯（John Maynard Keynes），一八八三年出生，英國經濟學家，曾於美國三十年代大蕭條後出版《就業、利息和貨幣通論》（*The General Theory of Employment, Interest, and Money*）一書，以「大政府，小市場」的思維方針，解救了多國的蕭條境況。其學說又被稱為「凱恩斯主義」（Keynesianism）。

凱恩斯主義認為，經濟蕭條源於社會有效需求不足，導致消費不足，從而令到大量人口失業。要解決問題，就要推高有效需求、推高消費，這就需要政府積極干預市場，措施包括：加大借貸發展基建、印鈔、壓低利率等，志在挽救高失業率、刺激市場流動性及增加消費慾望，最終推高國家的國內生產總值（GDP）。實行凱恩斯主義的國家有了三十年的繁榮。然而過了三十年後，各國再次出現經濟低迷，遇上停滯性通脹（Stagflation）危機。這次，強心針似乎失效了。

李永銓認為，凱恩斯主義只不過是一支救命針，短期內必定有效，但如果無限期實行，則會成為國家經濟的負累，為日後的經濟危機埋下泡沫。「這種泡沫只會愈來愈大。你看看經濟泡沫爆破之前、奉行凱恩斯主義的日本，無論金融、水電全部都是低效率的國企，加上大量『大白象』基建工程，令到國庫出現赤字，最後泡沫爆破了，也拖垮了經濟體系，非常危險！今天美國重蹈覆轍，意圖將過萬億元投放於基建，削減醫療、教育、文化藝術、社會福利方開的開支，只為追求GDP增長。我可以告訴你，短期內或許有效，但最終會資不抵債，拖垮經濟。我常說，凡事都有前期及後期，我永遠都是看後期、看長遠！」花費大量人民的血汗錢去興建應用率甚低的鐵路，只是為了推高GDP，而無視人民的福祉，值得嗎？

無論你是凱因斯主義者、海耶克主義者,
或無特定經濟信仰者,
我不信有人讀完這部作品, 學不到新知。
——約翰·卡希迪（John Cassidy），《紐約客》
若「大蕭條」不曾出現，凱因斯是否仍會開創出嶄新的總體經濟學思路？若沒有親歷一戰後歐洲的可怕通膨，海耶克還會逆勢而為地批判計畫經濟、社會主義？看兩位經濟思想巨擘迥異的性格與境遇，如何左右近百年的國家經濟發展。
尼可拉斯·瓦普夏（Nicholas Wapshott）｜著　葉品岑｜譯
KEYNES
凱因斯
對戰
海耶克
HAYEK
The Clash that Defined Modern Economics
決定現代經濟學樣貌的世紀衝突

經濟書籍《凱因斯對戰海耶克》

62

海耶克

哪裏沒有財產權，哪裏就沒有正義。

——海耶克

在認識了凱恩斯主義的局限性以後，李永銓開始留意到海耶克（Friedrich August Hayek）。

海耶克，一八九九年出生，奧地利經濟學家，晚年獲得了諾貝爾經濟學獎，其突破在於提出價格訊號在協調經濟活動上面的角色，堅持「小政府，大市場」經濟模式，反對中央計劃，政府只能協助而不能主導。他的學說被稱為「海耶克主義」（Hayekian），一直與凱恩斯主義抗衡。然而在凱恩斯主義盛行的三十年代，他的學說備受冷落，甚至為人唾棄，要到七十年代，英國及美國經濟出現滯脹（Stagflation），海耶克主義才再次登上國際舞台。

海耶克主義認為，市場會自發性產生秩序，反對政府對市場的監管，只有競爭才能夠為人們提供更優質的服務。他同時極力反對國家企業，認為全面私有化是唯一可行的方法。而政府不斷增加支出紓困，只會讓支出變成無底洞，過度膨脹的信用（低利率）會增加市場上不當的投資，製造出一系列的泡沫。海耶克主義的重點是改善資本結構，國家繁榮需要靠實質的經濟成長，而不是不斷地印鈔紙。

作為海耶克信徒的戴卓爾夫人擔任英國首相之後，適逢英國經濟接近破產邊緣，她做的第一件事就是將整個英國國企私有化。銀行、地鐵、醫院、郵局、電視台、交通、煤礦等國企當時全部錄得虧蝕，戴卓爾夫人希望用市場來決定這些國企的生死。最即時的效果是，這些企業破產，大量工人失業。戴卓爾夫人受千夫所指，甚至收到死亡威脅，但她的一句：「The Lady is not for turning.」把所有反對聲音都壓了下來。她認為這些毒瘤企業一定要切除乾淨，不然就會復甦。兩年幾之後，英國經濟開始出現生機，直至今天。

經濟改革的陣痛是必須的，殭屍國企也必定要除去，除非這些國企的盈利有戲劇性的轉變，否則英國只有死路一條。經濟是國家存在的首要條件，制度需要優化，才能扭轉劣勢。

63

Senna

Racing, competing, is in my blood. It's part of me. It's part of my life.

——艾爾頓．冼拿（Ayrton Senna）

賽車，早種在李永銓的血液中，是他生命的一部份。

別看李永銓一副文青設計師的樣子，熟悉他的朋友都知道他熱愛小型賽車

（Karting），披甲至今逾二十五年，是標準的賽車狂熱愛好者。讓他愛上賽車的，正是巴西著名 F1 賽車手艾爾頓．冼拿（Ayrton Senna）。「老實說，今天我喜歡車、學駕駛、仍在參加小型賽車比賽，源頭都是來自冼拿！」

一九八五年，無綫電視直播一場葡萄牙分組賽事，那年冼拿加入了蓮花車隊，駕駛着一輛黑色的 F1 賽車，從倒數位置趕上，最終取得分站冠軍。這場賽事令到冼拿開始受世人矚目。不只是因為他取得冠軍，更在於當時下着滂沱大雨，冼拿身旁的賽車選手一個接一個失控打圈離場，但他仍然穩守軚盤。賽後他接受訪問，談及這場賽事：「天氣真的很差，我連前面都快看不到了，但能怎麼辦？只能開啊！」當時電視旁述林嘉華也不禁替冼拿起了一個綽號「拚命三郎」。

冼拿曾經贏得六十五次頭位（Pole Position，亦稱「杆位」）、四十一場分站冠軍，以及三屆 F1 世界冠軍。從數字上來看，他不是歷屆之冠，但論最偉大的車手，請算上他一份。

李永銓談起冼拿，不禁雙眼發光：「他對賽車的投入及狂熱，令他成為世界上最重要的賽車手之一。他是過去百年最偉大的賽車手！很多賽車手喜歡賽車，只是喜歡投入華麗的生活，沽名釣譽。但他不是這樣的，他是真正喜歡賽車。這個彎位他一定要過，即使明明沒有可能過。我覺得這是很迷人的。」賽車，考驗技術，也考驗信心及勇氣。問題不是要不要過這個彎位，問題是，你敢踩多大油門來過這個彎位？你敢不敢晚三分之一秒「收油」？冼拿敢，所以他贏了。He was born to drive，天生的賽車手。

冼拿一生都是F1賽車體制中的政治受害者，他的鋒芒太露了，所以從未停止過被建制壓迫，但也從未停止過反抗。根據冼拿的姐姐回憶，他小時候非常用心上課，課後不用再花時間學習，好騰出時間練習賽車。他知道自己想要的是甚麼。

八十年代的巴西仍然貧窮落後，堅尼系數高，衛生環境惡劣。在F1那個虛榮的白人世界裏，其他車手都不願意談及自己來自巴西，惟獨冼拿每次勝出比賽，都會在座位上揮動巴西國旗。他是如此喜愛自己的國家。成名後，巴西的大小機構都愛找他代言或捐款，他永不「托手踭」，尤其關注該國的兒童問題。巴西民眾在他死後曾經說：「我們需要食物、醫療、教育，也需要心靈上的慰藉。現在失去了。」這種慰藉正是每個星期天坐在電視機旁邊看洗拿比賽，是活於煎熬中的巴西民眾唯一放鬆及值得自豪的時刻。可以說，洗拿是巴西的平民總統。

洗拿奪得三屆世界冠軍的戰車均使用日本本田的引擎，將本田由日本本土市場帶到世界，深得日本人喜愛，是緊隨日皇之後第二最受歡迎的人物（居然是一位外國人）。

一九九四年，洗拿在意大利比賽中意外身亡。李永銓第二天收到很多慰問電話，因為大家都知道他太愛洗拿了，他太難過了。「我非常非常震撼！我是一個不容易有偶像的人，不會特別去喜歡、崇拜一個人，但洗拿是其中一個。在他死後，我與他的姐姐為 Ayrton Senna Foundation 設計了一套四款海報，紀念他的四支 F1 賽車隊伍，限量版九百九十九套。就算沒有錢賺，我仍想做這個有意思的項目，只是因為洗拿。我自己賽車頭盔的款式也是洗拿的那一款。」

冼拿生前最後一年所用的頭盔款式

賽車是不是只要快就足夠呢？當然要快，不然怎麼贏？但李永銓在冼拿身上學到的，是為人處世的中庸之道。「在他的比賽過程或者訪問中，我領悟到，真正重要的不是懂得怎樣去快，而是怎樣去慢。這是一個中庸的故事。誰不知道踩盡油門就可以快？但要入一個彎位不是快就能入，太快的話就會衝出去，浪費了時間，因此要學懂怎樣去放慢；可是太遲入彎位又會太慢，所以要懂得在最高點（APEX）收油，以最漂亮的拋物線、最好的速度去入這個彎位，才可以勝出比賽。」比賽觀照人生。難道一個人工作二十四小時就能夠得到全世界嗎？重點其實就在於怎樣取得平衡。不論工作、生活、愛情，太緊太鬆，都無法持續，唯中庸之道，才是最聰明的相處方式。

李永銓仍在設計公司 Manhattan Group 工作時，認識了同樣熱愛賽車的朋友，並於一九八九年開始參與小型賽車比賽，場地位於粉嶺流水響。不說不知道，原來香港小型賽車會曾在香港主辦過國際級小型賽車賽事。一九六七年，第一屆香港國際小型賽車格蘭披治大賽於石崗軍營機場跑道進行；一九六八年，第二屆比賽於香港維多利亞公園舉行，往後連續舉辦了二十五年。這個比賽之所以聞名世界，是因為當時於其他地方賽事勝出的冠軍車手都會相聚於維園競賽及交流經驗，比賽是全世界既有名氣又提供獎金的小型賽車賽事。六七十年代，東南亞地區的車手都會專誠來港購置裝備。可以見到當時香港的小型賽車比賽享負盛名。

後來政府因空氣和噪音污染問題，以及禁止煙草商贊助體育活動，一九九三年已是最後一屆大賽，流水響、米埔及龍鼓灘的賽車場也一一關閉，不復當年舉辦國際賽事之盛況。

李永銓唯一不是 Tommy Li 的時刻，就是聽到大會呼叫賽事即將開始，他穿起制服、戴上手套、套上頭盔，坐在車上專心致志的一刻。「我會忘記我是一位設計師，在那一刻不會再去想其他事情，將自己從 Tommy Li 中分開。在那一刻你是 Nobody，你要專注於賽車手的身份以及比賽。這不只是放鬆，更加是一種釋放。」

I 事

七歲時媽媽的話

陳修士的五大教誨

HKDA 海運中心

集一海報

張樹新

日本專欄生活

理工夜校

Canton 荷東

LA ArtCentre Grad Show

灣仔道 221A 五樓

納粹美學

Inter Art 客戶的批評

網台

AGI 國際設計聯盟

古正言

德國製造

不要相信父母，遠離人群

邱永漢、柳井正

毛澤東

尼古拉．特斯拉

邱吉爾

戴卓爾夫人父親的演說

64 七歲時媽媽的話

「將來是否成功、能否發達不重要，做人最緊要爭氣、生性，當一個好人。」這是李永銓媽媽在他七歲時千叮萬囑的話，讓他一直惦念到現在，成為做人做事的重要方向，雖然充滿老派倫理電影的感覺，但卻受用！

小時候李永銓跟隨婆婆生活，與父母分開居住。李永銓的爺爺是大企業的老闆，在廣州做錢莊及煙草生意，後來因為政治問題，帶着四房妻兒從內地到香港另起爐灶。因為他非常富有，在香港很快就能夠東山再起，主要經營住宅、工廠、紡織、金行等事業。離世後每個兒子都可以分得一整棟樓以及一間公司。李永銓的父親也不例外，接收了一間東方織造廠，並在自己住的那棟房子開百貨公司。當時他的父親只有二十歲出頭。一個二十歲的小子懂做生意麼？結果不用猜也可肯定。當時李永銓剛好出世，嬰兒時期已經非常難湊，坊間著名「喊包」！婆婆看不過眼，決定接他回家生活。於是李永銓就與婆婆生活，久不久回到父母家中暫住。雖然說不是很陌生，但都會有一種不習慣的感覺。

每次回家，媽媽都會找李永銓談話。「她跟我說，你將來是否成功沒有關係，但做人千萬要爭氣（這可能與當時面對親戚間閒言閒語的處境有關）。做人一定要爭氣，做一個生性的人，不要做壞人，不要讓人小看，不要被人歧視，比你是否發達更加重要。若果你以下三流的手段發達，但受人鄙視的話，就沒有意思了。」

這些說話聽起來好像老生常談，但在今天的價值觀中，父母首先教導子女要好好唸書，將來上好的學校，當個成功人士，然後賺更多錢買樓置業。當賺錢成為了一個人的奮鬥目的，手段就可以晾在一旁。「今天應該很少家長會教子女要做個好人，他們會教你做一個醒目、走精面，不要執輸，不要被揾笨的人，叫你一定要發達、一定要成功，這是今天理想的價值觀。但我在家裏絕口不提望子成龍，最重要爭氣、做好人，這是很潛移默化的。我一直在想，要爭氣，先決條件要走一條對的路，然後去尋找所謂好人的定義，包括你的原則、價值觀。」

李永銓剛成立設計公司時候，曾經以前舖後居的方式經營，他把廚房改建成自己的房間，只有大約五十呎，空間狹小，環境很差。但沒有辦法，經營初期，客戶沒多少，生意不好，李永銓要減少生活開支才可以度過。然而，即便如此，他也堅持挑選客戶，這是他的原則。「（睡在廚房）對我一點影響也沒有，因為我不介意。我不是要發達，我想做一個正常的人，去走一條正常的路，做一份自己夢寐以求的工作。這與七歲的時候媽媽潛移默化的教誨也有關係。直到後來，我都沒有想過走捷徑，而要求自己做一個有原則的人。儘管在當時，大家都覺得環境很差，但走一條比較辛苦的路是我預料之內的事情。」

65

陳修士的五大教誨

李永銓中二三就開始追隨他的代父陳炎墀修士閱讀經文、返教堂、做彌撒，陳修士儼如李永銓的人生導師。

二人之所以認識，源於一段有趣的經歷。話說有一天，李永銓在學校說了一句粗口，這樣的一個小錯誤，大概沒有人會在乎，而陳修士竟然於全校不停打鑼打鼓找他。那是李永銓人生第一次感覺到羞恥之心，於是一直迴避他。後來終於避無可避，二人就在鮑思高青年中心會面。見了面，陳修士卻不是為了責備或者懲罰李永銓，他說了一番話，令李永銓相當感動，後來甚至成為他人生的轉捩點——信天主教。「當時陳修士跟我說了一個玻璃論：『一塊玻璃打破了，怎樣修復也會有痕跡，你要好好努力去保護它，不要再打爛，現在已經爛了一點，那道痕跡永遠都在。』令我深深懺悔，明白到羞恥，之後我就一直跟隨他。」

李永銓最討厭那些開口閉嘴都是上帝、天主，把宗教掛在嘴邊的人。在他記憶中，陳修士雖然是一位神職人員，卻不會像賣廣告般宣傳上帝。「我覺得宗教是一種哲學思想，是放在心中，而不是放在嘴巴上的。陳修士不是一個話多的人，但總能說到要害。」

在李永銓離開學校的時候，陳修士跟他說了五點，讓他畢生受用，也驅使他勇往直前。第一，陳修士認為做人不一定要成功，但一定要保持好奇心。好奇心除了能令人清醒地看待事物，也可以令人擁有無限的知識。第二，勇氣。在今時今日這個世界生存，每一秒都需要勇氣。李永銓笑說：「每天醒來需要勇氣，冬天上廁所需要勇氣，與客戶取消合約需要勇氣，與伴侶分手都需要勇氣。沒有勇氣，一天都很難過。」

但當人擁有很大的勇氣及很多知識的時候，就很容易變得自大，自以為是，目空一切。常言道，驕兵必敗，這時候就需要有第三點的謙虛。這種謙虛不是要人隱藏自己，而是要人了解到，他的勇氣及知識相對很多人來說只不過是九牛一毛。「You are nobody，就算是學校的一個老師都比你知識淵博。有些人覺得自己擁有皮毛，就當自己天下無敵，你只是擁有少許智慧，不需要因此而自大。我見過太多人常常覺得自己是『somebody』，覺得自己已經成功了，那他的下半生就玩完啦！因為他不覺得需要再進步了。」

第四，樂觀。人的一生必定有高低起跌，苦樂參半，所以必定要有樂觀的心態去面對世事。第五，高一層的標準。這一點，不只是個人的進步，更是社會整體質素的關鍵。但遺憾地，李永銓看到的是，不論個人、社會或政府，很多時候接受了一層基本的標準就算，正如胡適筆下的〈差不多先生〉那樣。「今天，香港已經進入了低標準的範疇，任何事情都不需要誠實，豺狼當路衢，蒼蠅間白黑，反映了香港處於『世紀末』的感覺。這不再是我熟悉的香港，今天的標準低，你不知道明天會否更低。我看到的是正在走下坡的香港，人也會因此而退化。如果不是抱持勇氣，以樂觀的態度去過每一天，在這個低標準的香港我早已經死了。」

66

HKDA 海運中心

李永銓對於設計的認識，是從七十年代早期香港設計師協會（Hong Kong Designers Association, HKDA）一個展覽開始的。

他憶述，當時生活頗苦悶，週末無特別事可幹，除了看電影，便和同學李超然從九龍天光道鄧鏡波學校走到彌敦道，再由彌敦道一直走到油麻地佐敦道，最後去到尖沙咀碼頭，直上海運大廈頂樓看海，逛一會商場後，就乘坐巴士回家。二人邊走邊談天說地，度過多個晚上。

其中一次逛海運大廈，他們發現一個由 HKDA 舉辦的第一屆聯展展覽，陣容頗大，外國本地觀眾各佔一半。李永銓好奇為甚麼會有那麼多人看這個展覽，後來才發現這是廣告人設計展。「當中很多印刷品都超級正！廣告刊物、宣傳品，如月曆，每一樣東西都很摩登時尚。我們看完之後都譁然：原來這就是設計，竟然可以做到這麼漂亮細緻的東西。這是我人生中第一次認識到設計。對於一個中二、三的小子來說，這個展覽慢慢在我心中埋下了對設計的問號，以及對將來的嚮往。」

這種嚮往，來自於眼前這個華洋共處的高級圈子，李永銓好像看到了向上流的機會。

戰後整個城市都在重建，發展仍然處於催化期，除了少數高級華人分子，如官商階級，大部份仍然是平民，多屬藍領階層，生活水平一般，甚至窮困。直至七十年代，殖民地社會經濟起飛，開始出現中產階級，提升了整個社會的生產力及活力。其中一個很大的蛻變是奢侈品蜂擁而至，例如旅遊、汽車、酒、娛樂、時裝、

香港設計師協會一九七六年的得獎作品集

鐘錶等。亦因為市場蓬勃，帶動整個設計界、廣告界的繁榮，孕育了一群香港土生土長著名設計師，如靳埭強、張樹新、施養德、陳幼堅、蔡啟仁、韓秉華等等的華人菁英。

「那時設計這產物對我而言十分陌生，充滿西方文化及名字。有意大利人在香港貿易發展局擔任藝術總監，（這個圈子）摩登得來又接近西方國家的標準。」李永銓解釋。

展覽中，李永銓察覺到兩個重要的現象。首先，很多廣告作品都是以英文為主，反映當時香港整個環境接近西方文化，而且水準不低。其次，即使有具東方色彩的作品出現，也不像台灣或者內地的充滿着傳統味道，而帶有濃厚西方、現代的風格。「當時外國設計師，如石漢瑞（Henry Steiner）、Peter Chancellor，在香港很容易接觸到華人傳統文化，一旦經過他們的雙手演繹，一切傳統作品都變得現代。這個方向給予香港華人設計師很大的觸動或者靈感，就如打開了一道大門：原來傳統與西方設計元素可以互相結合。相對當時的台灣，雖然他們也做很多設計，但其作品傳統味道保留了九成，看不到西化的手法。」

其中一件影響李永銓最深的作品，莫過於陳幼堅的月曆。這是一個紅黑色撞金色的羅盤，仔細看就會發現是一個月曆。「那時我覺得很震撼，因為他將一件傳統的東方物件西化到脫胎換骨的程度。那時我駐足觀看良久，對陳幼堅的印象深刻，了解到原來東方傳統也可以用西方現代化的手法處理。這個展覽就此埋伏在我身體內，成為投身設計行業的導火線。」

67 集一海報

李永銓看了香港設計師協會的展覽後，開始對設計產生了興趣。當他看到集一書院的美術設計課程招生海報時，中學未畢業的他毫不猶豫就報讀了該校課程。可以說，這張海報是一個引爆點，使李永銓展開了設計生涯的第一步。

想當日，街上總會充斥着形形色色的海報。李永銓不經意地抬頭一瞥，見到一張很精緻的海報，只見偌大的兩個字：集一。對一個中學生來說，這張海報無論在設計、字型、顏色上都充滿了美感。李永銓頃刻有點迷茫：集一是甚麼呢？設計

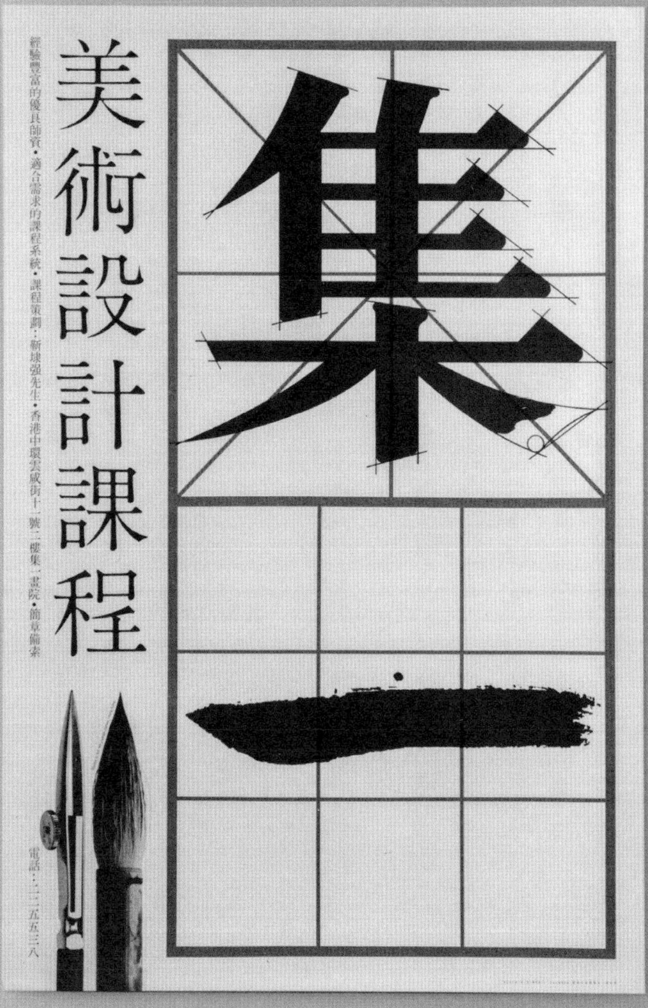
集
一
美術設計課程
經驗豐富的優良師資・適合需求的課程系統・課程策劃：靳埭強先生・香港中環雲咸街十一號二樓集一畫院・簡章備索
電話：二三五五三八

又是甚麼呢？

帶着十萬個疑惑，李永銓就去報讀了。校舍位於雲咸街十一號，處於中環一條斜路上，前身是施養德經營的畫廊，後來就將其中幾層轉變為一所院校，正是集一書院藏身之處。該校主要開辦設計夜校課程，中三的李永銓日間在鄧鏡波學校上課，夜晚就到集一書院上課。在這裏他認識了影響他設計生命的人，包括校長鄭凱、策劃課程的靳埭強，以及靳埭強的拍檔張樹新。

原本每個星期只需上兩晚的課，在最瘋狂日子，李永銓一個星期上足五晚課，勤力地旁聽其他課。課堂上，只有李永銓仍是中學生，其他同學都已是在職人士。實用美術基本課程包括學習使用硅筆、寫字體、起草圖、應用基本型及超級基本型，也學習靳埭強那套承襲黃無邪、由美國帶過來的西方設計理論。「每一晚六七時我們已經在學校，有時我會帶着飯盒去。作為一個長期浸淫在無趣的中學課程中的理科學生，接觸設計時極度新鮮，就如一個身處荒島餓了良久的人，眼前放滿了一桌盛宴。每天放學我都十分期待到集一上課，每一晚聽到、見到的都新鮮。甚至乎，每晚放學後，我都會和一兩位稔熟的同學跟着靳埭強及張樹新到其位於擺花街的 SS Design 設計公司偷橋和八卦！」

在集一書院修讀的期間發生了一段小插曲：校長鄭凱要移民，打算結束這間學校，但實際營運上是沒有問題的，後期更由一班學生去處理行政營運工作。雖然李永銓的年紀最小，但因為與學生、老師相熟，學校很多計劃都交由他去做。

「記得有一天鄭凱校長約了我和靳叔見面，說不如將學校交給我一個中學生去營運，靳叔就做課程策劃支援。我大感詫異，你不是這樣信得過我吧?!他卻說，「Tommy，我們已經相處了兩年，我看到你的性格，以及在群眾中的說服力，我真的放心交給你去營運。對一個中學生來說，這是很匪夷所思的事情。當然我很感謝他，對我有那麼大期望及信任。但我才剛剛開始接觸設計，仍是學生，連自己將來是否從事設計都不知道，把學校交給我的話，變相決定了我的將來，我就因為這樣而拒絕了。我還有很多想法，很多事情想做。」一位中學生竟然可以擔任校長，還有甚麼是不可能的呢？李永銓跌宕起伏、驚濤駭浪的人生才正要開始呢！

68

張樹新

李永銓在集一書院遇上了導師張樹新，成為了他一個很重要的榜樣。前文曾提及，中學時每晚集一課程完結後，李永銓都會和幾位同學到靳埭強和張樹新的SS Design 設計公司流連八卦，看看設計師的草圖。李永銓對張樹新的草圖十分好奇，單單一個 Logo 已經可以有二三十張草圖，而每一張草圖亦充滿了不同的 Logo。在這些草圖中，我們還能見到今天熟悉的中國銀行 Logo。「他多產到一個地步，在我們同學之間都叫他神童。他看的東西、他說的話，每每令我感到驚奇。在吸引我的菁英中，除了靳叔，另一個就是張樹新。他在第一屆香港設計師

張樹新近期作品

協會頒獎禮中，已經奪得金獎。他對東方文化以及西方藝術的形式，都能夠取其精華。」後來李永銓進入香港理工學院設計系時，又重遇了兩位恩師。

可是，有一天，這位神童要離開香港了，輾轉間落腳紐約。「這個人大情大性、性格剛烈，為了結束一段戀情而將公司股份賣給靳叔，自己隻身離港。這些情節只會出現在電影小說中啊！他敢愛敢恨的性格，在我們同學之間流傳，更加令人仰慕崇拜。」多年後，李永銓去紐約領取金鉛筆獎時，又再重遇他，二人共同遊覽現代藝術博物館，每天都在曼哈頓上城喝咖啡。雖然多年沒見，但大概是二人性格相近，有種莫逆之交的感覺。

張樹新對李永銓最大的影響，在於其在設計及做人方面的態度。李永銓解釋，「他是從學藝術、中國畫開始的，自己亦不斷尋找新的方向，將新的元素放到設計中，或者現在的藝術品中。這個非常重要，就算是最好的設計，若果你停留在一種風格、一個層次，哪怕是潤木最後都會變成枯木。但他不停地改變、演化，今天看他利用麥克筆創作的中國畫，仍然充滿了驚奇。這就是他對設計及藝術的取態。」

對於很多設計師來說，即使要把不同的元素放入設計中，創新大膽的意念也未必為市場所接受，這是普遍令人頭痛的地方。創作與市場，應該如何取得平衡？「一個誠實的創作及藝術能夠反映你本身的個性，你要忠實於你的個性。某程度上設計一定是服務於市場，你可以只當它是商品，但你更加可以利用這種商品去表現你自己。能夠兼顧商品的實用性及藝術性很重要，如果只是照顧市場而忽略個性或作品的藝術性，整件事情就會變得毫無價值。遺憾地，市場上真的充斥了這些毫無價值的東西。而為甚麼有些作品在十年二十年後仍然存在？當然不是因為它的實用性，實用性會過期，只有藝術性才能進佔我們的內心，得到我們長久的喜愛。」

張樹新的敢愛敢恨亦叫人神往。李永銓慨嘆，今天很多創作人都貪生怕死，周旋於權貴之間，追求的只是名與利。「當然你會說，Tommy 你都擁有了，你有甚麼資格去說別人？是的，但分別就是雖然我擁有，但我不是為了這個目的。張樹新亦一樣，他對事情對錯有很強烈的立場，也不貪求名利，所以張樹新真的是我一個很重要的榜樣。」

69

日本專欄生活

孩童時代，初生之犢不畏虎，擒高擒低，從不害怕會跌倒。隨着年歲增長，那份勇氣也隨風飄散，年紀愈大，愈想緊抓着安全感不放。實在有太多人有太多的計劃盤算，過於深思熟慮，做事小心翼翼到舉步維艱。你以為已經百分之九十九點九安全，以為已經滴水不漏，怎料一個變幻莫測，就打破了自己的如意算盤。世上真有那麼多理所當然嗎？

「我曾經認識很有才華的朋友，行事周到，全部都計算好，可是最後仍一敗塗地。

我心想，連你們這些叻人都如此，既然世界上有很多事情都不是理所當然的，如果成敗都不由得我們來決定，即是說我們都不應該想太多，就憑我們的直覺去做吧！想接的工作就接，想愛的人就愛，想走這條路就走。」李永銓覺得，人生最痛苦的事情，莫過於在臨死前一刻，回想起自己的一生，原來有太多想做的事情沒有做，千萬個後悔莫及。「很多人只到一到『我想』，之後就是省略號了。倒不如坐言起行吧！」

他不想錯過的，包括前往日本擔任專欄作家。這份工作之於李永銓也是一種冒險。他說自己是個只要有三成把握就會去做的人，但現在回看這段經歷，可能當時他連三成把握也沒有。

中學時已經有投稿習慣，《年青人周報》就是其一，《年青人周報》主編 Chris Tong 有一天突然問李永銓：「你有沒有興趣去日本？我們想找一個駐日本的專欄作者，介紹日本的年輕人文化、普及文化。」當時李永銓才剛完成中五課程。他心想：這很有趣呀！可是自己又不懂日文，還要以日文做訪問?! Chris Tong 給他一個禮拜時間考慮，若果他不去，就會找另外一位懂日文的音樂通作者去。

結果當天晚上，他就致電 Chris Tong 答應了。一星期後，李永銓已經身處日本街頭。在一個完全陌生的環境，生存不易，尤其他「盲字（日文）都唔識多個」的時候。初到貴境，他已因為錯過了車站找不到住宿地點，又遇上一名日本男子死纏爛打，強行邀請李永銓到他的家住。雙方在街頭拉扯着行李，李永銓於是半真半假地告訴對方他在日本有朋友，可以借宿一宵。說是真，因為他真的有同學在日本生活；說是假，因為李永銓沒有信心真的可以找到對方。結果，奇蹟發生了，他真的找到了以前的同學，住上了原本不應該住的女子宿舍。

到第二天開始工作的時候，李永銓發現那位音樂通作者給他的所有地址電話都是假的，基本上可以直接回香港了。但他沒有這樣做，反而慶幸不用局限於音樂，變相甚麼題材都可以寫。他訪問過最紅的音樂主持人小林克也，寫過女子大生（即援交的女大學生）、街頭跳舞的中學生「竹之子族」……那時日本流行興奮劑，他跑到買賣場地暗自調查，搞不好會就被黑社會打死，但他不害怕，因為他要寫自己感興趣的題材。

他訪問了坂本龍一，過程迂迴曲折。先去找對方的經理人，經理人以坂本身在外國為由謝絕訪問，當然這是假的。李永銓死心不息，又去聯絡小林克也的太太，但無功而回。有一天，他在新宿街頭見到售賣音樂會、電影之類活動的小攤位，一張宣傳單張寫着一個著名日本舞蹈家的劇團即將舉行首演，該劇的音樂負責人正是坂本龍一！他二話不說買了門票。在開場前，李永銓竟然真的遇上了坂本龍一！時來運到，當然立刻衝上前自我介紹，說自己是專程由香港飛過來找他做訪問，曾試過通過小林克也、小林克也太太及他的經理人聯絡他，但一直找不到。對方眼見李永銓的態度真摯誠懇，答應散場時在原地等待接受訪問。後來散場時對方說太夜了，相約李永銓下星期到他的錄音室做訪問。

後來訪問就完成了。完美！

「人生人，路生路」是李永銓最常掛在嘴邊的說話。在日本，他曾經多次陷入無助的困境：不懂得日文，努力去學習，不明白的就問同屋；找不到受訪者，就鍥而不捨地去追尋所有線索。然而再「硬淨」的人都有死穴，他在日本病倒了，發高燒，想喝水，要爬着去扭開水龍頭，他開始流眼淚，開始想家。在日本，每一天的生存都是為了明天的生存作準備。

「那段日子我都在學習如何在一個極度無助的環境中生存以及工作，你問我有沒有害怕？其實一點也沒有，因為我接受這是生命的一部份。每一天你必定會遇上大小問題，如果你會害怕，很大鑊，你連做人也做不到。每天你都要帶着勇氣去活，唞啖氣，眨下眼，明天就到了。」

李永銓在日本

70

理工夜校

李永銓畢業後自我進修及探索了兩年，就在中學師兄林席賢的勸誘下，進入理工學院修讀設計夜校課程。「他（林席賢）比我早兩年進入理工設計，眼見我『不務正業』，甚麼也在嘗試，於是拿了理工的夜校入學表格叫我報名。我其實不太想，因為我已經在集一書院唸過設計，但覺得還是順一下他意吧！（笑）」

今天我們傾向認為日校屬於正規課程，夜校就猶如「興趣班」。當問李永銓為何不選擇日校而進入夜校？他解釋，原來在當天，比起日校，夜校更像是個設計人的少林寺。首先，夜校通常由行內傑出的廣告人、設計人等專業人士授課，與日校那些帶學術背景的導師不同；其次，唸完日校的學院派需要更多工作經驗才能明白理論實踐，但夜校就不同了，若果你的作品不行，那些專業人士會直接當面嚴厲批評，他們亦會在學生之間「揀蟀」，優才生基本上沒畢業已經被老師叫去公司工作。

那時有大約三千五百位考生爭奪一百個學位，入學率比當時的香港大學還要低。李永銓記得試題內容很深奧：「首先是寫作測試，題目全部考常識，而且完全不能事前準備，例如市政局議席數量、《星球大戰》原著小說的作者等等，你不能只對設計有認識，還要認識普及文化、社會政治。考完通識又要畫畫，一考就是一整天。」

為甚麼理工學院的設計系入學嚴格，導師質素又那麼高？原來與當時英國的政策有關。當時英國政府打算以設計推動工業的發展，將設計帶入市場，而港英政府也跟隨宗主國的決定，以設計帶動本地工業。於是英國政府重金禮聘，打造了理

工設計系。最初由英國的太古集團資助，並命名為太古設計，後來才正式併入了理工學院，成為設計系。當時該系的師資、設備、課程規劃在亞洲區都達到很高的水平：師資國際化，除了外籍導師，也有本地最傑出的設計師，如當時還年輕的靳埭強、張樹新；課程大綱則跟隨英國及王無邪的設計理念，可以說，不用離開香港就知道世界潮流。「那裏不但令我的設計有所提升，更加重要的是，我亦跟隨這些專業人士看到真實專業世界的水平及要求。還記得畢業的時候，擔任學生會會長的我要接待一位嘉賓去看看我們的畢業展，那位嘉賓就是設計師祖 Henry Steiner（石漢瑞）！」

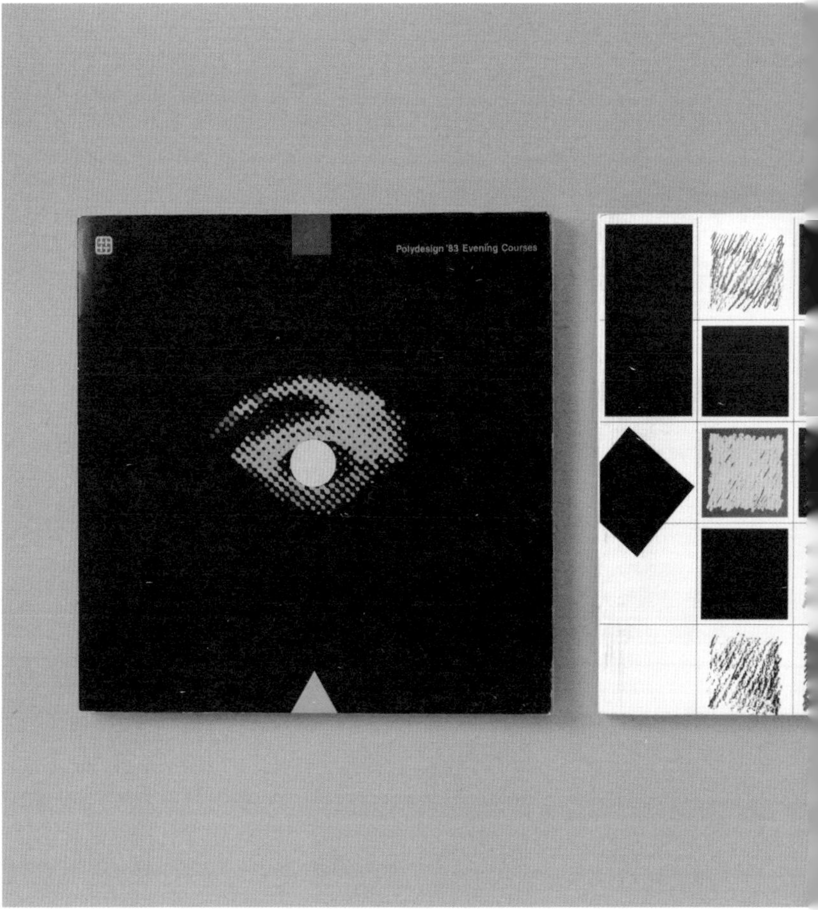

理工設計夜校畢業展作品集

Ng Mei ting Eve

吳美亭

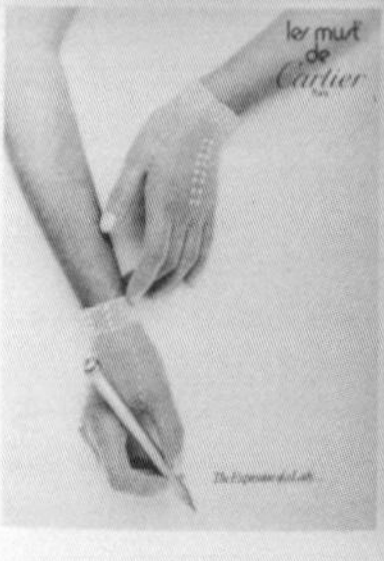

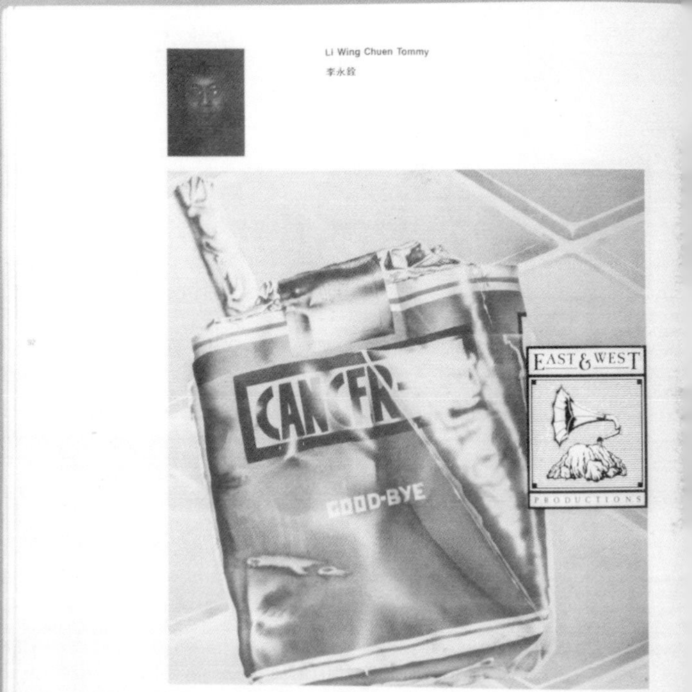

理工設計夜校畢業展作品集內頁

理工學院設計系課程共有四年，兩年基礎課程文憑及兩年高級文憑課程。李永銓幾次準備半途而廢，但媽媽都將他拉回來。「讀完第一年，我發覺在學校學的東西與在集一學的東西一模一樣，覺得很悶，不想唸了，結果媽媽跟我說不要甚麼都半途而廢，還剩下一年就完成吧，就當是拿張證書，於是我再唸一年。兩年課程結束，我又開始覺得沉悶不想念了，但入第三年是很困難的，四班學生只有兩班能夠升讀，即有一半人要走。媽媽又跟我說，大家都怕被淘汰，你能夠讀居然還不珍惜！升上第四年之後我又想走，媽媽又說一句，多讀一年就可以拿證書了，結果居然完成了四年課程！我的愚蠢反映在任性之中！」

其實李永銓在學校的生活多姿多彩，是位頗出風頭的學生：不停代表學校參加比賽贏取獎項，有專屬自己的房間準備比賽；第三年開始幫學校準備課程，以及加入學生會擔任會長；課程還未完成，就已經被拉攏進入設計公司。如果真的離開了，未免太可惜了吧？

校園生活精彩，校外的生活也毫不輸蝕。日間他在設計公司工作，晚上七時上夜校課程，之後再到 Disco 當 DJ 打碟到凌晨兩點賺外快（來填補他買書、買雜誌、買碟、聽音樂會、看電影等嚇人的消費能力），中間還要乘坐隧道巴士來回九龍及港島，一仆一碌，馬不停蹄。「我十六歲就離開了屋企，自己獨自負擔生活。以前的生活真的沒有停過，別人都去拍拖，我就一直在工作。但你問我覺得辛苦嗎？一點也不，因為這是我的選擇，我就會樂在其中。我深信，只要那是你喜歡過的生活，便不會因為忙碌而感到痛苦。生命很短暫，不要再花時間在自己不喜歡的事情上了！」

到今天，李永銓依然沒有停下來，還在進行很多項目。「別人說我應該要停一停，但我仍然有很多事情想做，如果能夠做到，而我又覺得過癮，當然去馬啦！甚麼事情都趕快趁後生做吧！」

71

Canton 荷東

由 Disco Disco（DD）埋下的 Disco 文化計時炸彈，終於在八十年代引爆，由兩大 Disco 荷東（Hollywood East）及 Canton Disco 在尖沙咀來個大對決。

荷東位處尖沙咀富豪酒店地庫，大小與 DD 差不多，約六千呎，裝修格調以東方荷里活為主，所以一開店就吸引了很多 DD 的明星客——他們在午夜十二時前的早場時段就去 DD，十二時後就在荷東出現。

有說當日荷東一票難求，能夠進入荷東已經是一種光榮。如果持有會員卡或者貴賓卡，比取得美國運通（American Express）金卡更難，是當時的身份象徵。

李永銓在國際集團 Manhattan Group 工作期間，替荷東處理設計、營運、管理等方面的工作。他憶述，「遊客來香港一定會去荷東，因為都想在那裏遇到成龍、周潤發。」而當時荷東身處的尖東只是剛開始發展的一個新地盤，荷東的出現帶動了該地段夜生活的發展，例如大富豪夜總會，每一個商場地牢也開始設有 Disco。雖然競爭愈來愈大，但對荷東一點影響也沒有，因為大家的目標群眾不同：酒店的 Disco 招待本身的客人，另外一些如 Tropical、Apollo 18 則針對年輕人。

直至 DD 首席 DJ Andrew Bull 在尖沙咀廣東道開設 Canton Disco，才真正對荷東構成威脅。Canton 設有兩層，無論規格、設計都達到了很高的水平。順帶一提，該店的平面設計師正是陳幼堅。陳百強曾經在這裏舉辦過小型演唱會，梅艷芳舉行生日派對，史泰龍來港都要到 Canton 一遊，可想而知當日對荷東構成多大的威脅！

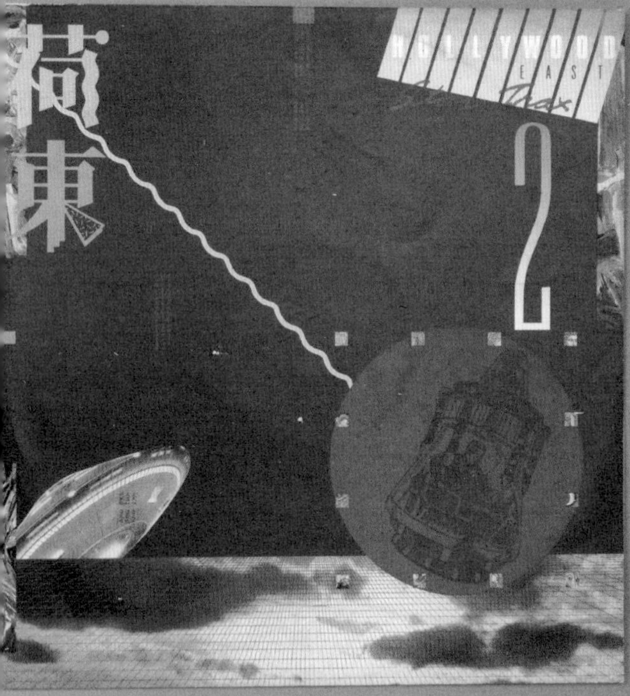
荷東
HOLLYWOOD
EAST
2

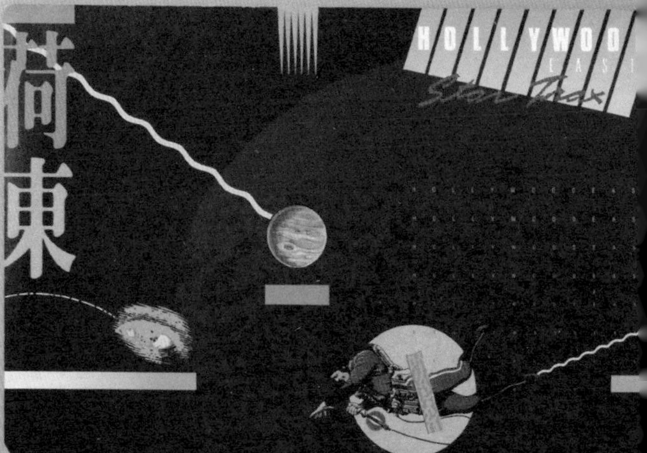

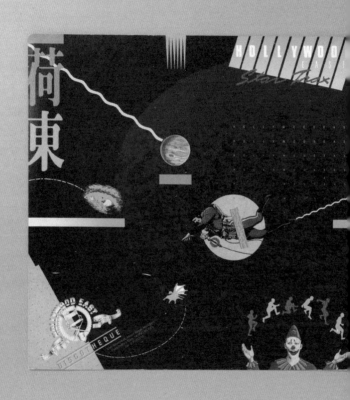

李永銓設計的荷東黑膠唱片封面

面對如此強敵，荷東不得不作出應對，譬如每三個月就花費一大筆預算做一個場地主題，不斷變化。這個概念正是來自當時紐約最 Top 的 Disco Studio 54 的對手 Area，Area 曾經試過掘開地庫，改建成水池，並放入一條鯊魚，非常誇張。而荷東就試過將地牢變成二次世界大戰的戰場，放置一比一的坦克、衝落地面損毀了的戰鬥機，整個場地都充滿了沙包，所有工作人員都穿着軍裝，非常有趣。戰略非常成功，連續三四個月荷東都爆滿。

「那時雙方的競爭很良性，因為兩間 Disco 的老闆是好朋友，但同時也是對手，就會不斷去想新的意念，不停去想有甚麼新的模式可以稱王。這種良性競爭將當時香港 Disco 文化推到最高峰。即使是日本人也會覺得香港的 Disco Business 很令人震驚，居然可以玩成這樣！相對來說，其他地方如馬來西亞、台灣、日本的 Disco 就很保守。」李永銓見證了香港八十年代 Disco 文化的全盛時期。到了九十年代，Disco 就開始式微。

當中牽涉兩個因素。經濟方面，香港經歷了兩次大股災。但李永銓認為，更大的原因與毒品侵入有關。當時去 Disco 除了喝酒，一些比較高級的 Disco，如 Canton 及荷東，會有毒品拆家售賣可卡因、搖頭丸等高消費的毒品，在夜場，毒品似乎變成了必需品。在政府嚴厲掃毒的情況下，毒品大大影響到這些 Disco 將來獲發場地牌照或續牌的機會。後來 Rave Party 興起，拆家也移師至 Rave Party，客源減少，Disco 一間接一間地結業。八十年代的 Disco 狂熱再不復見。

72

LA ArtCentre Grad Show

理工學院畢業之後，李永銓就加入了設計公司 Manhattan Group 工作。有一年暑假，他去了美國洛杉磯，因緣際會之下，看了一個藝術中心設計學院的學生畢業展覽。在展覽上，他遇到一個學生，其畢業作是關於字體解構。兩人一聊之下，竟意外地發現他們的興趣非常相似，故非常投契。他們的話題從設計到音樂，搖滾樂、龐克（Punk）音樂、新浪漫主義音樂、電子音樂，甚至 YMO 的出現，再到管弦樂；談建築，從哥德建築的變化，到今天 Memphis 建築方面的情況是怎樣；談電影，活地·亞倫（Woody Allen）從早期拍喜劇，到後來外斂轉向內斂的變化，諸如此類。直至閉館時間都不肯罷休，轉戰到餐廳吃飯，繼續話題。從午餐開始，直到夜晚喝酒。

「大家惺惺相惜。居然有不同國籍、文化的人能夠與我廣闊的話題接上嘴。」可不是嗎，李永銓的興趣廣泛得嚇死人，電影、音樂、書籍、雜誌、藝術，甚麼也有興趣，甚麼也買。他搬出來住的時候，家中活像一個小型圖書館，大家都會過來借書借碟。當一個人熟悉那麼多事情，自不然會感到有點輕飄飄的。

李永銓好奇，既然對方的興趣那麼廣泛，畢業出來會做甚麼？對方回答，他還未畢業，只是一個一年級學生，只是也一起擺展覽。聽到答案以後，李永銓非常震驚，簡直到了價值觀崩潰的地步。「我O嘴O到……為甚麼一個一年級學生的興趣與我一樣，甚至一樣懂那麼多！」更讓他震驚的是，對方說，很多一年級學生都是這樣，對普及文化、音樂、電影、建築、文字很感興趣，於是才對設計有興趣，你們香港不是這樣的嗎？

「我想了一想，香港的確未必是這樣呀。很多設計系學生只不過是想做設計師，日後從事設計相關的工作，所以才去唸設計，他未必對普及文化、文字、歷史、建築、音樂、電影有興趣。做明星的人不代表他喜歡電影，這就是今天香港的情況。」對方的提問，讓李永銓深刻認識到，香港人做的事情都是建基於將來的工作，而不是因為興趣。

「為甚麼你讀這間學校？是為了日後更加容易升讀大學。為甚麼要讀這間大學？因為有他想讀的科目。為甚麼想讀這個科目？講到最後，都是因為容易找工作，並不是因為興趣。」李永銓感嘆，「那個一年級生給我帶來很大的啟示：其實我一點也不特別，也不是如自己想像般特別，我這些想法及性格，如果放在外國，比比皆是，只不過香港的設計學校學生很多都不是這樣想的，變相他們除了本科，對甚麼也沒有興趣。」

73

灣仔道 221A 五樓

沒有灣仔道 221A 五樓，就不可能有今天的李永銓。

那是一個第一代擁有電梯的洋樓單位。洋樓採用一梯兩伙的格局，兩伙之間有一部木製的電梯，內裏頂着一顆昏黃的大圓燈，倒有着幾分王家衛電影的詩情畫意。單位頗大，面積逾千呎，擁有前門及後門，也是木製。甫踏入門口，就嗅到一陣古舊的氣息，先看到一個寬敞的大廳，再往裏走就是房間、廁所、廚房。

李永銓買入這個單位時只有二十八歲。由於洋樓樓齡超過三十五年，銀行只會承擔百分之五十的按揭，而單位售價六十萬元，換句話說他需要先付三十萬元。以當時他全職工作月薪約一萬五千元計算，實在不是一個小數目。於是，他與業主有一個君子協議，只要於九十天內籌得三十萬元，那間房子就屬於他。除了全職工作，他還接下不少 Freelance 工作，加上在靳埭強開設的香港正形設計學校教授日校及夜校課程，還真的是本着「拚死無大害」的精神全力以赴。

不料有一天，李永銓收到消息，業主打算將單位售予一位肯付更高價錢的人。那位業主是當時著名的製片人，年少氣盛的李永銓不管三七二十一，立刻到對方辦公室理論。他態度強硬地向對方這樣說：「我真的很喜歡這個單位，也想在這裏慢慢做出成績，我將來的發展絕對跟這個單位有關係，所以將來我真的成功了，我會很感謝你、懷念你。相反，如果我失敗了，我會記恨你一世。你這樣一個有錢有名望的製片人，居然為了一點點錢而欺騙我！我只有二十八歲，但我也知道有口齒的重要性，你七十歲了，又那麼成功，居然欺騙一個二十多歲的小子！我一點兒也不尊敬你！」李永銓連珠炮發，罵得對方體無完膚。以為自己輸定了，卻竟然反敗為勝。對方態度放軟，但給予的期限由三個月縮短到一個月。甫踏出門口，李永銓心想死定了，一個月內怎樣籌到錢呢？偏偏吉人自有天相，他在公司客戶的幫助下，終於籌得足夠的金錢。

李永銓在這個單位度過了不少重要時刻，包括：開展了個人賽車生涯、經歷了天安門事件。在事件發生過後，親朋好友紛紛游說他移民，對九七後的香港失去了信心。然而，李永銓深信，在事件過後中國上了沉重的一課，往後將會更加傾向與世界接軌，經濟更加開放。一九九〇年，他在該單位正式成立「Tommy Li Design Associate」，展開前舖後居的生活。開業初期生活困難，他甚至要睡在只有五十呎的廚房。可是逆境過後，灣仔道 221A 終於生出了豐盛的果實。

李永銓在該單位待了八年之後，由於洋樓打算重建，他便出售了該單位。他手握一筆錢，買入了現時位於柴灣的三千五百呎工廠大廈單位，並將公司名稱改為「Tommy Li Design Workshop」，努力奮鬥至今。

74

納粹美學

德國納粹黨在二戰時期犯下滔天罪行，總叫世人警惕極端的民族主義情緒會釀成大禍。但無可否認的是，納粹黨在國家軍事方面的 Corporate Identity，不論是服裝、旗幟、軍車方面的亮眼程度，的確令人耳目一新。

納粹黨領袖希特拉曾經說過一句很準確的話：「一套帥氣的軍服會令更多人願意加入納粹黨軍隊效勞，並為此感到自豪。」德國當時的軍服由 Hugo Boss 品牌為每位軍人度身訂製，所以每套衣服總是收腰修身、堅挺、貼服、整齊，製作一絲不苟，衣服表面會配上襟章，給人一副雄赳赳的樣子，好不威風。時至今日，Hugo Boss 仍然為德國警察製作制服。

這種要求軍服華麗、威嚴的背後概念，大抵是希特拉對於古羅馬帝國的嚮往。李永銓解釋：「在歷史上四大文明古國之中，古羅馬是一個橫掃全球的殖民帝國，在電影中的羅馬軍團的服飾、飄色全部都很華麗，那一套護甲其實就是男人壯健的胸口。」實際上，納粹黨敬禮手勢的構思也是來自古羅馬軍團，可見希特拉崇拜古羅馬帝國。

納粹軍服不只在德國受歡迎，在其他國家也很受歡迎。李永銓討厭戰爭，但卻喜歡戰爭電影，而其中最華麗的軍隊，必定非德軍莫屬。最醜陋的是日軍，從這件事件中就可以看到：李永銓小時候喜歡玩模型，尤其是田宮模型製作的大量戰爭模型，而士兵之中最多的就是德國士兵，從軍官將領到爬兵，全部都很精緻漂亮，惟獨欠缺日本兵。「田宮模型是一間日本模型公司，我曾經向他們查問，為何自己國家的士兵模型數量比起英軍、德軍少很多？結論是，他們認為日本士兵的軍

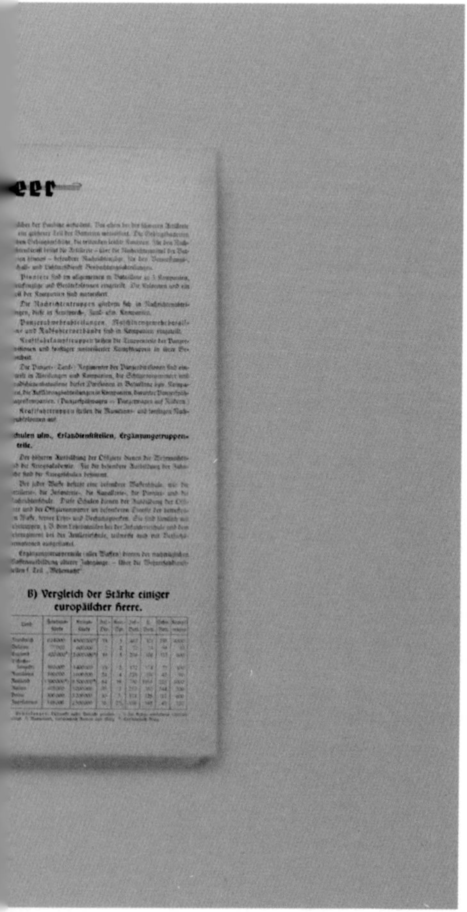

B) Vergleich der Stärke einiger europäischer Heere.

服最醜陋。正因如此，雖然他們有很強的民族精神，但日本士兵模型在市場上卻不容易大賣。」

然而，由於德國以納粹黨所犯的罪行為恥，今天要在德國找到關於納粹黨系統的完整資料並不容易。

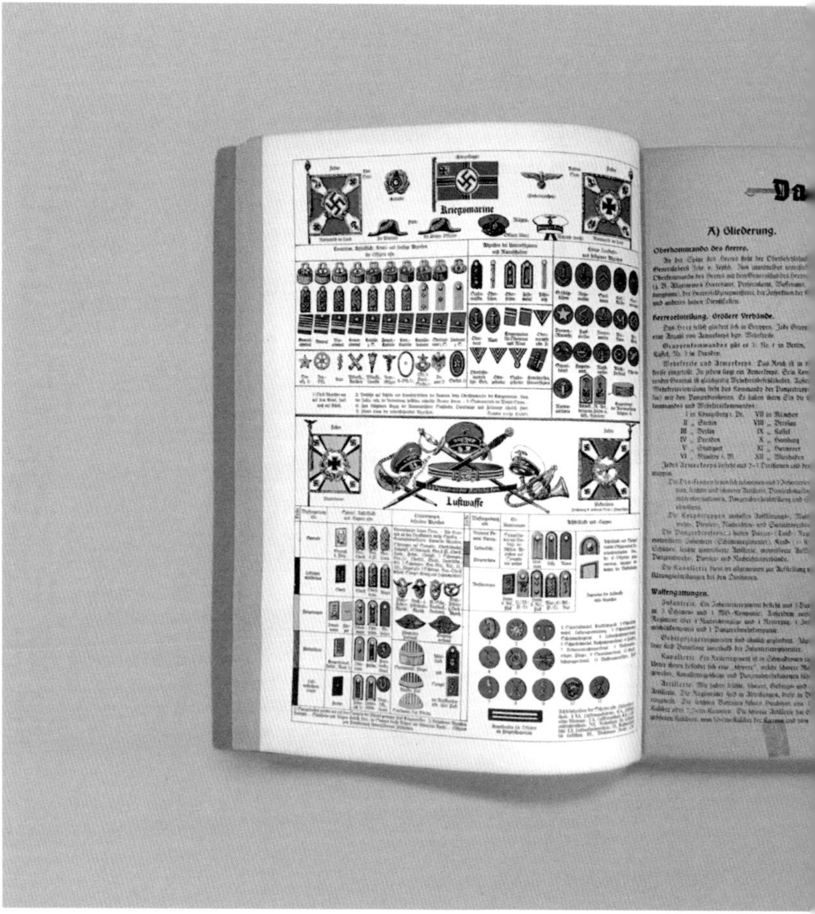

右：納粹黨的企業形象手冊
左：二戰前介紹希特拉及納粹黨書籍

75

Inter Art 客戶的批評

李永銓初成立公司的時候，曾經與日本 Inter Art Committees 合作，負責該公司某一個項目的設計工作。在這次工作經驗中，李永銓得到寶貴的啟示。

日本泡沫經濟爆破之後出現了通縮，各行各業薪金水平停滯，生意不好時，公司就不能夠負擔比較好的人才，其中以設計界首當其衝。很多日本大公司都會聘請一線設計師，他們身價非常昂貴，公司又不能隨意減價，因為這樣會令人覺得是設計師的工作有問題，然而隨便換一個更便宜的設計師，又會令人覺得是公司經營出現問題。要怎樣減輕成本，他們茫無頭緒。

這時，經理人制度就幫了很大的忙。這些經理人會去外國尋找一線設計師，但只付出二線設計師的價錢。當時很多設計師都想進入日本市場，而且即使是二線的價錢，相比起外國已經很優厚。舉個例，當時日本唱片銷量可以高達數百萬張，找一線設計師設計一張唱片，收費動輒可達三十萬港元，二線設計師有二十萬元，連新人都有十萬元，價錢非常吸引。而設計師只需要跟隨該公司的美術指導，甚至連正稿都不用做，公司會有內部設計師跟進。這也是為甚麼當時日本的設計水平不斷向上，因為市場真的能夠養活人，只要作品夠好就能夠分一杯羹。

大約在一九九三年，日本經理人垂水景就找上了李永銓，當時他收的是新人價，但相比在設計費用偏低的香港，日本仍然是理想的市場。

李永銓為客戶的活動設計了一套海報，在香港打好稿後就送到日本。一般來說，在香港，打稿兩三次已經算是「搞掂」，但那次已經進行了四次，客戶仍然不滿意。李永銓心裏納悶，日本客戶是否針對他是外地人？「當時我已經有少少埋怨，已經四次了，很接近了，但還不滿意？」這個客戶很有學養，沒有投訴。後來一次雙方會面，這位客戶提出了一個發人深省的疑問：「我們也不知道我們的水平有多高，因為我不懂得設計，不過問題是，如果我一個外行人對作品的要求，比你一個專業設計師的還要高，到底是我的問題還是你的問題？是我要求太高還是你這位專家的要求太低？」李永銓像是一言驚醒夢中人：「我當時很受傷害，但這亦給了我很深層次的反省，可能我的要求真的太低，當我一個專業的人比起一個非專業的人要求更低，我們真的要很好地反省。有時因為我們太安逸，往往會將一個標準降低，這絕對是惰性。所以這樣的經歷或者批評，對我來說是一個很好的 Wake Up Call。」

後來那張海報總共打了八次稿，對比起首幾次打稿，色水更加準，也更加好看。李永銓才恍然大悟：「真的如陳（炎墀）修士所說，做人應該要有高一層的標準！」

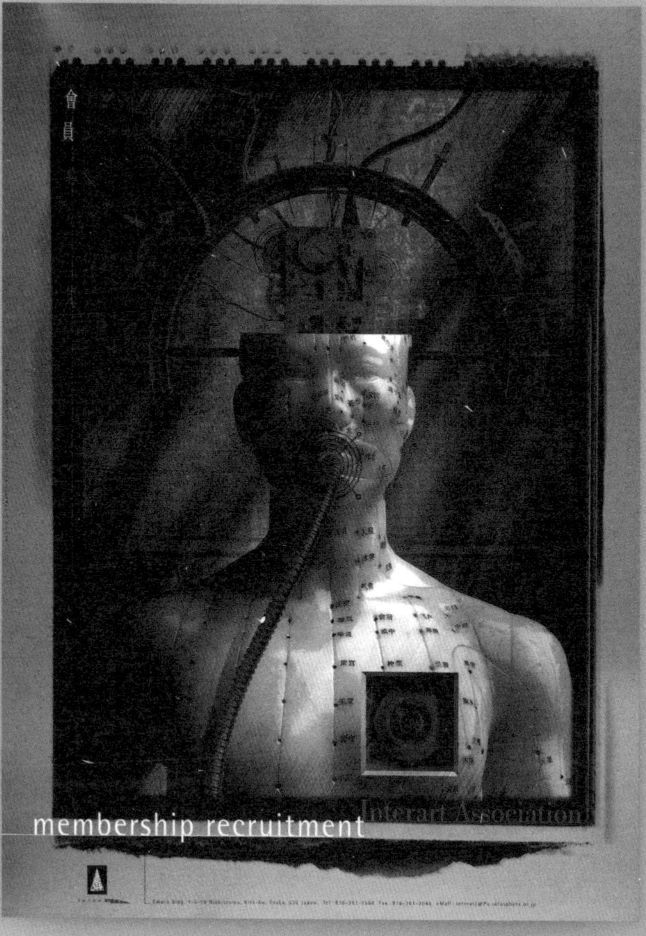

Inter Art 海報

76 網台

沒有一個制度是完美的，即使在民主自由的社會中，一個政府也不可能代表所有人民。因此便需要第四權——媒體的監察，媒體能夠做到政府做不到的事情，令社會有效率地運作。但在香港，主流媒體平台，尤其關於大氣電波，可謂非常貧乏。這得追溯至英殖時代的發牌制度。「香港現時的大氣電波發牌制度仍是沿用以前殖民時代的那一套，因為政治問題而縛得很死，但在現時很多條款已經很落後，甚至扼殺整個香港媒體的進步。」

但拜互聯網發達、網速更加穩定所賜，新媒體如雨後春筍，不論是網絡報章還是網絡電台，只要有網絡，人人都可以成立自家媒體，發出自己的聲音，不必再仰賴傳統媒體的資源。二〇〇五年，「香港人網」成立，其影響力非常大，今天很多網台都跟香港人網有關，如潘紹聰的「恐怖在線」、蕭若元的「謎米」、陶君行的「香港花生」等。

李永銓留意到，香港主流媒體有一面倒的傾向，而網台的出現能夠形成另一種聲音，令大眾更清晰地了解到香港正在發生甚麼事、問題在哪裏。李永銓認為，不要低估聽眾的判斷能力。「不是有這種聲音，聽眾就會照單全收，例如有很多人都是聽黃毓民的節目長大的，他的節目曾經得到最高的點擊率，但去到今天，也有很多人因為他改變觀念而唾棄他。這是一個很好的例子，證明觀眾的眼睛是雪亮的。但這種平台的出現是必須的，等於一個病人患過疾病後就能夠增強免疫力，多元聲音的出現能夠教育每個人對事情的判斷。」

二〇〇九年，李永銓亦曾經成立創意網台「Radiodada」，只談創意，不談政治。

Dada（達達主義）這個名字代表了藝術上的創新及顛覆，平台針對設計、廣告、藝術、獨立音樂，並由李永銓負責設計部份，「益力多先生」譚偉明負責評論廣告，前 LMF 成員 MC 仁負責介紹獨立音樂。

Radiodada 着意打破封閉、黑暗的直播空間，於是與朗豪坊合作，把一個三千五百呎沒甚麼人流的死局空間——地牢，重新打造為「SLOWLY by da dolce」，意謂慢活，並引入意大利雪糕店、「書得起」小型書店等文青蒲點。直播室前有一片設有長枱的空間，聽眾可以買杯雪糕或咖啡，悠閒地邊聽邊看着現場直播，實行近距離接觸，更可以直接上 Radiodada 網站使用 Chatbox 功能，與節目主持人互動。Radiodada 每一天都會有不同的節目，設計師又會在這片空間舉辦講座及簽名會，在眾多活動的帶動下，短短幾年間已經帶旺了人流。

然而，好景不常，當人流活絡的時候，也帶來了被趕的命運。「就算讓我們續租，也負擔不起。當初我們是替商場全盤打造一個新的空間，我的條件是，我承諾帶給你人流，但我要一個很便宜的租金。但當人流一旺，對方就用正常價錢租出去，也是我們負擔不起的。這是一個很現實的問題，也是地產商主導香港的死症。」
於是，Radiodada只維持了四年就撤出了。

77

AGI國際設計聯盟

國際平面設計聯盟（Alliance Graphique Internationale, AGI）早於一九五二年由兩名瑞士及三名法國平面設計師於巴黎共同成立，現時組織滙聚了五百零九名來自全球四十個國家及地區的頂尖設計師。李永銓於二〇〇四年獲推薦並加入了AGI。

要成為AGI的會員並不容易。首先，設計師需要獲得三位現有成員推薦，並呈交約二十份作品，給AGI新會員篩選委員會作檢測、評審。委員會由五大洲中每個洲選出兩人，總共十人所組成。評審看的並不是設計師的名氣，而是其作品的個性，即使是大師級設計師，若果呈交的作品相對平庸，也會被拒之門外。最後，設計師還要得到十個人中的七票贊成票，才可以成功加入，因此能夠成為AGI會員，是一種光榮，也是一種身份象徵。

李永銓當日獲靳埭強推薦時並未放在心上，遲遲未準備好要呈交的作品。結果靳埭強大發脾氣，喝令一句：「你到底是不是想加入呀！」李永銓只好連聲應道：「不好意思不好意思！」然後乖乖交上作品。當時他的作品充滿了性意味及人性黑暗面的題材，個人風格強烈，第一次呈交作品就成功加入。

每一年AGI都會挑選一個委員會成員所在的國家或地區，集合全世界最有影響力的設計師會員濟濟一堂，參與閉門會議AGI Congress，成員間藉着作品交流，探索設計界的「What is the next」。在閉門會議中，有些成員會被邀請上台分享，台下的聽眾是全世界最厲害的設計師，壓力之大可想而知。李永銓笑言，有些不習慣演說的設計師緊張得差點要哭了。以往AGI只設有AGI Congress，後來新增

了 AGI Open，讓公眾人士可以購票入場，講者多是星級設計師。

李永銓笑言，AGI 有點像「共濟會」，除了共同努力促進設計界的發展，成員間亦有一份手足之情。譬如有 AGI 會員來香港，便會找李永銓敍舊，他感覺就像認識了一班新朋友。

二〇一八年，李永銓獲邀加入 AGI 開發泛亞區的委員會，即將為此前往印度，冀望開發並吸納一個十三億人口的新市場。香港設計師奉命參與開發一個如此龐大的市場，真可謂任重而道遠。「香港設計師最大的優勢是精通英語，尤其在華人社區中，比較容易打入 AGI 中心，也相對地容易肩負起開發市場的工作。」李永銓解釋。

AGI 成員合照

78

古正言

「古正言當時就想趕我出課室！」李永銓笑道。

古正言，首位華人鈔票設計師，曾經在香港理工學院教授設計課程，後來在Henry Steiner公司工作，曾主管香港匯豐銀行設計部。二人的相遇很有趣：當時在理工學院擔任學生會會長的李永銓要到課室宣傳學生會活動，有一次去到古正言的課堂。資優生的李永銓當時大概是年少氣盛，有點意氣風發，古正言初次見到李永銓就已經非常討厭他，甚至想趕他出課室。

二〇一五年，二人在一次工作場合中再次遇上，那次的經驗讓李永銓再上了一課。「雖然他未曾直接教授我，但我知道他在銀行的品牌系統上是一位很重要的專家。二〇一五年，我接手了恒生銀行 Rebranding（品牌重塑）的項目，銀行委派了一位項目顧問，他就是古正言。我自己開檔（公司）已經有二十八年，這些年間我都希望自己能夠學習，不斷進步，但我面對一個很大的難處：因為我是老闆，我指派的全部都是我聘請的設計師，所以很多時候都是對方聽我說，沒有人夠膽鞭策或者拒絕我。你不會再有其他人在你身旁鞭策你，這也是獨立設計師的遺憾。直至這個項目古正言的出現，我的感覺就如回到學校，有一個認識設計的人會指正我不完善的地方！」

這個項目首要解決的是恒生銀行的主色（Mother Colour）。話說恒生銀行有六種常用的綠色，Rebranding 其中一個很重要的決定就是要選出其中一種作為銀行的代表色，每次當我們見到這種綠色，就能夠辨認出恒生銀行。團隊選好了顏色，也通過了董事會的議決，於是就用美國 3M 製作燈箱的膠片。可是，問題來了，香港因為環保政策，白天不能開燈，只會在晚上開，變相令燈箱於早晚會呈現兩種綠色。古正言要求兩種顏色要一樣。「當時滋味很不好受，我覺得他在為難我，因為兩種顏色真的不會一樣！」李永銓面有難色。

古正言明白他的心意，向他提問：「你先不要生氣。我想問，既然白天是一種綠色，晚上又是另外一種綠色，那麼到底哪種綠色才應該是恒生銀行的 Mother Green？」李永銓頃刻呆了，發現了問題所在：「如果我接受這種情況，那不就表示我覺得恒生銀行可以有兩種綠色?!」李永銓開始着手思索，尋找解決方法。

終於，他們嘗試在燈箱中加入不同顏色的卡板，將燈箱的光度減低。在試了四十八次色版、差不多用完 3M 所有的綠色後，最後一次居然真的做到了。這讓李永銓有很大的領悟：「那次給我最大的教訓是，不要以為做不到而太早 Say No，其實我們做得到的，但可能要花更多時間心力、更加辛苦才能夠做到。但總不能在第一二個回合就投降吧！如果我們太早放棄，到最後就只能去做一些 Second Class 的東西。所以我很感謝古正言，在我的設計人生中再一次督促了我。」

79

德國製造

德國市場調查機構 Statista 和德國達利亞諮詢有限公司（Dalia Research GmbH）合作，於二〇一七年推出了國家製造指數（Made-In-Country-Index, MICI），探討全球消費者對於哪個國家製造的商品印象最好。這份調查收集了來自全球五十個國家或地區，約四萬三千人對於產品的質素、安全水平、性價比、獨特性、設計、科技、真偽、可持續性、公平生產、身份象徵提出評分。調查顯示，德國製造排名第一，最受歡迎的產品是汽車；排名第二、第三位的分別是瑞士、歐盟，日本排第八，排倒數第二的是中國。

今天德國的產品享負盛名，尤其是汽車產品，「保時捷911」堪稱是「一生人始終要擁有一部」的跑車，能夠與意大利的法拉利抗衡的就只有保時捷和大牛。

但有誰想到，十八九世紀的德國貨等同於劣質次貨？在英國、法國完成工業革命後，德國仍然是農業大國。當時英國議會甚至通過《商標法》，要求進入英國及其殖民地市場的德國貨必須標明「Made in Germany」；而在英國舉行的博覽會上，甚至將「Made in Germany」拒之門外——德國太多山寨翻版的次貨。面對那樣的恥辱，德國發奮圖強，在科研方面倍下功夫，重視技術人士，走正軌不走抄襲的路，不做「三腳雞」工程，追求比完美更完美，最終突圍而出。

一件小事足以證明他們改過的決心：話說於從一八九八至一九一四年，中國青島曾經是德國租界，德國於青島鋪設地下水道及橋，地下水道的螺絲約五十年就需要全部更換一次。一九三〇年，當時民國政府已經收回青島，工作人員進入水渠時，居然在轉彎處發現以油紙包裹的螺絲，大家都讚嘆德國人認真做事、力求完美的精神。李永銓曾經受邀到德國的Stuttgart State Academy of Art and Design授課，被他們的認真、執着、準時嚇倒：「每天九時正上課，所有德國學生都會在八點四十五之前到達，整齊地排隊。課程要求他們在十天內做一個Rebranding的項目，大家非常用心，不會說廢話、偷懶，日以繼夜地去做，而且做得似模似樣。我當時心想，如果這些學生都在香港，我一定會全數聘請他們，因為這班學生的態度比很多專業的更認真！」

「今天，中國的產品性價比很高，但人們對中國製造的信心很低，這是事實，也是外國人怎看我們。我們贏的只是便宜，在世界上沒有影響力，甚至名聲不好。試過在世界級家具展中，外國人見到你是中國人，連相也不給你拍，怕你抄襲，也不接中國人的訂單，完全不受歡迎，今天的中國與當時德國被英國拒之門外是一模一樣的。」但過了一百年之後，德國基本上已經脫胎換骨，德國製造在全世界代表優質。憑一口氣，中國是否也可以做到？

80

不要相信父母，遠離人群

「不要相信父母，遠離人群。」這句說話聽起來好像出自不孝的宅男，但李永銓認為，相信自己，為自己的興趣而努力，留給自己靜思的空間，是個人健全發展的重要因素。

首先來談談「不要相信父母」。李永銓認為，父母一定愛錫子女，不論是興趣還是工作方面的選擇，他們永遠都會以其知識層面及以愛護為基礎，希望子女走中間路線，不要冒險，「穩穩陣陣」。「如果真的這樣，就會變得很危險。因為每個人都會變得保守，你再天才、再有才華，最後都會被埋沒。一個律師與一個畫家，他們一定會叫你做律師，因為出於父母的保護，怕你會餓死。但在你選擇工作時，跟隨你一生的先決條件應該是兩個字：興趣。你對那件事情是否有狂熱的喜愛，否則你在哪個行業中，都只不過是一個平庸之輩。若果跟隨父母的選擇，而你壓根兒沒有興趣，我不相信你會成功和快樂。我從未聽過一個人對自己的工作沒有興趣但最後會成功的。所以在這方面，你要相信自己，不要相信父母。」

至於「遠離人群」，是指要拒絕羊群心態。李永銓相信，人與人之間共處，為了和和氣氣，慢慢會適應對方，漸漸形成了羊群心態。「你未試過脫離人群的話，是很難清醒的，因為每一秒都會被旁人影響，而人群的影響力大於你，令到你不能冷靜理性地去分析事情。所以你一定要遠離人群，靜下心來，用一段長時間、多點空間，讓自己深思熟慮，以不帶情緒的思緒去思考。處身人群中，你永遠沒辦法看到自己。這也是為甚麼當一個人失敗之後不想見人，必須獨處反省，當回復正常，才再次投入喧嘩中。」

81

邱永漢、柳井正

「成功每在苦窮日，失敗多因得意時。」說來容易，但真正能夠時刻警惕的人又有多少？

柳井正，UNIQLO創辦人，把一間從父親承繼而來的小型服裝店，發展至今時今日的大型連鎖店。他重新打造UNIQLO的品牌定位，建立了消費者的感情，將大眾市場上低俗廉價的產品，打造成富現代感、有質素、個性化的產品，品牌文化做得很到位，深受世界各地大眾歡迎，連中產都十分喜愛。

某一年，「賺錢之神」、「日本股神」邱永漢送了一副對聯給柳井正：「成功每在苦窮日，失敗多因得意時。」這句說話對李永銓來說有很深刻的啟發：「當然千萬不要說我成功，距離我心目中的成功還差得遠。很多真正成功的人必定要經過苦難的過程，這段日子就是在為將來成功的路作鋪排。失敗可以讓你了解到自己的缺點及弱點，了解自己的問題所在，才有機會去改善，扭轉局勢，反敗為勝。而當人一成功，就會變得自大，但驕兵必敗，貪勝不知輸。當你享受快樂成功的時候，慢慢會失去危機感，忘卻了那段苦難的日子帶來的教誨。失敗往往就在意想不到的時候出現。所以當你每一次自覺成功的時候，都要停下來想一想，可能這只是另一次災難。」

半生永遠充滿危機感的李永銓，也正是這十四字對聯的反照。

82

毛澤東

六七十年代的香港，中國共產黨與台灣國民黨於香港佈下天羅地網，建立工商、社會、文化組織，由於殖民地採取政治中立、旨在維持社會穩定的態度，左右雙方的意識形態算是能夠平穩共存，形成了百花齊放的局面。

在李永銓的成長過程中，一直都受到毛澤東思想的衝擊。小時候與婆婆同住的他，每天最大的娛樂便是走到樓下的左派工人俱樂部打乒乓球，喝比沙示、可口可樂便宜的珠江汽水，看公仔書，看免費的黑白電影等。公仔書總是關於蘇維埃

李永銓收藏的成都藝術家作品

政府、民族主義之類的故事，電影則總是播放毛澤東的廬山會議。

雖然李永銓早早就知道毛澤東是誰，但要到中學畢業後，他才真正著手去研究毛澤東的思想及生平事蹟。很多人都知道李永銓有收藏毛澤東陶瓷器的習慣，但不說不知道，他第一次收藏時只有十六歲，記得是一尊從深水埗鴨寮街購買的一比八白色半身人像：「我自己搬出來住以後，家中有一個黑色的櫃，旁邊放了一個白色的花瓶，想着，如果有一件白色的人像陶瓷，那豈不是很漂亮？」後來他又在荷李活道遇見了一尊一模一樣的毛像，結果購買回家後才發現原來完全不一樣，因而萌生了蒐集毛像的念頭。「每一個人像你都知道他是毛澤東，但細緻地看才發現原來樣子完全不同，每位工匠都有不同的演繹手法，很有趣！」

李永銓開始研究及了解毛澤東的故事及思想，研讀《毛主席語錄》及各類書籍。「在我讀書的時期，一個老師管理一個數十人的班級已經很困難，更何況毛澤東曾經領導及征服中國六億人民，談何容易！在那段火紅年代，多少人為他生為他死，這個人的魅力真的很厲害！有人會批評他，但他卻是近代統一中國的重要人物。」後來，李永銓也親手創作了一系列關於毛澤東的海報及人像，演繹毛澤東在不同時期的改變及故事。

其中一本李永銓研讀的書籍，便是《毛澤東：鮮為人知的故事》。作者張戎及其丈夫喬·哈利戴（Jon Halliday）耗時十年，訪問逾四百位具份量的人物去談論毛澤東，從蘇聯秘密警察、各國重要的政治人物，到毛澤東的親友、工作伙伴，以更人性化的手法去描述毛澤東的生平事蹟。豐富的第一手資料使得這本書具有極大的參考價值，一度登上香港書店如新華書城、商務印書館的暢銷書榜，儘管在內地這還是禁書。

坊間很多關於毛澤東的書都不盡不實，李永銓深信，歷史應該要從多方面去看，尤其是關於一個重要人物的研究，如果只傾向一邊，不論只談善還是惡，都有很大問題，要看到方方面面，包括他的貢獻及錯誤，才會更加完滿。

83

尼古拉・特斯拉

歷史上很多成功人士其實是卑鄙小人，但真正值得人類尊敬的偉人卻被遺忘！

大概每個人小時候唸書時都會讀過「愛迪生（Thomas Edison）是偉大的發明家，發明了許多專利產品如電燈、直流電力系統、留聲機等」，但同時期其實還有一位成就被嚴重低估的塞爾維亞裔天才發明家、物理學家尼古拉・特斯拉（Nikola Tesla）。他不如愛迪生般被世人廣泛讚許，但今天我們所用的供電裝置、X光攝影、無線遙控等，均由他發明，若果將愛迪生與他相比，愛迪生更像是一位商人。

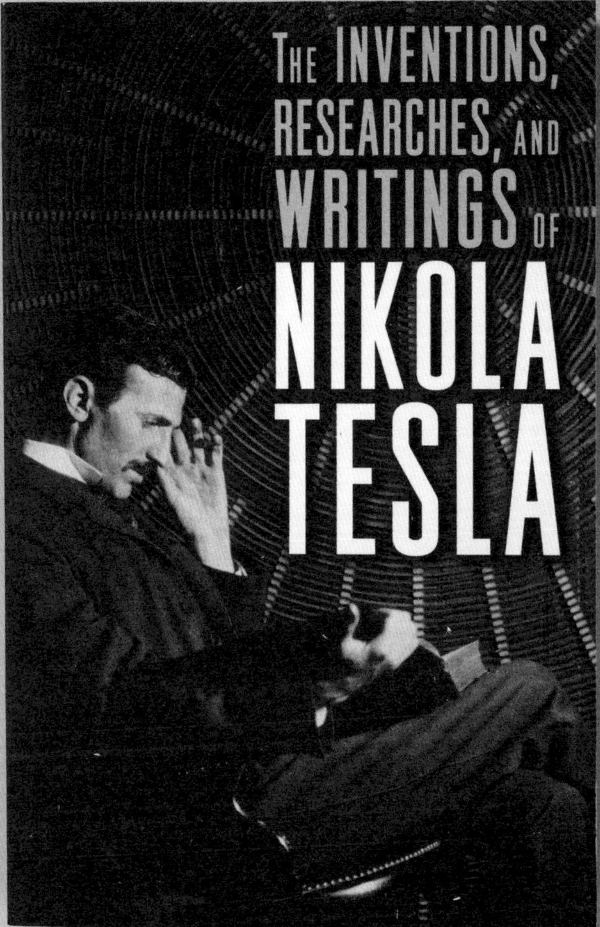
THE INVENTIONS,
RESEARCHES, AND
WRITINGS OF
NIKOLA
TESLA

曾經有這樣的一個小故事：大學時期修讀電機工程的特斯拉，對愛迪生非常仰慕，畢業後曾到愛迪生的公司工作。雖然比起愛迪生讚揚的直流電，特斯拉更推崇交流電，不過，特斯拉依然好好工作，並為愛迪生公司發明了多項專利產品，賺取大筆利潤。愛迪生曾經答應特斯拉，若果對方能替他優化馬達及直流電發電機的設計，就會給予對方五萬美元，這在當時已經足夠購買一套房子。當特斯拉花了一年時間完成工作，為公司帶來了大量專利權及利潤後，愛迪生才笑笑說：「你不懂我們美國人的黑色幽默，我只是說笑而已。」特斯拉一氣之下辭職，加入到西屋電氣公司，並與愛迪生公司對撼，這便是歷史上著名的「電流戰爭」：

直流電 VS 交流電。

直流電發電機無疑是愛迪生的得意之作，但在當時變壓器並不普及的年代，直流電並不利於長途運輸，每隔約兩英里就要設置一個發電站，而特斯拉推崇的交流電則可以應付更長距離的供電，只需每隔幾百英里設置一個發電站，成本相對便宜。在芝加哥的大型博覽會上，特斯拉所屬的公司撼贏了愛迪生公司，贏得了供應電源及光源的標書，但他所需要的燈泡卻剛好由愛迪生公司擁有版權。於是愛迪生下令所有人不得售賣燈泡予特斯拉，特斯拉見招拆招，發明出另一款專為交流電而設計的燈泡，在博覽會上大放異彩，受世人注目。妒忌心重的愛迪生卻展開了抹黑交流電的工程，將交流電電線的兩邊接向動物如大象、貓、狗等，在短時間內將牠們電死及燒焦，惹來世人恐慌，令交流電披上負面的印象。

當然後來大家都認識到，交流電更便宜、更安全，繼而被廣泛採用。擁有版權的特斯拉，一心只為世人福祉着想，將版權免費開放予世人。更絕妙的是，特斯拉本身一貧如洗，將畢生金錢及精力都花在科研上。他甚至想出了無線供電方法，希望為世人帶來源源不絕的免費電力，可惜最後因為缺乏資金，實驗被迫中止。試想想，電力公司為了自身利益，必然萬般阻撓，誰還會資助他呢？

這位偉大的發明家將畢生精力投入科研，終身未婚，兼負債纍纍，最後在紐約一間簡陋的旅館中，在重病中結束了光輝卻又悲壯的一生。

84

邱吉爾

我從不為行動擔心，只擔心不行動。

——邱吉爾

邱吉爾（Winston Churchill），二戰時期臨危受命擔任英國首相，拒絕對德國的帝國主義擴張採取容忍態度（英國此前一直實施綏靖政策），主張開戰保衛國家領土，最終帶領英軍走向勝利。

他除了是一位政治家，也是一位文學家，曾經出版無數歷史著作，並於一九五三年獲得諾貝爾文學獎。

以幽默、機智來形容邱吉爾絕不為過，從幾件小事就可以看出他的性格。著名英國劇作家蕭伯納（George Bernard Shaw）本身也是尖酸刻薄的人，與邱吉爾雖說不上深交，可是每次相遇都會針鋒相對。有一次，蕭伯納送了兩張自己參與演出的歌劇門票給邱吉爾，並揶揄：「歡迎帶同朋友前來欣賞首場演出，如果你也有朋友的話。」邱吉爾幽默地反擊：「很抱歉我因事忙未能前來欣賞首場演出，但我會觀賞第二場演出，假如還會有第二場的話。」

眾所週知，邱吉爾喜愛喝酒，無論中午晚餐都必備烈酒。有一晚他在議會完結後到酒吧開懷暢飲，離開之際遇到另一位討厭他的反對黨女議員，她對邱吉爾破口大罵：「你這個喝醉酒的酒鬼真的很醜陋。」邱吉爾立即反擊：「是呀，我喝醉酒真的很醜陋，但我明天一早醒來就會回復原狀，可是你不同，你是永遠的醜陋。」雖然說話尖酸刻薄，但也讓人忍不住拍案叫絕。

國家危難之際，每下一個決定就需要有「一將功成萬骨枯」的勇氣。邱吉爾曾說：「成功不是結局，失敗也不是災難，持續的勇氣才是重要的。」李永銓便很佩服他的勇氣：「他在二次大戰中所走的每一步都遇到很多反對聲音，但他經常說，他看的每一件事，是看事情背後長遠的發展。他說：『我從不為行動擔心，只擔心不行動。』有人說得很多、想得很多，但行動很少。坐言起行，你有一成把握或者九成把握，很老實，Who Knows？人生精彩的地方是，你永遠不知道下一頁是怎樣。既然如此，我們真的不用害怕，做吧！只要有足夠的勇氣就足夠了。」

85

戴卓爾夫人父親的演說

鐵娘子戴卓爾夫人（Margaret Hilda Thatcher）小時候經常隨着父親 Alfred Roberts 到不同的酒吧、工人會所及其他公眾場合做演說。有一次她覺得很震撼，她父親說：「我們這一代的人應該盡我們所能去幫助下一代超越我們，我們的國家才有希望，社會才有希望，工業才有希望。若果我們這一代已經是最好、最成功的一代，那就代表國家、社會、工業將會沒落！」

此番說話給了李永銓很大的感觸：「可能我們太自私，可能我們不想別人超越我們，可能我們沒有好好努力過，可能我們不夠上進，造成了今天電影圈、音樂圈青黃不接的現象。為甚麼來來去去都是那幾位明星、導演？只有那三兩個人掛着『金漆招牌』又如何？你看看今天在 hmv 貨架上電影一欄，香港電影只佔了一小行，旁邊整行都是韓國電影，你就知道大鑊。三十年前正好相反，只有少許韓國電影，大部份都是香港。因為我們沒有幫助後來者超越我們，沒有新人，我們仍然在食老本。」電影圈、音樂圈如是，設計界亦如是，「在設計圈子中，大家經常要單打獨鬥。我們應該將後來的設計師推上位。如果這個行業人才鼎盛，而你是其中一份子，這將會是你的陣容、力量。但在今天，我們似乎要眼睜睜看着行業文化崩潰了。」

II 事

86

六七風暴

六七風暴發生的時候，李永銓只有七歲。小孩子並不了解當時的政局，但已經可以感受到緊張的氣氛，記憶雖然模糊，但其中帶來的恐懼感，影響他的一生。

那時李永銓剛上小學。街道上籠罩了一股強烈的不安全感，猶如打仗。每天婆婆帶他上學，從離開家門口的一刻開始，落樓梯，再走到大街上，已經要小心翼翼，因為一個普通的紙箱，就有可能放了炸彈，稍一不慎就會被炸個粉身碎骨。上學途中經常要繞道而行，隨處可以見到警察封了街道，不是有左派工人群眾正在示威，就是因為發現了「炸彈」。「婆婆原本拖着我的手，稍不對勁，就要揹着我跑。而我一直在哭，因為真的很害怕。」雖然過了五十年，但那段日子對李永銓來說仍然深刻。

後來有一段時間，李永銓連學也不用上，只能留在家裏。他記得當時的情況有點像打風，人人家中都要儲糧，因為一旦街頭發生動亂，數天都不能外出。有時候，李永銓在家裏會突然聽到外面嘈雜的聲音，接着傳來了「嘭嘭」聲，原來樓下有示威，防暴隊正在施放煙霧彈，驅趕人群。小孩子被困在家，每天最大的「娛樂」就是俯身偷看窗外。婆婆一見到他偷望，馬上叱罵並拉他離開，然後趕緊關上窗門，恐防他被流彈、炸彈、煙霧彈所傷。那時候的報紙頭版都是關於炸死了多少人，香港罷市罷工罷課，社會接近無政府狀態，彷彿香港就要淪陷了。「那時我知道了死亡是甚麼。」李永銓說。

六七風暴的近因始於一間新蒲崗人造膠花廠的勞資糾紛，遠因亦是與當時工人的生活質素低下有關。低工資、低勞工保障、高工時，加上物價開始飛升，譬如早在一九六六年的天星小輪加價事件，已惹來大量市民不滿，更有社會運動人士蘇守忠絕食抗議。可想而知，社會累積的矛盾幾近臨界點，低下階層的市民亦對港英政府不滿。

在膠花廠的勞資糾紛中，廠方先是推出剝削性的規條，工人不滿並開始怠工，廠方其後解僱數百名工人，工人在門外示威，防暴警察到場鎮壓，爆發衝突。後來左派勢力介入糾紛（稱其行動為「反英抗暴」），多次動員遊行、示威，冀與港英政府交涉，不果，其中一次在中環花園道遊行，左派人士被防暴警察毆打及拘捕，是為「五二二事件」，風暴一發不可收拾。

在兩名小朋友被街上的炸彈誤炸身亡，以及商業電台主持林彬及堂兄弟被投擲汽油彈燒死以後，全城人心惶惶，風聲鶴唳，大家都覺得香港要玩完了。港英政府也有兩手準備，在必要時撤離香港。李永銓猶記得，當時婆婆對他說：「樓價跌得很厲害，現在買樓就最好。」可不是嗎？當時樓價差不多跌剩一成。到一九六七年十二月，整場風暴才終告平息。

87

香港節

六七風暴以後，政府與左派決裂，涉及的被捕人數高達四千五百人，其中二千人被定罪，社會動盪不安，信心低落，市民戰戰兢兢地過活。沒有安穩，談何明天？

港英政府聰明得很，在風暴結束後，立刻着手準備第一屆香港節。籌備超過七個月、耗費超過四百萬元的香港節，終於在一九六九年十二月八日揭幕，為期十天。節目遍及全港十八區，包括香港節小姐及先生競選、大型嘉年華會、運動會、粵劇表演、花車巡遊、時裝表演、藝術展覽、聯歡晚會、雜技表演、水上表演等，參觀人次逾五萬。李永銓記得，當時只有慶祝英女皇壽辰才會如此高興熱鬧。「老師帶我們去看很多展覽、巡遊，那時理民府、民政司署給我們派了很多旗幟，在參與活動時揮動，又有很多禮物，街上還掛滿了三角旗，對我們這些九歲小孩來說很興奮，好像有些事情要發生了。」

之所以稱為香港節，很大程度是港英政府為了不再加劇左右兩極化，試圖製造一個中立於中國及英國的新身份——「香港人」。有人會說這是港英政府粉飾太平的管治手段，但無可否認的是，在造成決裂以後，政府的確有意去安撫市民情緒，甚或修復關係，將市民過往的戾氣、焦躁及憤怒，透過參加活動耗費精力而釋放出來，尤其是精力旺盛的年輕人。香港節亦能夠展示出港英政府努力穩定社會的誠意，讓投資者安心留在香港投資。

人們始終是善忘的，在巨大的喜慶節日氣氛下，六七風暴所帶來的恐懼感似乎也隨風而散，大眾繼續努力賺錢過日子。一九七一年第二屆及一九七三年第三屆舉辦過後，香港節就完成其歷史任務了。

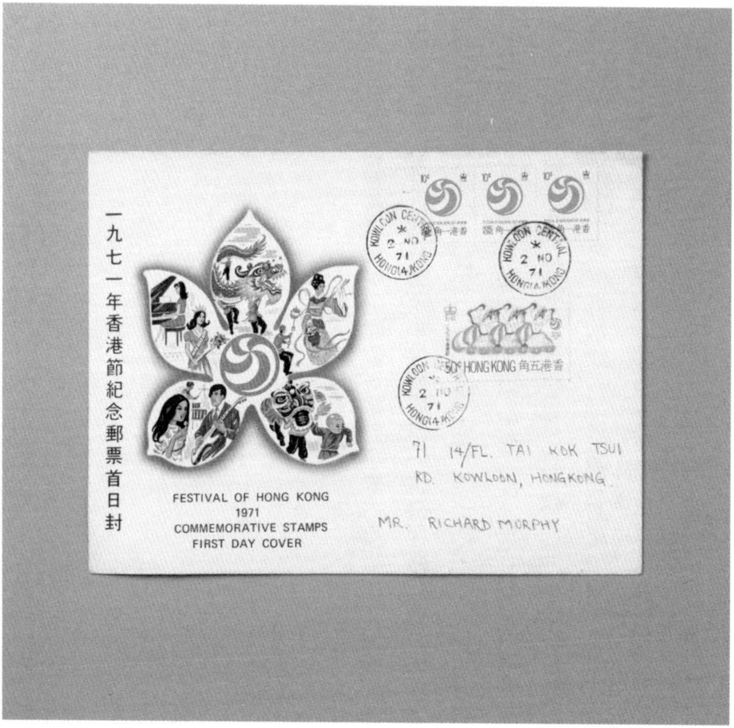
一九七一年香港節紀念郵票首日封
FESTIVAL OF HONG KONG
1971
COMMEMORATIVE STAMPS
FIRST DAY COVER
50c HONG KONG 角五港香
71 14/FL. TAI KOK TSUI
RD. KOWLOON, HONGKONG
MR. RICHARD MURPHY

香港節紀念郵票首日封

88

釣魚台

李永銓真正認識及追溯中國歷史，始於小學六年級一次保衛釣魚台運動的經歷。早於七十年代，香港教師及學生組成了「香港保衛釣魚台行動委員會」及「保衛釣魚台聯合陣線」，反對日本軍國主義，並在兩岸三地組織及參與保釣行動。一九七一年七月七日，香港專上學生聯會於維多利亞公園發起保釣示威，高呼「誓死保衛釣魚台」。以威利警司為首的警察宣佈這次集會違法，動用一比一的警力驅散人群，並用警棍將示威者打得頭破血流，演變成嚴重衝突。這次示威同時掀起了香港七十年代學運的序幕。

何以一個懵懵懂懂的小學生會加入行動？「那時我有一位老師是熱愛中國的國粹派，他不斷與我談論五四運動、八國聯軍、釣魚台，後來帶了我和其他同學去維園認識保釣運動，作為公民教育。」怎料現場一片混亂，不到十五分鐘已經要離開。因為前方正在驅逐人群，非常危險，老師生怕學生會被踩死，連抱帶拖趕緊帶走學生。

安全以後，這位老師一邊請他們喝汽水，一邊談及在維園發生的事情。「那天開始我對港英政府就有了另一種看法，覺得他們不好，也很害怕，因為他們擁有無盡的權力。」李永銓說。不過，這次也開啟了他的政治學習旅程。升上中學以後，他嘗試去了解保釣運動，慢慢延伸至全球政治格局。

二次世界大戰後，美國曾經將釣魚台撥給日本管理。到了七十年代，釣魚台被勘察到蘊藏豐富的石油資源，於是激烈的爭奪戰展開了。現時釣魚台主權仍有巨大的爭議，中國內地更出現了一股反日情緒，有人甚至說要向日本開戰。作為和平愛好者的李永銓，反對高舉戰爭作為解決問題的手段，「不論在哪一個地方，殺人都要接受法律制裁。但在戰爭中，殺人愈多愈能夠升官發財。這是違反邏輯的，所以我絕不接受任何形式的戰爭行為。」國家的存在是為了人民福祉，因此所有政策必須以人民為先。而每一場戰爭，最終受害的只會是平民百姓，戰爭的禍害無遠弗屆。

89

一九八四年的盛世

一九八四年，是香港普及文化的盛世。

不論音樂、廣告、設計、電影、電視、Disco，各個娛樂行業的發展都得益於股票市場的好景。加上中國內地改革開放後，港人北上設廠，在低地價、低成本、低人工、優惠的條件下賺個盆滿缽滿，從而令到中產身家暴漲，李永銓形容情況為「雞犬升天」：「你白天可以仍然是中產人士，但晚上就會因為股票暴漲而獲得額外一百萬元，或者開廠賺很多錢。」李永銓做設計公司，每個禮拜必定會有品牌開幕的邀請，中高檔品牌如雨後春筍。「那時客戶都不介意給我們豐盛的酬金，最緊要快！趕緊開店營業，這一間不行就立刻結束，馬上開另一間。一間店從無到有，不過短短數月的時間。我經常跟客戶笑說，賺少一日錢會死嗎？但其實真的會死，早一天晚一天，已經可以有一百萬元的差別。」

賺到第一桶金，人們就想馬上消費慶祝。人人都抱着「不怕沒有錢，只怕沒有娛樂」的心態。李永銓記得，當時人們夜夜笙歌，凌晨一時，宵夜食肆依然全場爆滿，電影市場暢旺到一個程度，每個週末都有一套午夜場首映，仍然全院滿座。

談起電影，八九十年代也出現了一個有趣的現象：黑社會電影湧現，且叫好叫座。市道好，黑社會各派系均希望分一杯羹，搶地盤事件屢屢發生，導演就地取材，將現實生活放上大銀幕。不只是黑社會古惑仔題材，當時的電影內容五花八門，演員面孔之多，每每帶給觀眾新鮮感，是真正的百花齊放。

一九八四年的香港，音樂鼎盛得誇張。無論日本、歐美還是本地歌曲都能造成熱潮，Japan、OMD、大衛・寶兒（David Bowie）、近藤真彥、西城秀樹都會來香港開音樂會。八十年代日本文化大舉進攻亞洲，五輪真弓、澤田研二是香港人耳熟能詳的名字。香港向日本學習、模仿或抄襲，將水準甚高的日文歌曲改編成本地版本。這個彈丸之地有着與國際同步的節奏，流行着紅遍全世界的歐美流行歌手，如米高・積遜（Michael Jackson）、麥當娜（Madonna）、Cyndi Lauper、Culture Club 的作品。除了外語歌曲，本地歌手如譚詠麟、張國榮、梅艷芳、許冠傑等如日中天，電視劇主題曲也大受歡迎。尤其在無綫電視設立《勁歌金曲》、《十大勁歌金曲》及《新地任你點》後，加上本地填詞人黃霑、盧國沾、林敏聰、林振強、向雪懷等人的經典作品，帶動了本地中文歌曲熱潮，一張譚詠麟的唱片可達數白金（即十數萬張）的銷量。李永銓說：「記得當時在公司扭開收音機，每首歌都好聽得令人震驚。今天再聽流行曲，心裏難有這種悸動了。」

看看李永銓從娛樂事業中賺到的薪金，或可對當時繁盛的程度窺探一二。那時普通打工仔月薪大約兩千元，只有二十歲出頭的李永銓一個月卻可以賺上八千元，相當於一位全職藝術總監的薪金。這全賴娛樂事業的興旺。他的日程表是這樣的：日間全職設計工作，月薪約一千八百元；晚上上課，不用上課的日子就到灣仔 Disco 打碟，月薪約兩千元，加上點歌的貼士每次五十、一百元；有時接一些「Mobile」工作，即 Disco 臨時聘用 DJ 打碟，每次五百元；外加寫稿稿費約三五百元，已經十分豐盛。「在我那個年代，Don't be a good boy！同學們都很乖，放工、上課後就回家。哎，怎麼這樣浪費時間呀！晚上才是真正的開始。工作結束後，我就到朋友家中玩通宵，第二天早上直接上班。現在回想，那種精力真的很誇張，但很開心，每一天的時間都不夠用。」他全情投入工作、玩樂，正好體現了當時香港「Work Hard Play Hard」的精神。

李永銓曾經替大富豪夜總會擔任策劃，打造新的消費模式，助夜總會改頭換面。現在談起夜總會，總令人聯想到色情場所，但在當時來說，能夠進入大富豪消費，卻是一個身份象徵。佔地七萬呎的大富豪，下層停放着一兩架勞斯萊斯，專門接載客人進入房間，非常虛榮。「不只是因為品牌問題，而是真的有這樣的市場。一九八四年的香港是一個魚翅哴口的年代，人們一夜間富起來，沒有錢的去旺角玩，有錢的到紙醉金迷的地方大肆慶祝，大富豪就是一個好選擇。」

Disco 是另一個重要的 Pop Scene。Disco 及 Clubbing 熱潮同時於全球發生，香港有當時全球排名第六的 Disco Disco，又有 Andrew Bull 的 Canton，以及名人駐紮的荷東。比起當時堪稱「普及文化一哥」的日本，香港的 Disco 要前衛得多，最大的原因是香港擁有國際級「搞手」。李永銓工作的 Manhattan Group，高峰期同時處理八間 Club 及 Disco，單在香港已有四五間，其餘的分佈於印度、印尼及韓國。外地，尤其是東南亞地區，都愛找香港公司設計打造娛樂事業，因質素絕對有保證。「就好像現在我們去找韓國時裝設計師、日本設計師，當天東南亞找的就是香港公司，因為當日的香港在整個亞洲被譽為最具活力及創意的大都會，而且香港的優勢在於英語環境，因此輕易躋身國際行列。」

經濟上揚帶動普及文化的興盛，普及文化亦帶動人們情感上的消費，令全世界喜愛該地方的文化及產品，反過來令經濟更加蓬勃。由此可見，普及文化不只是文化修養，更是一個地方重要的軟實力，直接增加該經濟體的影響力，得到世人的關注。然而，曾經一度以軟實力征服亞洲的香港，在大政府思維施政下，改以地產及金融項目主導，普及文化不再獲得重視；生過金蛋的香港，忘記了自己原來仍有能力生金蛋。李永銓深深嘆了一口氣，不禁惋惜：「在七十年代，英國以軟實力贏得全球歡心時，亦是英國最窮困的時候，過後經濟效果才漸漸浮現，但香港官僚卻缺乏遠見，看不到這樣的關係。」

90

天安門事件

今天的香港，分裂對立的局勢似乎已經不可逆轉。很多人說，香港人的眼中只有錢，「馬照跑，舞照跳」，但原來，香港人曾經不分左右、信仰、階層，消弭隔閡，團結一致。

一九八九年春夏之交，前中共總書記胡耀邦逝世，學生自發組織悼念集會，數千人在北京天安門廣場遊行及靜坐，並提出「反貪腐、反官倒」等訴求。

當時中國通脹之高已引致民怨四起，影響所及由一線大城市至二三線城市，市民搶購物資，更由主、副食商品伸延至煙、酒等次要產品，政府甚麼紅頭文件策略完全失效！

遺憾的是，事件愈演愈烈，終未能以和平方式解決，在僵持兩個月後，政府清場，結果發生令人痛心的「六四事件」。

在這段期間，不同階層、政見的香港人團結一致，同呼吸，共命運。那時藝能界紛紛加入支援工作，又忙於守候電視機旁，收看最新消息。手上的工作基本上都停擺了，前後長達半年之久。

其實香港人是很愛國的。早於七十年代，為了保衛釣魚台，一個距離香港甚遠的小島，香港人已組成「香港保衛釣魚台行動委員會」，用行動關顧國家的主權，一致對外。「天安門事件」發生後，即牽動香港人情緒，停課罷工，供應所需的物資，過百萬人參與遊行……要不是極度關心國家，當時的香港人大可以說「內地發生的事關香港甚麼事？」然而，正因為香港人冀望國家好，能夠興利剔弊，所以才自覺有責任表態及支援。

相對今天過多自由行引來的負面情緒，確是存在很大的落差。

另一方面，這事件與後來的「佔中」事件，最發人深省的是，組織者在爭取訴求時，如何做到有理有節，在達到某一目的時，也要有退場機制。不然損失之大，難以彌補。

91 沙士

二〇〇三年，「沙士」疫症襲來，香港人上了悲痛的一課。

沙士全稱嚴重急性呼吸系統綜合症（Severe Acute Respiratory Syndrome, SARS），為高傳染性的非典型肺炎，曾擴散至東南亞乃至全球，造成香港一千七百五十五人染病，二百九十九人死亡，是自一八九四年鼠疫以來香港最嚴重的疫症。香港區疫情的源頭來自中山醫科大學附屬第二醫院退休教授劉劍倫，他來港後迅速將病毒散播，最終令沙士在社區爆發：學校停課、淘大花園E座被隔離、人人戴上口罩，香港更一度被世界衛生組織（WHO）發出旅遊警告，百業蕭條，人心惶惶。沒有人知道明天將會變得怎樣。

曾經爭分奪秒，只為求多賺一分一毫的小市民，在疫症面前，如今只為多見摯愛一分一秒。香港人變得不再唯利是圖，開始了解到生命無常的真正意義，珍惜身邊人。李永銓對於當時的情景，仍然歷歷在目：「每一次離開公司或者朋友、家庭的聚會，大家都有一份心理預備，不知道雙方是否最後一次會面，所以每一次見面大家都會祝福對方，珍惜仍能見面的時間。那段日子香港雖然被死亡的恐懼所籠罩着，但香港人終於再次拾回基本的人情味，重現了昔日香港的舊鄰里關係。」

在沙士那段期間，李永銓的公司廿八年來首次出現赤字。在今天不知明天事的情況下，無人夠膽消費，無人夠膽出錢去做好的設計；大家對將來都沒有希望。但設計價格大跌，也絲毫沒有動搖過李永銓對於原則的堅持：就算沒有客戶，都不會亂做不適合的客戶。環境好的時候，人人都把原則掛在嘴邊，但環境轉差時，很多優秀的公司都迫於無奈宣佈落馬，變得毫無原則。

但冰封三尺，非一日之寒；時勢差，並不只限於沙士一役。早於一九九七年亞洲金融風暴之後，香港經濟長時間面對衰退，至二〇〇四年才見起色。李永銓指出，衰退的原因有二，首先是通縮。通脹的出現可歸咎於求過於供以及生產成本上升，要解決問題不難，只要加人工就可以了，實際上，人類的歷史正是通脹的歷史。但通縮的問題，則難以解決。

李永銓解釋，「行業通縮是很危險的事，客戶費用不增，員工工資就無法上漲，人們要勒緊褲頭生活；另一方面，物價通縮，即代表同樣的貨物明天會更加便宜，人們今天為甚麼還要消費呢？消費停頓，資金陷於一潭死水，流動性

（Liquidity）過低，經濟就無法產生活力。」可怕的是，一旦遇上通縮，就是一場持久戰。

另一個原因是，樓市崩盤，跌幅可達六成，形成了負資產的問題——即使供樓人已經將樓宇交還給銀行（銀主盤），仍然要面對銀行的債務。二〇〇三年六月，香港曾經有高逾十萬戶負資產，交不了債就要破產，甚至有人選擇燒炭自殺，社會瀰漫着一股愁雲慘霧，動盪不安。李永銓認為，當時政府應該要對此負責。「當時政府出來說樓市大好景，是入市的好時機，怎料市民入市之後馬上出現崩盤，很淒慘。其實只要政府肯為這些負資產戶做擔保人就搞掂了，負資產的差額因為樓市遲早升回來，最終都會無事。」

在經濟低迷時期，李永銓由柴灣駕車出銅鑼灣，原本會塞車的道路變得暢通無阻，食肆大量空位。但去到絕路的時候，曙光就會出現。二〇〇四年，香港經濟好轉，沙士撲滅，內地宣佈實施「自由行」政策，有望可帶動經濟。由柴灣通往銅鑼灣的那段路程，再次從北角開始塞車。「我就知道，經濟回來了。」

李永銓接着說，「就算今天香港面對很多問題，但就如陳（炎塀）修士所說的，正因為世界充滿了悲劇，更加要用一個樂觀的心態去面對，不能讓信心毀於一旦，當時大家以為已經到了絕路，誰又會料到二〇〇四年來一個反彈？」

92

顧客至上的謬誤

二〇〇三年香港經歷沙士後，經濟蕭條，內地放寬來港旅客限制，實施自由行政策，以振興香港各行各業。其中最能受惠的便是服務性行業。

二〇〇二年，香港政府推出一系列宣傳短片，請來劉德華去闡述「今時今日咁嘅服務態度」應該是怎樣的。漸漸消費者變得至尊無上，港人喜愛投訴的文化亦從此時開始，絕對與這宣傳片有關。

服務態度確實際需要進步，但設計行業是否只需要遵從應有的「服務態度」就夠了？李永銓高呼，這種思維模式真的很錯！

「服務在我們這個行業是必須的，但我們不屬於服務性行業，因為服務性行業認為顧客永遠是對的，但設計行業的重心是專業呀！不要將服務態度神話化，將客戶的價值無限放大到一個地步，對一些無理的客戶要求亦逆來順受，令到客戶變成刁民，設計行業變成卑微的服務行業。當你的專業知識達到百科全書的程度，就可以反客為主，反過來向客戶提出建議，甚至主導。這不是個性問題，是專業問題，你何曾聽過病人對醫生指手畫腳？」李永銓覺得，身為一個如醫生般專業的設計師，絕對有權叫客戶接受自己的提議，因為客戶雖然熟悉產品，但始終設計師每天都在前線，更加熟悉市場情況。

「身為設計師，不單要有魄力，更加要熟悉市場、歷史、政治，才有機會反客為主。所以，你想當一個售貨員，客戶要甚麼就給他甚麼，還是可以成為做『搭橋』手術的心臟醫生？」李永銓語重心長地向每一個設計行業同儕提問。

93

自由行

二〇〇三年七月一日，五十萬人上街抗議董建華施政紊亂，任期內經濟持續低迷，在處理「沙士」事件時失誤處處，加上推動「廿三條立法」的爭議，引起大量市民不滿。內地中央政府於二〇〇三年六月二十九日與香港簽訂《內地與香港關於建立更緊密經貿關係的安排》，並於同年七月推出自由行政策（港澳個人遊），冀望挽救香港經濟以及民心。

自由行政策旨在透過簡單的簽證手續，讓內地居民可以在香港及澳門短期逗留，初期只開放廣東省四個城市，現時已經增至全國各地共四十九個。二〇〇四年訪港內地旅客達一千二百二十五萬人次，於二〇一六年，這數字已高達四千二百八十萬，翻了三倍，內地旅客佔來港整體旅客人數超過七成。香港受地理、天然資源所局限，服務業是主要行業，自由行的增長無疑是帶動了零售業、飲食業、酒店業的興旺。

但就如所有事情一樣，自由行似乎也是把雙面刃。這種依賴單一客源的經濟模式，很容易會扭曲市道，當中最大的爭議便是不顧本地居民需要，開到成行成市的藥房、化妝品店；而香港本身一些落地生根的老店，卻往往抵受不了高昂的租金，而要搬鋪甚或結業，能夠負擔得起租金的，往往都是集團式經營的店舖。可以說，這大大改變了以往香港原有的生活模式、消費習慣，甚至是價值觀。

短期內的人流壓力，絕對可以以容忍的態度面對。但長遠而言，卻會為旅客與本地居民帶來更多的磨擦與不方便，令到香港與內地關係日見緊張。李永銓認為，已經負荷過重的香港應該要發展自己中產生活模式的優勢，以優質的服務、景點、產品去吸引更多優質的、高消費的客源，而非繼續追求數量上的增長。「一個擁有七百萬人口的高密度小城市，居然在做五千多萬人次的訪港旅客！雖然自由行的出現帶來了掌聲，但長遠來說只會製造另一個爆發點，我覺得大家都應該要理性地去面對這個問題，不要再讓問題蔓延。」

94

小甜甜

華懋集團前主席龔如心與家翁王廷歆爭奪三百億元遺產案曾經轟動全港。經過長達八年的官司訴訟，耗費大量金錢及時間後，龔如心終於在二〇〇五年贏得終極勝訴。令人始料不及的是，兩年後她便因癌症逝世。這筆遺產，她似乎無福消受。命運永遠都充滿諷刺。

戲如人生。在黑澤明改編自莎士比亞《李爾王》的電影《亂》中，也有類似的情節：日本戰國時代，小國諸候一文字秀虎與三個兒子（太郎、次郎及三郎）之間反目成仇，爭權逐利，互相殘殺，各人都以為自己會是最終勝利者，最後卻敵不過天意而亡。

「一切都是命運的安排。上天要收回，你一秒都躲不掉。」李永銓嘆了一口氣。縱橫商場多年的他，見盡因果報應。有一次，他向一位出家人提出疑問：「世間很多擁有巨大權力的人，不論是政界還是黑社會人士，是否就能夠橫行無阻？」出家人這樣回答：「無錯，在世道中，看來沒有人可以阻止他們，甚至整個大時代都有利於他們，但這個世界仍是因果循環不息。」李永銓有點摸不着頭腦。對方繼續說：「你看，在黑社會的世界中，在上位的人往往很命硬，就算被人斬殺，身旁總會有保鏢讓他們逃過大難，變相由其他人去代他們抵受苦難。是不是這就代表沒有任何事情發生？絕對不是。他們的果未必應驗在他們身上，而是在他們最愛的人身上。」

這一刻，李永銓才恍然大悟。回首再看爭產案，真的是冥冥中自有主宰。

95

CDS

二〇〇八年金融海嘯席捲全球，經濟大衰退，恒生指數由二〇〇七年的高位三萬一千九百五十八點，跌至二〇〇八年最低見一萬零六百七十六點，二〇〇九年香港生產總值（GDP）甚至倒跌百分之二點七。主打零售市場品牌再打造的李永銓當然極度擔心，整整兩個月提心吊膽，因為如果情況持續惡化，將會帶來長期通縮，影響消費。李永銓甚至一度打算轉行。然而，唯有做足功課，了解整件事情的來龍去脈，才能在市場上站穩陣腳。

這場金融海嘯的核心是次貸危機，次貸的意思是由財務公司借出的不良貸款（貸款人未經嚴格入息、還款能力的審查），而之所以能夠造成危機，誘因則是社會上有一個易於借貸的環境。在經歷過科網泡沫及「九一一」事件後，美國聯邦儲備局將利息下調至百分之一，借貸人可以更廉價的成本借貸，投資人則傾向尋找更高回報的投資。

一般而言，買樓涉及到繳付首期、供款及付利息，由於美國房屋的首期及利息很低，而且一旦斷供，只要交還鎖匙就可以離開，不必繳付餘下款項，故此吸引了很多人買樓。一般信用比較好的人會向銀行借錢，但由於整個市場都鼓勵人們借貸，信用及還款能力較差的人也可以向次級房貸公司借錢，不論他們本身是否有能力還錢。由於當時美國樓市一片好景，人們都傾向相信樓價只升不跌，即使銀行及借貸公司收回房屋，仍屬有利可圖，所以這筆放出去的貸款怎樣計也是「除笨有精」，造成市場過度樂觀，忽略了一些潛在的風險。

然而，這就為經濟體系埋下了隱憂。

儘管樓價上升，但貸款公司及銀行為了降低風險及增加手上的資金流動性，開始以各式各樣的辦法為這筆貸款買個保險。保險公司看上了這筆巨大的貸款，願意提供保障，從貸款公司及銀行收取一筆龐大的利息，只有借貸人還不起錢時才需要全額賠償。雖然保險公司傾向相信不會所有人都還不起錢，但當中還是有風險的，因而透過 CDS（Credit Default Swap，信用違約互換）的方式，向另外一些金融機構在一定期間內支付費用，若果違約事件發生，就由金融機構負擔損失。

金融機構當然也會想盡辦法將風險轉嫁出去，包括將這些合約打包成債券銷售到世界各地。這些由債務組成的債券其實只不過是垃圾，可是在金融機構與信貸評級公司的串連之下，卻都變成「高回報、低風險」的「優質」投資產品。一環接一環，風險一次又一次轉嫁出去，結果當最初的借貸人還不起錢，紛紛捲席走人的時候，泡沫爆破，樓價大跌，所有債券在真正的意義上變成垃圾。全球投資者（當中也包括大型金融機構）最終受害，危機出現之後，銀行深知不妙，為求自保緊縮信貸。其所觸發的連鎖效應，便造成了經濟崩塌。

但當時只有一個國家仍然站穩陣腳——中國。因為在中國，衍生性投資產品仍然受到政府的嚴格規管。

當時彭博新聞指，金融海嘯可能會造成三十五萬億美元的破壞。李永銓大驚，即是大蕭條要來了嗎？那就代表玩完了！

可是後來聯儲局計好了數，澄清只有千多億美元的損害，加上在金融海嘯之後，美國推行量化寬鬆（Quantitative Easing）印鈔，並維持低息，增加市場的流動性，才挽回大眾的信心。而中國亦推行「四萬億」救市計劃，將事件的破壞力減到最低。這兩大措施加起來，很快就令到世界經濟復活。

在大約二〇一〇年，李永銓在香港設計中心授課，在場的都是新晉設計公司的老闆。開課之首，李永銓就問大家金融海嘯的元凶 CDS 是甚麼。然而沒有一個人能夠回答，這讓李永銓感到很震驚。「一個影響我們下半生的全球經濟災難，但沒有人有興趣去理解。我覺得很抱歉，原來設計師只會喜愛及關心枱面工作。設計在市場上只是佔一個很小的部份，而我們更多時候是接觸市場，但大家一見到經濟就不感興趣了。那時我就知道我們的劣勢在哪裏：設計人從來沒有真正去深入了解經濟、全球市場，他們就在設計的世界生活。這是很危險的。就算是設計界老祖宗 Paul Rand 未死，他的作品在今天亦未必能夠改變世界。今天設計所承擔的包袱愈來愈少，因為已經有其他更加重要的東西站在設計後面了，譬如經濟、市場等。三十年前設計人還可以只停留在設計領域，但到今時今日就不行了。」

96

雨傘運動

對於如何選特首，《基本法》第四十五條是有規定的：「香港特別行政區行政長官在當地通過選舉或協商產生，由中央人民政府任命。行政長官的產生辦法根據香港特別行政區的實際情況和循序漸進的原則而規定，最終達至由一個有廣泛代表性的提名委員會按民主程序提名後普選產生的目標。」

二〇一四年八月三十一日，中央全國人民代表大會對香港作出了二〇一七年及之後一人一票選特首的規定，要求有三點：（一）一千二百人提名委員會沿用特首選舉委員會的既有產生辦法；（二）提名票數由一百五十票上升至過半數的六百零一票（選委會成員一人一提名票）；（三）候選人數目需限制在二至三人。經過這三道關卡之後，再由全港合資格的選民一人一票選出特首。

「八三一方案」甫出台，即引來爭議，人大著重「實際情況和循序漸進的原則」，但部分港人則著重「廣泛代表性的提名委員會」。結果一群學生率先於政府總部外的公共空間靜坐反對，後來有市民加入，佔據金融樞紐中環和平示威。後又擴展至金鐘、灣仔、銅鑼灣、油尖旺一帶，長達兩個多月，也成為國際媒體頭條。最後，警方施放催淚彈清場。

香港中文大學民調指出，曾參與示威的人數過百萬，當中絕大部份是年輕人。這個數目代表了整整一個世代，代表了支撐往後社會運作的棟樑，他們對未來失望或抱有希望，至關重要。示威過後，香港出現了「黃藍」分裂的局面，社會嚴重撕裂。

回想「六七風暴」後，當時的港英政府急謀對策，因為他們深知一個不被認受的政府，是很難有效管治的，故事後努力改善社會政策，並舉辦「香港節」去重建市民信心。即使有人認為這不過是粉飾太平，但確實能夠挽回一點民心。然而，令人擔憂的是，雨傘運動過後梁振英政府似乎未有妥善地處理年輕人對政治前途不滿的情緒，失去了一整代人對政府的信任，管治上似乎仍將舉步維艱。

97

務實的日本

日本這個島嶼國家，物資匱乏，四面環海，稍遇風雨飄搖，便會暴露出它的脆弱。但日本之所以能夠屹立不倒，甚至立於世界之巔，秘密是人民願意不斷學習進化的思維。

十九世紀的日本經歷了二百多年鎖國，幕府政權衰落，地方藩主割據，生產技術傳統，貧富兩極化，軍事落後，「黑船」事件後被迫與歐美列強簽訂不平等條約。日本一群有志之士遂發起「明治維新」，推進日本資本主義現代化，改善國家積弱弊病。其中一位主事者伊藤博文以考察學習為名，帶領團隊出使外國，實則希望與他國商討條約，卻遭到他國冷待，令他深感「弱國無外交」，為了維護國家主權，只得使國家變得強大，徹底的改革勢在必行——政治制度方面，參考德國憲法，制訂《大日本帝國憲法》；而軍事建設方面，陸軍學習法國及德國，海軍學習英國；工業生產技術，如鐵路方面取經美國；在文化上則放下和服，改穿洋裝。日本將自身包袱放下，務求得到最好的東西，甚至後來福澤諭吉提出要「脫亞入歐」，將日本改頭換面。日本是一個非常務實的國家，改革也為日本帶來了富庶，躋身強國之列，甚至後來發起吞併其他國家的戰爭。

二次世界大戰之後，日本作為戰爭發起國及戰敗投降國，被罰大量賠款，然而日本已無錢、無軟件、無硬件、無地位，工業瀕臨破產，甚至有一些國家被禁止向日本輸出貴金屬，以防日本復辟，令日本處於極度不利的環境。日本再次經歷頹垣敗瓦、支離破碎，歷史上最淒慘的時代——兩個字足以概括：玩完。日本將要何去何從？

一九五〇年韓戰爆發，為日本帶來了「特需繁榮」。美國為了對抗共產主義政權，與日本連成一陣線，向日本購買大量軍火裝備，直接促進了日本的工業發展，帶動了出口及增加外滙儲備，國內生產總值（GDP）穩步向上。一九五九年，關東人龜倉雄策與關西人田中一光等設計師發起成立日本設計中心（Nippon Design Centre, NDC），希望利用設計的力量去幫助挽救日本的經濟及工業。李永銓感嘆：「關東人與關西人之間的分歧很大，但二人可以排除成見共同拯救日本工業，重建日本，與今天的設計人很不一樣。」

重視工業管理、提升生產力、普及高等教育、發展高科技產業、培育優秀人才，發展硬實力固然重要，但日本也不輕視軟實力。七十年代，東洋風橫掃全亞洲，水手服，日本偶像如山口百惠、中森明菜，日本電視片集，動漫如手塚治虫，均是耳熟能詳的標記。

用了二十多年翻身，日本又再次重返世界舞台，站在一線國家之列。在與美、英、法、德的「廣場協議」之後，日本經濟再創高峰，日圓急升，資金流入地產及股市，引來炒賣狂熱，樓價飇升，人民富裕到一個程度，可以豪爽到用幾萬日圓去搭一程五分鐘的的士，日本企業去紐約買時代廣場、洛克菲勒中心，氣勢一時無兩，猶如今天的中國。

但好景不常。九十年代初期，日本泡沫經濟終於爆破，全民全市陷入困境，至今似乎仍未走出「迷失廿年」（Lost Decades）的困局。李永銓大惑不解，戰後廿多年日本就重上巔峰，但為何泡沫經濟後廿多年的今天，無論資金、人才、教育水平、工業都比戰後好，卻看不到日本翻身的局面？

「我最初認為只是技術調整，因為即使美國、歐洲都曾經遇到過泡沫經濟，但總不會一直低迷廿年。近年不斷見到諸如美的收購東芝家電業務、富士康收購夏普等事件，日本到底怎麼了？後來我終於找到一個接近可能性的答案。日本真的是一個很務實的國家！」

答案就在知識產權（Intellectual Property, IP），而知識產權包括品牌、版權、專利及設計。

根據亞洲開發銀行的數據，中國在亞洲高科技產品的出口比重從二〇〇〇年的百分之九點四升至二〇一四年的百分之四十三點七，而日本則從百分之二十五點五跌至百分之七點七。在產品輸出上，日本似乎呈下降趨勢。但根據日本銀行的數據，日本二〇一三至一七這五年內的知識產權營收增長了百分之七十四，二〇一八年有望達五萬億日元。

而根據彭博的數據，於二〇一四年，日本是全球第二大知識產權收入國，達三點六億美元，排第一位的是美國，達十三億美元，其餘國家為荷蘭、瑞士及英國。由此可見，日本已經逐漸轉移重心，從輸出商品，轉為輸出知識產權，對外高科技投資已接近本土生產力的總和。

李永銓認為，日本正在悶聲發大財。「有人曾經跟我說，一部在大陸正廠生產的藍光機，售價一千五百元，可能毛利只得三十元，除去生產成本，大約有百分之三十至五十都花了在向美國購買科技版權上，例如杜比（Dolby）、雷射技術、藍光技術等。日本在九十年代，白色家庭電器的銷售處於高峰期，突然間好像沒落了。不過試想想，其實一台冷氣機十年前與十年後都沒有太大突破，而最大分別是只會愈來愈便宜，即代表這些家電已經變為低科技產品，毛利只會愈來愈低。

所以日本真的是一個很務實及聰明的國家，會看到五十年後這些低科技產品是沒有錢賺的，整個國策的轉變是不斷研發更多高科技和 IP。日本花了整整三十年轉型高科技，IP、AI 才是未來生存之道！今天中國開始慢慢追上，發展人工智能，但日本已經花了三十年去佔據這個山頭了。」

日本這樣的一個高齡化國家，人口正逐漸減少，因此轉為更精細、有效率、需要較少勞動力的生產模式，更加有利將來日本的長期增長。

李永銓又發現，日本人經歷過泡沫經濟爆破後，已經學會不再投資地產市場，因為地產最沒有生產力。「假設一層樓以一千萬元購買，十年後升至二千萬元，帳面上升了一倍，但這十年間這一千萬元被綁死了，如果我將一千萬元投資於工廠或者做研發，隨時可以有更高的增長率。泡沫經濟爆破後，日本人終於醒覺，樓應該是用來住而不是炒賣的。」

根據中國家庭金融調查與研究中心的報告顯示，於二〇一五年中國家庭約有七成總資產配置於房產，只有百分之五點五配置於股票、基金、債券上。單靠房地產泡沫造就的繁華成為了雙面刃，一方面樓價升至一個水平，人民將會無法負擔，另一方面如果樓價降低，幾乎每個人的資產都會相應下跌。這兩個後果，都會引起混亂。

地產綁死的，不只是金錢，還有青春。今天我們在香港買一層樓，分分鐘要供三十年，這三十年間，只能日復日穩守在自己的舒適圈。以水泥打造的生命，最後終將枯死。李永銓嘆了一口大氣，告誡世人不要將擁有第一間屋作為人生目標：「有人說甚麼年輕人三十歲之前一定要買到樓，不然就是廢青。說這些話的人才是廢中之廢！他們一點都不了解世界狀況。現時香港向地產靠攏的經濟模式，完全與世界背道而馳，難道樓價要推到上四十萬元一呎？不可能。香港是生活指數最高的城市，我深信在這十年間一定會有很多優秀的年輕人離開香港發展，因為大家已經不再幻想要在香港成家立室，香港也不是容易安身立命的地方。其實，只要你有決心行出第一步，離開舒適圈，去深圳也好，台灣也好，日本也好，闖一闖！不要讓地域造成界限。人之所以能夠成長，正是因為不斷去尋找更好，尋找更適合自己的地方。而這就需要勇氣。唞一大啖氣，去吧！」

鳴謝

Liza Luk 整季耐心採訪

Paul Lung 閃電手插畫

Danny Chui 神速攝影

Tinky Chan EQ 助理

良心三聯團隊

OBJECTS THINGS

物事

口述 李永銓
撰文 浮雲
插圖 Paul Lung
責任編輯 趙寅
書籍設計 姚國豪

三聯書店
http://jointpublishing.com

JPBooks.Plus
http://jpbooks.plus

Influenced by 97 items...

97項——影響——李永銓的……

出版 三聯書店（香港）有限公司
香港北角英皇道四九九號北角工業大廈二十樓
JOINT PUBLISHING (H.K.) CO., LTD.
20/F., North Point Industrial Building,
499 King's Road, North Point, Hong Kong

香港發行 香港聯合書刊物流有限公司
香港新界大埔汀麗路三十六號三字樓

印刷 美雅印刷製本有限公司
香港九龍觀塘榮業街六號四樓A室

版次 二〇一八年六月香港第一版第一次印刷

規格 三十二開（128mm × 180mm）四五六面

國際書號 ISBN 978-962-04-4349-7